『五足の靴』をゆく

明治の修学旅行

森　まゆみ

JN030428

集英社文庫

目次

『五足の靴』人物紹介 ——旅を共にした「五人づれ」

明治四十年（一九〇七）、与謝野鉄幹が、自ら主宰する詩歌誌「明星」の若い同人たちを伴い九州を旅した。取材のほか、販路拡大、地方の同人や読者との交流も狙いだった。旅の様子は、鉄幹が元記者をしていた「東京二六新聞」に「五人づれ」の署名で連載された。歌や詩を交え綴られた、その紀行文が『五足の靴』である。

与謝野鉄幹　一八七三―一九三五

本名寛。文中で用いられた仮名は「K生」。旅の当時三十五歳。他のメンバーより一回りほど年長でリーダー的存在。「明星」により以下の四人の他、石川啄木、妻となった与謝野晶子らの才能を見出し世に出したが、多くの女性と浮名を流したことでも有名。

北原白秋　一八八五―一九四二

本名隆吉。文中では「H生」。詩集『邪宗門』などに、この旅の影響を端的にみることができる。「この道」「からたちの花」など、今なお歌い継がれる名曲を生んだ童謡作家としても知られる、日本を代表する詩人の一人。当時は早稲田大学の一年生、二十三歳。

木下杢太郎　一八八五―一九四五

本名太田正雄。本文では「M生」。旅の当時は東京帝国大学医科の一年生、二十三歳。耽美的な詩作の他、皮膚科の医学者としても後世に残る研究をし、戯曲、切支丹研究など多彩な才能を発揮した。本書で紹介している旅のスケッチも彼の手による。

平野萬里　一八八五―一九四七

本名久保。本文では「B生」。若き五人の中では生真面目なタイプ。当時は東京帝国大学工科の二年生、二十三歳。実家で森鷗外の長男於菟を預かっていた縁もあり、鷗外に私淑し全集の編集も手掛けた。大学卒業後はエンジニアとなったが、最後まで与謝野夫妻を支えた。

吉井　勇　一八八六―一九六〇

本文では「I生」。当時早稲田の一年生、二十二歳。華族の家に生まれ、酒と女と旅の詩人ともいうべき作風のとおり、奔放な性格だった。劇作家としても活躍し多くの戯曲を残す。大学は中退している。戦後は歌会始の選者となるなどし、五人の中では最も長生きした。

「五足の靴」旅程図

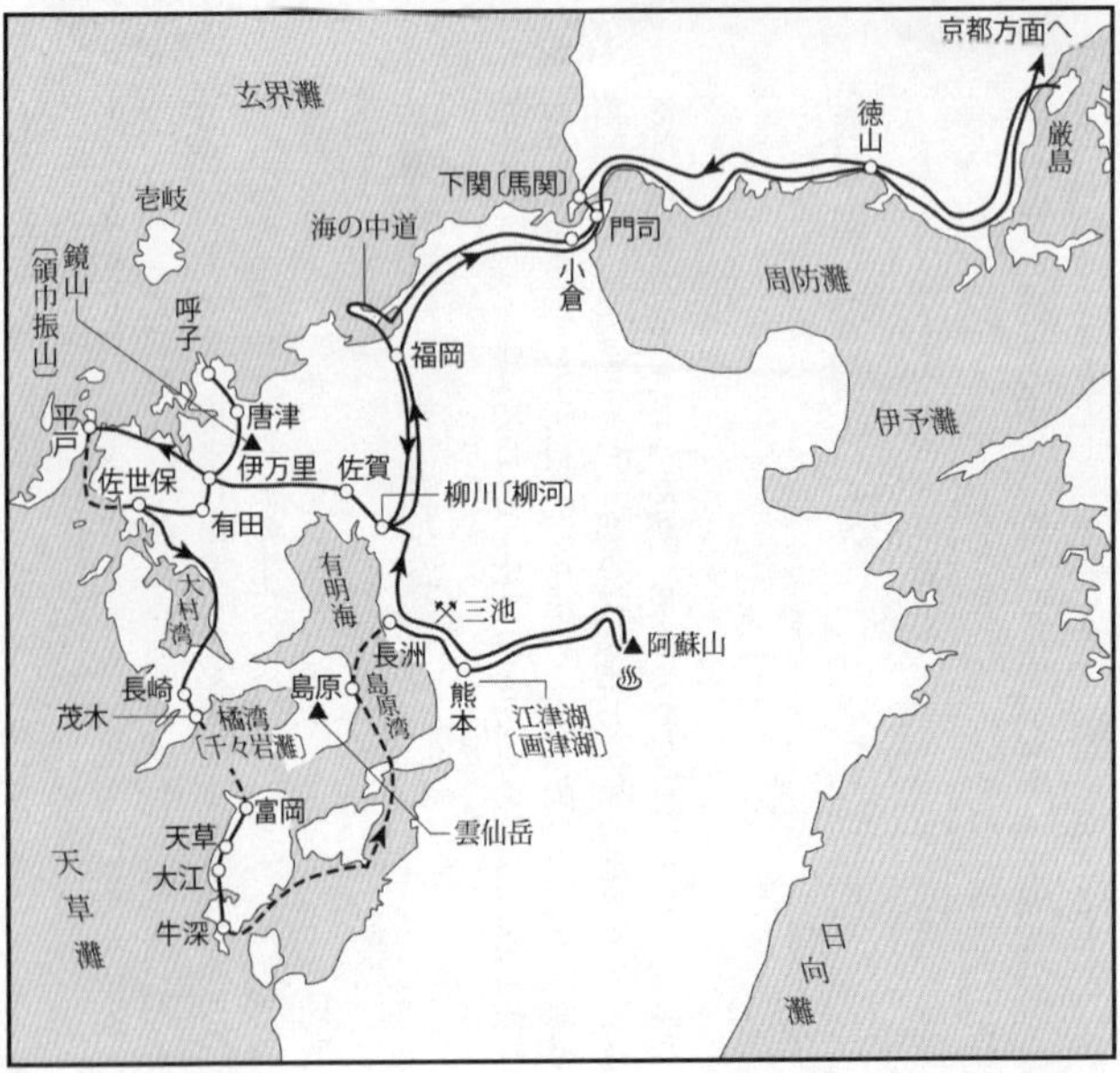

明治四十年七月二十八日に東京を発ち、三十日に厳島着。
そこから九州各所をめぐる、ひと月弱の旅であった

『五足の靴』をゆく　明治の修学旅行

一、大人の修学旅行、東京を出発

東京は渋谷の道玄坂《どうげんざか》に東京新詩社跡の碑がある。与謝野鉄幹《よさのてっかん》の主宰した詩歌誌「明《みょう》星《じょう》」の発行所である。明治三十二年（一八九九）の十一月に社は創立され、翌年「明星」を創刊した。明治三十四年、大阪は堺《さかい》から鉄幹を追って上京してきた鳳晶《ほうしょう》が身を寄せたところだ。のちに歌人として大きく羽ばたく与謝野晶子《あきこ》である。八月、晶子の『みだれ髪』を刊行、明治浪漫主義を歌い上げたものとして一世を風靡《ふうび》した。順風ばかりとはいえず、鉄幹の女性とのかかわりをめぐって「文壇照魔鏡」なる怪文書が出た。さらに日露戦争時には晶子の「君死にたまふことなかれ」が大町桂月《おおまちけいげつ》らに国賊と非難されることもあった。

住居は転々としながらも鉄幹は明治三十八年一月、山川登美子《やまかわとみこ》、増田雅子《ますだまさこ》、晶子、女性三人の詩歌集『恋衣《こいごろも》』を出す。このあたりが「明星」の全盛期だったけれど、誰にとってもあわただしい青春は過ぎようとしていた。鉄幹をめぐる女たちの恋のさや当ては、のちに多く小説や映画にもなった。しかし日露戦争も終わって三年目の明治四十年七月二十八日、三十五歳の鉄幹を頭に、若い五人の男たちがドタ靴を履いて南へ旅立ったことはあまり知られていない。

「五足の靴が五個の人間を運んで東京を出た。五個の人間は皆ふわふわとして落着かぬ仲間だ。彼らは面の皮も厚くない、大胆でもない。しかも彼らをして少しく重味あり大量あるが如《ごと》くに見せしむるものは、その厚皮な、形の大きい五足の靴の御蔭《おかげ》だ」（以下、引用は断らない限り、五人づれ著『五足の靴』岩波文庫）

私は森鷗外《もりおうがい》を長らく研究して、その間に『五足の靴』を知った。この五人はすべて鷗外を賛仰した人々である。なんて伸びやかで洒落《しゃれ》たタイトルだろう。この年の八月七日から「五人づれ」という署名で「東京二六新聞」に連載が始まっている。代わるがわる書いたらしい。この新聞はしょっちゅう紙名が変わるが、このときはこうである。最年長の鉄幹ですら三十代半ば、残る四人は二十そこそこのまだ無名の学生であった。鉄幹がこの新聞の元記者であったことから、その縁で掲載が決まったものと思われる。歌や詩を交えて、新しい、若々しい口語の文体を作り出した。

あとの四人とは誰か。太田正雄《おおたまさお》、のちの筆名は木下杢太郎《きのしたもくたろう》、東京帝国大学医科の一年生、二十三歳。平野萬里《ひらのばんり》、同じく東京帝国大学工科の一年生、二十三歳。北原白秋《きたはらはくしゅう》、本名隆吉《りゅうきち》、早稲田大学文科の一年生、二十三歳。吉井勇《よしいいさむ》は同じく早稲田の一年生、一つ下の二十二歳であった。みな与謝野鉄幹を盟主とする新詩社の仲間たちで、興味を惹《ひ》かれる面々である。それぞれ文中にはK生（与謝野寛《かん》。鉄幹として現在知られるが、このころ本名の寛《ひろし》を用いはじめていた）、M生（太田正雄）、B生（平野萬里）、H生（北原白秋）、I生（吉井勇）とイニシャルで顔を出す。

しかし連載の各記事を誰が書いたかはっきりしない。彼らをまとめて「五人づれ」と呼ぶことにする。

たかが学生の夏休み旅行じゃないか、というなかれ。彼らはすでに「明星」の歌人だったし、明治四十年の大学生は稀少種《きしょうしゅ》だった。また旅の途次に九州の同人や読者と交流することも、それをまた「明星」の誌面に載せることももくろまれていたのである。だから出発に先立って、用意周到に各地へ照会の手紙も出していたはずだ。

すでに明治三十九年の十一月、寛を中心に白秋、勇、茅野蕭々《ちのしょうしょう》（東京帝国大学独文科学生）らは伊勢、紀伊、京阪などを旅した。横尾文子《よこおあやこ》『新詩社の修学旅行』によれば、これも「明星」の販路拡大もあってのことらしい。交通・通信事情が今ほど発達していないころ、詩人たちが実際に顔を見せることほど効果的な宣伝はなかった。

四十年夏には最初、越後・北海道をこのメンバーで旅行する予定であったが、旅先は九州に変更された。「明星」七月号の予告によると、この旅に当初太田正雄の名はなく、あとの四人に佐賀の同人中尾紫川《なかおしせん》を加えて福岡、佐賀、熊本、長崎、鹿児島、大隅《おおすみ》、日向《ひゅうが》地方と九州を一周しようという企てであった。ところが、八月号の予告になると医学生太田正雄が加わることによって、白秋の故郷柳河《やながわ》（現・柳川）を訪ねてから、天草《あまくさ》の南蛮文化を踏査することが主眼となった。

この旅について書いたものは、まず野田宇太郎《のだうたろう》『日本耽美派《たんびは》文学の誕生』がある。新聞に掲載された紀行文について、「残念ながらこの切抜は無くしてしまいました」（「明治末年の南蛮文学」）と木下杢太郎は言い、その連載の名も「五足の草鞋《わらじ》」と覚えていたようだが、野田は昭和二十二年（一九四七）に現物に当たって丹念に掘り起こした。これは戦時中に木下杢太郎に会って、傾倒したからである。

「パンの会」「方寸《ほうすん》の人々」「瓦斯燈《ガスとう》文芸考」などとともに「五足の靴」を発掘した野田宇太郎は、「文学散歩」というジャンルを作り出した人で、また森鷗外を崇拝し、千駄《せんだ》木《ぎ》の団子坂《だんござか》上にある鷗外邸・観潮楼址《かんちょうろうあと》に文京区立鷗外記念本郷図書館をつくるときも尽力している。これはありがたいことに私の子ども時代からの常用図書館となって、のちに『鷗外の坂』を書くに至った。

野田は『五足の靴』を再発見して、これを「南蛮文学の嚆矢《こうし》」「異国情調を発見」ととらえているが、そもそも南蛮文学とはなにか。

それはイエズス会のフランシスコ・ザビエルが一五四九年（天文十八）に伝えたキリスト教、極東の天草に咲いた千人にも及ぶ宣教師たちのコレジヨ（大神学校）、高山右《たかやまう》近《こん》はじめキリシタン大名の活躍、天正遣欧少年使節や仙台藩の送った支倉常長《はせくらつねなが》、そして迫り来る禁教と迫害、天草四郎時貞《あまくさしろうときさだ》の悲劇で知られる島原《しまばら》の乱などのすべてに関する文学的言説をさす。詩歌あり、戯曲あり、小説あり、随筆あり、評論あり。キリスト教伝来とともに、西洋の文物の到来は不思議なおもちゃのように当時の日本に衝撃をもたらした。それはキリスト教禁教とともに長らく封印されてきたが、明治六年の解禁で少しずつ息を吹き返した。

たしかにこの旅は、直接的には二年後の北原白秋の詩集『邪宗門《じゃしゅうもん》』を生み、木下杢太郎の「長崎ぶり」「黒船」「桟留縞《さんとめじま》」などを生むのであるが、彼らの南への旅の憧れはどこから来たのか、はやる気持ちを抑えかね、私もそのあとを何度かにわけて追いかけてみた。結果として、追跡調査は十年以上かかり、時に仕事のついでに、時に自費で、旅を続けることになった。

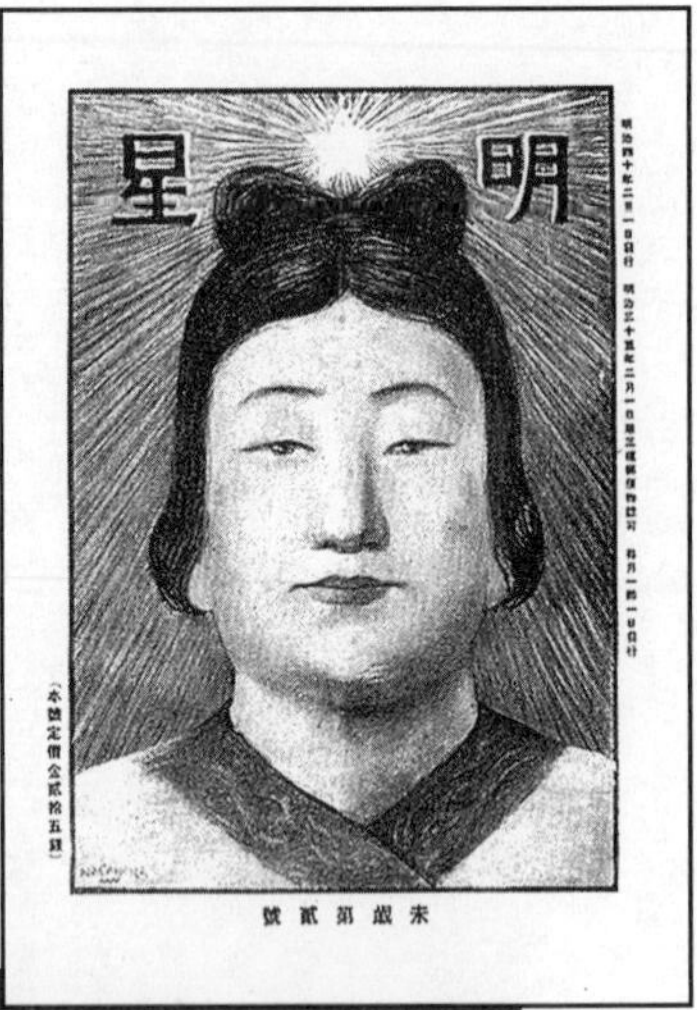

与謝野寛が主宰、東京新詩社が創刊した詩歌誌「明星」
（明治四十年二月発行版）

謹告

七月下旬より、往復三十日間、本社同人與謝野寛平野萬里吉井勇北原白秋太田正雄中尾紫川の六人、福岡、佐賀、長崎、鹿兒島、大隅、日向、熊本諸地方へ旅行致し候間、此段該地方の新詩社同人及文藝同好諸君に謹告致し候。

追て、右一行の宿泊地及滯在時日は、八月以後福岡日々新聞社内天野淡翠氏、佐賀市寺町八十壹中尾紫川氏、薩摩國伊佐郡東太良村深浦時任直竟氏、筑後國山門郡沖端村北原隆吉氏等へ問合されたく候。

東京新詩社

誌上で旅の予告をする「謹告」。
「明星」明治四十年八月号では
太田正雄の名が加わった

二、安芸の宮島厳島神社へ

「安芸《あき》の宮島《みやじま》駅へ着いたのは午前四時半、まだ日が上らぬ。直《す》ぐ船の乗場へ出る。水盤のように平かな海峡だ、紺青色の島に藍色の霧が流れる、空にも水にも流れる。下ノ関《しものせき》丸は五十六噸《トン》ばかりの綺麗《きれい》な汽船だ。吼《ほ》えるように汽笛を鳴らして錨《いかり》を抜く。十五分間で厳島《いつくしま》へ着いた」

これは「東京二六新聞」明治四十年（一九〇七）八月七日付の掲載である。しかし実際の旅と原稿執筆の日付、掲載の日付は異なるので以下、こだわらないことにする。明治四十年には、のちに東京駅となる中央停車場ができていない。汽笛一声の新橋《しんばし》駅から夜行列車で東海道を下り、京都、大阪と経由して広島へ向かったであろう。当時は広島まで車中二泊、到着は三日目の朝である。私も夜行列車が好きなので、もうすぐ廃止になるという寝台特急「富士」に乗り、東京駅を夜の十八時四分に発《た》ち、広島に朝五時二十一分に着いた。九号車のB寝台、車内販売がないというので発車間際にあわててビールと水を買った。二〇〇九年二月十八日のことだった。広島駅にはまだ駅員のほか誰もいない。店も開いていない。宮島口へ行く山陽本線の始発を、白い息を吐きながら広島駅の寒いホームで三十分待った。

広島は昔、安芸の国といい、浅野内匠頭《あさのたくみのかみ》の赤穂《あこう》藩の本家、浅野家が治めていた。石高は三十七万石、その最後の殿様、浅野長勲《ながこと》は幕末の京都小御所の会議にも出席しているが、長命で、江戸時代から昭和時代まで健在であった。そのご子孫から「曽祖父は文字通り、東海道を御駕籠《おかご》で下る時代から明治、大正の汽車の時代、昭和の飛行機の飛ぶ時代までを見たのですね」とうかがった。晩年の長勲公が東京駅で輿《こし》に乗せられて汽車に乗る写真を見たこともある。

私は宮島口からとことこ歩いて、宮島に渡る最初の船に乗った。片道百七十円。ようやく夜が明ける。二つの会社が船を走らせ、運賃は同じである。昧爽《まいそう》の空、宮島が行く手に黒い影を示している。意外に大きなこの島には、源平の戦いから、瀬戸内海の水軍、豊臣秀吉による朝鮮侵略の評定まで、長い歴史が降りつもっている。

最初に行ったときは、島についたとたん、一天にわかにかきくもり、あわてて買ったビニール傘では防ぎきれない豪雨になった。世界遺産を目指してきた外国人観光客は豪雨をものともせず、赤や黄色のアノラック姿で歩き回り、しきりとカメラのシャッターを押していたのだけど。雨の中、宮島にある厳島神社の赤い鳥居が暗青色の海にぽっかりと浮かび、なんともいえぬ夢幻の美しさ、しばし濡《ぬ》れそぼち、立ちつくしていた。

一行は明治四十年七月三十日の早朝に厳島に着いた。みな夏の背広に麦藁帽《むぎわらぼう》。どんな荷物を持っていたのか、わからない。

「まだ静《しず》かに眠っている山裾に島の人は既に起きている。霧に濡れた朱塗の大廊下を履《くつ》のままで歩むのは好い心持だ。潮の退《ひ》いているのは少し口惜しい。拝殿に立塞《たちふさが》って拝む。赤地の錦の旗をつけた矛《ほこ》や、箙《えびら》にさした矢や、大弓やが両側に飾ってある。御簾《みす》は新しいのが明るく、燈籠《とうろう》は物寂《ものさ》びたのが奥ゆかしい」

私も初訪から二年、今回空はよく晴れ、世界遺産になってから、かなりお金をかけて整備され、かえってつまらなくなった印象である。土産物屋も軒を並べている。

「岩惣《いわそう》の二階座敷は戸を明け放して、蚊帳《かや》越しにまだ幾組かの避暑客が寝ている。蚊帳の萌黄《もえぎ》色が山の朝景色に調和して涼しい」

現在も有名な旅館である岩惣の「お客様年表」によると、安政元年（一八五四）に岩《いわ》国屋惣兵衛《くにやそうべえ》が茶屋を創業、明治二十七年にのちの大正天皇、二十九年に伊藤博文《いとうひろぶみ》や夏目《なつめ》漱石《そうせき》、高浜虚子《たかはまきよし》宿泊の記述があるが、明治四十年には後藤新平《ごとうしんぺい》と川上音二郎《かわかみおとじろう》・貞奴《さだやっこ》が載っているだけで、「五人づれ」には言及していない。五人は立ち寄って見ただけで泊まらないこと、私の如し。

千畳閣へ上がる。ここは「豊臣秀吉が戦の評定所として建てさせたもの」とあるが、実際は秀吉が武士の供養のため、千部経を転読供養するための建物で、大きな「入母屋《いりもや》造《づく》り」である。五人は名物「太閤力餅《たいこうのちからもち》」を食べ、番茶を飲み、茶店の婆《ばば》にかけてある杓子《しゃもじ》の由来を聞く。「杓子はな、あんたはん、支那の軍《いくさ》に、支那をめしとるちゅうてな、あんたはん、それから露西亜《ろしあ》との戦争にも露西亜をめしとるちゅうてな、あんたはん」と長々と話す。

日露戦争の記憶が生々しい頃だ。広島の宇品《うじな》は軍港であり、戦前は鉄道でも兵士や武器の輸送が優先された。日露戦争「凱旋《がいせん》」ダイヤが平時に戻されるのは明治三十九年四月十六日のことである（「鉄道運輸年表」「旅」一九九九年一月号付録）。

杓子は飯を取る道具。そこから戦捷《せんしょう》祈願にも用いられたのであろう。「百姓的の洒落が天真爛漫《てんしんらんまん》で面白い」と評しているが、このあたり、「虎の鉄幹」といわれ、明治浪漫主義をうたいあげていた与謝野寛が書いたのかもしれない。

からのやつこ憎さも憎し一度は我此太刀をまぬかるべしや

などという歌を、日清戦争前の明治二十七年、二十二歳の彼は「二六新報」に発表したことがある。血の気の多い人なのだ。この旅行の三年後、大逆事件で捕らえられ、翌年死刑になった友人大石誠之助《おおいしせいのすけ》のことを鉄幹は「誠之助の死」にうたって、権力のフレームアップを静かに断罪している。とはいえ、昭和になるとまた時流に乗じて「爆弾三勇士の歌」などをつくってしまう。振幅、矛盾の大きい人で、それゆえいまなお評価が定まらない。

彼の詩で一番知られているのは

妻をめとらば才たけて
みめ麗しく情ある
友を選ばば書を読みて
六分の俠気《きょうき》四分の熱

であろう。与謝野晶子という、これまた柄の大きい天才歌人を妻に持ったために、どんなに妻につくされようとも、本人の影は薄くなった。

「船の乗場へ引返えす路に、『ふろ』と大書した屋根看板が目につく。入口には『きよめ湯』とある。神社三拝の後に入浴するのは順序を誤っているが、汽車中の汗を流そうと飛び込む、湯は路次の奥だ、路次の中ほどには赤い霞幕《かすみまく》が引いてある。寄席式だ。番台の下には一人の娘が腰を掛けている。今湯から上った船頭らしい男が『どうして手を怪我《けが》したんだ。』と聞くと『階子段《はしごだん》から落ちてな』。『よう落ちるな、三度目じゃないか。』などと話し合う」

真夏の長い汽車の煤《すす》を落としてさっぱりした。

『五足の靴』をゆく

厳島へ渡る船中
(「明星」掲載の太田正雄によるスケッチ。以下スケッチは全て同)

三、赤間が関

五人の男たちは宮島で風呂を浴びると、また船で対岸に戻り、汽車で下関《しものせき》へと向かう。私は宮島口からそのまま山陽本線で岩国《いわくに》の錦帯橋《きんたいきょう》を見学、町並みが美しいと聞いた柳井《やない》に出た。その起伏ある町の坂を上り下りしていると、偶然、国木田独歩《くにきだどっぽ》が住んでいた家に出くわした。

また五人よりはずっとあと、昭和時代に全国を旅した民俗学者、宮本常一《みやもとつねいち》の故郷周防《すおう》大島《おおしま》にも渡ってみた。ここには宮本さんの記念館もあったが、となりの歌謡曲の作詞家星野哲郎《ほしのてつろう》記念館の方がずっと客が入ると、タクシーの運転手さんはいう。彼が、ここが宮本さんの生家ですよ、と教えてくれた玄関口で、男性がサツマイモを洗っていた。息子さんかもしれない。車からちらっと見えただけであったが、目が合って申し訳ないような気がした。こういう観光客というか、ファンに閉口しておられるであろうに。

その日、泊まった宿はなんと「かわい寿し」という寿司屋である。海の幸がどっさり出た。おいしい寿司に舌鼓を打ち、お酒も入ると、みんな帰るのがおっくうになってしまうらしい。そう、板前の主人がついでに民宿を始めたわけを話してくれた。ここから家に送ってもらったみかんは、酸味が強くて強烈なものだった。

こうして私も下関に到着した。

「海に沿うた馬関《ばかん》の町は今水瓜《すいか》と氷水の世界だ。我らはその匂を嗅ぎながら狭い路を波止場の方へ出た。倉庫の前には大勢の荷揚人足が働いている。『稼いで彼《あ》の子に遣《や》らざあなるまい』と歌うでもなく唸《うめ》くでもなく、こんな声が聞える。干魚《ほしざかな》の匂が日ざかりの空気に蒸される」

下関は古くは赤間《あかま》が関《せき》、あるいは馬関といって交通の要衝であった。「海には四五千噸の汽船が二三隻われは顔に浮んで、その周囲には幾十艘《そう》の小蒸気が散在している。馬関門司《もじ》の連絡船が客を一杯載せて往復する」ともある。私は一九七三年、大学一年の夏休みに、戒厳令下のソウルに行くために、ここから釜山《プサン》までフェリーに乗った。ミニスカートに鍵もかからないバスケット一つ持って、のんきなものだった。「五足の靴」の頃、まだ海中の関門トンネルはなく、門司を目指す五人は船を待つ。

「亀山《かめやま》の宮の石階《いしだん》を上《のぼ》て社前の茶店に憩う。直ぐ下は海だ。対岸の門司にはセメント製造所の徳利竈《とつくりがま》から吐き出す灰白色の煙が、東へ東へと延びて市街の半を掩《おお》う。その間から九州の山脈や、赤煉瓦《あかれんが》の壁が隠見する」

亀山神宮は、もう味も素っ気もない町中にあった。伊藤博文夫人梅子《うめこ》がここの茶店で働いていたという碑がある。彼女は「小梅《こうめ》」という名の芸者で、伊藤博文に見初められ、正夫人となった。この茶店は明治の末でもあったらしく、「茶店の女が跣足《はだし》のままで酌《く》んで出す番茶がなかなかうまい」。

明治の元勲はいろんなところで女性を見つけたものだ。梅子の洋装を見たことがあるが、姿勢のいい、美しい人である。正夫人となったのち、伊藤の女道楽には泣かされた。そういえば私が十八歳で行った韓国では、伊藤博文の肖像付きの日本の千円札を焼く遊びがはやっていた。そのころの千円札は相当高額紙幣だったのに、韓国併合を果たした伊藤は韓国から見れば極悪人で、人々は紙幣に火をつけることを惜しまなかった。いっぽうハルビンで明治四十二年（一九〇九）に伊藤を暗殺した安重根《アンジユングン》は英雄とされていたっけ。

下関は日清戦争の講和条約、いわゆる下関条約が結ばれたことでも知られている。清国の全権代表は李鴻章《りこうしょう》という経験豊かな老臣であった。その会談が行われたのは「春帆楼《しゅんぱんろう》」という旅館で、高台の景色のよいところにあった。命名は伊藤博文によるもので、今もふぐ料理の名店となっている。

下関は見るものの多い町であった。近代建築だけでも旧英国領事館や秋田商会ビル、南部町郵便局などもあるし、林芙美子《はやしふみこ》の生誕の碑や金子《かねこ》みすゞの記憶もある。私は小さなビジネスホテルに泊まった。そこでは、朝食だけのために食堂を作るのはもったいない、と夜は居酒屋をやっていた。宿泊客用の夕食特別メニューはふぐの刺身、唐揚げ、ふぐ鍋まで付いて二千九百八十円という安さであった。春帆楼には及びもないだろうが、お腹いっぱいになったので駅まで歩く。構内にはこのところつぎつぎ廃止になってゆく寝台特急の写真が飾ってある。

東京から下関までかつて「櫻《さくら》」という特急があった。そんな展示をみてから、五人づれの泊まった「川卯《かわう》」という宿を探したがわからなかった。駅の位置も当時と変わっているらしい。

五人は平家の悲劇の残る壇ノ浦《だんのうら》を見ている。

うしなはれたるそのかみの
栄華や如何《いか》に。いたづらに
歯をくひしばる平家蟹《へいけがに》。』

六連中一連のみ引いた。平家の武士たちはここ壇ノ浦で戦って敗れ、海のもくずとなって消えた。おさない安徳《あんとく》天皇も清盛《きよもり》の妻、二位《にい》の尼《あま》に抱かれて海中に没したという悲劇が伝わっている。「浪の下にも都の候ぞ」(都があるのですよ)という二位の尼の言葉はかなしい。そういえば下関の春帆楼の先に、安徳天皇の陵があり、その先に彼を祀《まつ》る立派な赤間神宮がある。

竜宮城のような門を持つ華麗な建物だ。重文の『平家物語』はじめ、文書から美術品など多くの文化財を持っているそうな。ここは『平家物語』を語ったという琵琶《びわ》法師「耳なし芳一《ほういち》」の伝説でも知られている。私は中学生の時に、小泉八雲《こいずみやくも》の「怪談」を繰り返し英文で読まされ、ヘキエキしたからよく覚えている。そこからの海と門司の景色はまるで香港《ホンコン》みたいだった。

平家の兵士は海に没して蟹に姿を変えたという。甲冑《かっちゅう》は甲羅となり、刀はハサミとなった。その甲羅が人面に似ていることから、いつしか平家蟹と、そうよばれるようになった。

氏《うじ》高うして蟹となる

惨たるもの丶運命を
咀《のろ》はざらむや、平家蟹。』

この詩をつくったのはB生こと平野萬里。五人の中でもとりわけ名を知られていない人である。

平野萬里は本名を久保《ひさやす》といい、明治十八年（一八八五）五月二十五日に生まれた。平野家は旧桑名《くわな》藩士の家柄であって、父甚三は埼玉の忍町《おしまち》に養子に入り、大門《だいもん》小学校（今のさいたま市にあった）の校長をつとめていた。萬里が五歳のとき、父は小学校長をやめ、本郷区森川町三十二番地に越して文具、煙草《タバコ》商をはじめる。

これは嫡子萬里の先々の教育を考えてのことらしい。孟母三遷ではないが、まさに東京大学正門の真向かいに越したのである。

桑名の殿様は京都所司代だった松平定敬《まつだいらさだあき》、戊辰《ぼしん》の負け組であって、桑名出身者は会津《あいづ》と同様、首都での立身出世にはまったく不利であった。この桑名ゆかりの祖母が萬里をとてもかわいがったという。

鷗外森林太郎《りんたろう》との類似が思い出される。石州《せきしゅう》（いまの島根県西部）津和野《つわの》の御典医であった森家でも、幕藩体制が瓦解し、秩禄処分となるや、神童のような長男林太郎に一家の運命をかけて上京する。森家にも林太郎を亡き夫の生まれ変わりとして溺愛する祖母清《きよ》がいた。

そしていかなる偶然か、この平野家に鷗外の長男於菟《おと》が預けられる。鷗外は明治二十二年、幕末にオランダに留学した造船家で男爵、赤松則良《あかまつのりよし》の娘登志子《としこ》と結婚したが、気が合わずに離婚、乳飲み子の於菟は乳の余っていた萬里の母タカに預けられた。そのとき萬里は六歳、駒本《こまもと》尋常小学校に入り、於菟は彼を兄さんとよんで育った。萬里の祖母も於菟をたいへんかわいがった。

鷗外にとっては、平野家は罪なくして母を失ったわが子の預け先であり、於菟が乳離れして団子坂の家に戻ってからも、乳兄弟萬里の出入りを許し、目をかけた。萬里は家では買えない上等な菓子を森家で貰《もら》い、その庭で遊んだ。有名な文学者であり陸軍の高級官僚である、というよりは成熟した人格と膨大な知識をもっていた鷗外に、萬里は幼少の頃より近しく接して大きな影響を受けた。萬里は駒本小学校から、郁文館《いくぶんかん》中学に入り、そのころから俳句、野球、ボート、相撲、女義太夫などに打ち込み、画塾に通い、森川町のキリスト教会で説教を聞いた。本郷という町は、少年が多様な文化に関心を寄せるにはまことに好都合な知的環境であった。

二十代の青年、与謝野鉄幹の第一歌集『東西南北』を十代初めの萬里にくれたのは、鷗外その人であった。鷗外はドイツ留学から帰った直後、鉄幹の師、落合直文《おちあいなおぶみ》らと新声社（S・S・S）を結成して、訳詩集『於母影《おもかげ》』を出したことがある。早く亡くなった盟友直文に代わり、性傲岸な鉄幹であっても庇護《ひご》して、生涯変わることがなかった。

萬里にとってみれば、尊敬する鷗外がくれた歌集の作者に対して、最初から信用と親愛を感じたに違いない。鉄幹をめぐる女性スキャンダル、「文壇照魔鏡」事件が起きたとき、萬里は「頗《すこぶ》る同情に堪えなかった」と日記に書き、彼を応援するつもりで新詩社に加入を申し込んだ。ほかにも「文庫」「半面」「ホトトギス」などに投稿したこともあって、萬里は第一高等学校の受験に失敗し、浪人をして正則《せいそく》英語学校に通った。

翌年、萬里は無事、一高二部甲類に入り、家は至近距離にあったが、決まりどおり一高の中寮四番に入って茅野蕭々と同室であった。茅野は長野生まれで、のちに「明星」同人となり、シュトルムやメーテルリンクを訳し、ドイツ文学者としても活躍することになる。そのとき中寮七番にいたのが、歌人を目指す前の斎藤茂吉《さいとうもきち》で、彼は養家への義理もあって文学をあきらめ、医学にすすんだ。後に茂吉は子規《しき》の流れを汲《く》む「アララギ」に参加することになる。旧制高校一高は本郷向ケ丘《むこうがおか》にあって、よほどのミスをしなければ東京帝国大学への進学が約束されていた。

萬里が「明星」に投稿して、はじめて載った歌には狐影《こえい》の号を用いていた。

稲村のかなた仰ぐ子眉わかし銀杏は黄なり濃き五重塔

まさに一高生が秋、本郷から根津《ねづ》をはさんで向こうにそびえる寛永寺《かんえいじ》五重塔を望んだ歌であろう。銀杏《いちょう》は東大の徽章《きしょう》に見るように東京帝国大学のシンボルである。五重塔の雄々しさに、未来ある青年の我が身を重ねたと思える。

明治三十八年七月、一高を卒業した萬里は文科に進む希望を貧しさのため果たせず、より実用的な工科大学応用化学科に進み、詩歌は余技として「明星」に投じている。もちろん尊敬する鷗外が、軍医のかたわら小説を書いたり、アンデルセンの『即興詩人』を訳したりする文業が、行く手の視野に入っていたことだろう。

鷗外は日露戦争の第二軍軍医部長として大陸にあったが、さすがに新人を見逃さず、石川啄木《いしかわたくぼく》や平野萬里はいわゆる新体詩の大家よりうまい、と妹小金井喜美子《こがねいきみこ》に書き送っている（明治三十八年七月二十八日付書簡）。「平野は於菟坊と一しょにそだった久保だというにはおどろいた。あれ等は泣菫《きゅうきん》なんぞより想像も豊富で国語もよく使いこなしている」とも。泣菫とは当時、浪漫派の詩人として蒲原有明《かんばらありあけ》とともに盛名のあった薄田《すすきだ》泣菫である。

しかしこのころ萬里は私的に多難のときを迎えていた。前年、新詩社の会合で知り合った二つ年上の玉野花子《たまのはなこ》と恋に落ち同棲《どうせい》、その初恋を四十年五月刊の処女歌集『わかき日』（左久良《さくら》書房、装丁は和田英作）に存分に歌っている。

我を捉《と》る黒き瞳のわが前にあるをかなしみ、あらぬをうれふ。

二十三歳の萬里は、明治四十年の夏、病む若妻を残して五人の旅に出たことになる。さぞ気もそぞろであったろう。妻花子はこの旅のあと、翌四十一年一月、萬里の胸に抱かれて息絶える。そして彼が生前に残した歌集は『わかき日』一冊であった。卒業してエンジニアとなった萬里は、多くの人が鉄幹から離れる中で、最後まで与謝野夫妻を支え、守った。

四、福岡

下関の続き。「旅館川卯に帰る、ここの豪傑主婦も、その姉の茶勘《ちやかん》の婆《ばあ》さんもまだなかなか達者だ。女中の話に由《よ》ると、門司で打っている梅幸羽左衛門《ばいこううざえもん》の劇は評判が佳《よ》くない。我らは急に江戸ッ児《こ》となりて憤慨する」

白秋の書簡でわかったことだが、東京から下関まで、白秋は同行していない。彼は四人の客人を生家に迎えるため、先に七月二十二日に故郷柳河に下った。そして準備を終えると下関まで仲間を迎えに行ったようなのだ。彼がどれだけ師鉄幹や大事な仲間を迎えるのに心を砕いたかわかる。しかし連載開始時の八月七日にはすでに五人が揃《そろ》っていたわけで、ことさら断らずとも「五人づれ」でよいと考えたのだろう。

この歌舞伎役者市村羽左衛門とは、フランス系アメリカ人の外交顧問ルジャンドル将軍と日本の芸者の間にできた落《おと》し胤《だね》で、その容貌の日本人離れした美しさから、晩年まで大変な人気があった。たしか第二次世界大戦中まで舞台をつとめ、その最中に急死したと覚えている。彼と日本舞踊家・藤間政弥《ふじままさや》のあいだにできたのが踊りの名手吾妻徳穂《あづまとくほ》だという。

五人は下関から船で門司に渡った。いまは関門海峡を車か電車で潜る方法もあるが、下関―門司間には船もしょっちゅう往来している。私も船で渡る。降りてすぐに乗り換えの門司港駅があった。ここの駅は木造で、日本で初めて重要文化財になったすばらしい駅舎である。駅長室もホームの洗面台も昔のままだ。

北九州を初めて訪れたのは二〇〇二年、森鷗外生誕百四十年、小倉《こくら》赴任が解かれて百年のシンポジウムにまねかれた時であった。その帰りに門司を見学したが、ここもすばらしい近代建築の多いところだった。松田昌平《まつだしょうへい》設計の門司三井倶楽部《くらぶ》、旧税関、旧大阪商船、少し離れて山田守《やまだまもる》の旧《ふる》い郵便局まであった。しかし来るたびに、「門司港レトロ」とかいう観光化が進んでいるのが残念だ。

八幡《やはた》、門司、小倉、若松《わかまつ》、戸畑《とばた》、五つの市が合併して北九州市になったのは、私が小学校の頃で、日直で黒板に書いたのを覚えている。今は空港もある。

その一つ、小倉の人々が、森鷗外にとっては左遷に感じられた日々を忘れずに「離倉《りそう》百周年」を催して下さった。奇《く》しくもそれは生誕百四十年にも当たっており、その足で鷗外のふるさと津和野にも初めて行ったのだった。

それにしても鷗外が住んだ小倉の家というのは、飲食街の真ん中になっていた。明治三十五年（一九〇二）ごろ、ここで鷗外は『即興詩人』を美しい文語に訳しおわり、二番目の妻しげを迎えるのである。「五人づれ」は鷗外の薫陶を受けた人々であるが、鷗外についてはまったく記事の中で触れていない。

一行は門司から列車で明治四十年七月三十一日、博多に着いた。

「福岡県文学会が我ら一行のために催された。午後十時会散じて後、一艘の舟を傭《やと》うて博多の町に帰る」

「西公園吉原」という公園の中にあった料亭でもあろうか、そこでの会の写真が遺《のこ》されている。地元九州の文学愛好家たち総勢二十六人、着物、なかには僧服の人もいる。ここには佐賀の同人中尾紫川、白秋があれこれもてなしを相談した白仁勝衛《しらにかつえ》もいる。旅の五人は全員洋服。

中央二列目にいる与謝野寛はひげを蓄えた長顔の美男でスーツ、あとの四人は金ボタンの学生服、いがぐり頭だ。後年太って堂々とした北原白秋もまだやせて頼りなげ、木の下にいたずらっ子のようにポケットに手をつっ込んで立っている。前列にどっかり座っているのが眼鏡のまじめそうな平野萬里、洗練された物腰で物問いたげな吉井勇、その後ろに白っぽい服の太田正雄、のちの木下杢太郎が、がっしりと知的な顔をのぞかせる。表情やしぐさに、それぞれの人となりがなんとよく出ていることか。

五人づれは料亭から船で川に出た。船の中では土地の人が俗謡を歌う。子守唄《こもりうた》も出た。酒は飲め飲め、飲むならば、の「黒田節」も出た。福岡は黒田家の福岡藩の城下町である。藩主は小心に領民を制し、豪快な博多人はこれに反発して「一図《いちず》にひねくれた快楽主義の人となった」。

いまもこの土地には武士の町福岡と町人の町博多があって、対照的な気質をもっている。自由都市としての博多は「祇園《ぎおん》山笠」や「どんたく」にそのエネルギーを発散する。「にわか狂言」は町人から見た福岡藩士の失策を脚色したものである。

三十年ほど前、私がはじめて博多に行ったとき、博多町人連盟事務局長の帯谷瑛之介《おびやえいのすけ》という老人からそんな自由闊達《かったつ》な町衆の話を縷々《るる》、聞かされた。帯谷さんは戦前、浅草に遊んで、サトウハチローとともに「ラリルレロ玩具製作所」を興したことなどを話してくれた。なつかしい人であった。

「空には天の川が白い、海には暗い波に折々夜光虫と海月《くらげ》とが光る。舟中の清話は尽くることを知らぬ」

七月三十一日夜の、博多の旅情。しかも泊まったのは中島《なかしま》の、温泉宿と、寄席と、氷店と、水上花火をしかける納涼店を兼ねた旅館「川丈」。川にのぞんだ二階の戸を開け放して寝る。後年、吉井勇がうたうように、枕の下にも川の音が響いていたであろう。

中島は中洲川端《なかすかわばた》ともいう。さながら巴里《パリ》はセーヌ川のシテ島のようであって、今は公園もあるが、ラブホテルなども並ぶ歓楽街である。夜は屋台が軒を連ね、豚骨《とんこつ》の博多ラーメンのほか、太刀魚の塩焼きや「さがり」と称する牛の串焼きなどを食べさせる。洋酒ばかりを飲ませる屋台もある。市がこれらの路上営業や衛生を取り締まろうとしたり、あるいは屋台のぼったくりが問題となったりもしたが、外来者にはこの屋台の風情は趣あるものだ。

角には辰野金吾《たつのきんご》設計の赤煉瓦の建物がある。昔の生命保険会社の建築だがいまは文化施設になっている。五人が泊まった「川丈旅館」を探した。おどろいたことに博多側の川べり博多橋の近くに、ビルになってはいたが、現存していた。岩波文庫『五足の靴』には「かわたけ」とルビが振ってあるが、旅館の名は「かわじょう」だった。

福岡を訪れた「五足の靴」一行を、県文学同好会の会員が囲んで記念撮影。
白秋（後列右から五人め）や勇（前列右から七人め）の学生服姿が初々しい。
勇の肩越しに正雄、最前列中央に萬里、その後ろが寛（柳川市白秋記念館所蔵）

五、砂丘

翌八月一日、五人の旅人は、博多から千代の松原を眺めながら汽車で走った。

「朝、汽車は千代の松原を走る。松緑にして砂白き古来の絶景である。この中に筥崎《はこざき》八幡香椎《かしい》の宮がある」

今宿《いまじゅく》(現福岡市西区)に生まれ、関東大震災の後、夫大杉栄《おおすぎさかえ》、甥《おい》の橘宗一《たちばなむねかず》とともに憲兵隊にくびり殺された伊藤野枝《いとうのえ》の墓を探すために来たことがあった。その墓ははじめ千代の松原に建てられたが、宅地開発もあって撤去され、その後もアナキスト(無政府主義者)の墓ということで数々の受難にあった。寺に移設された墓石は檀家に忌避された。それで山中にまた移されてしまった。

いまその千代の松原は、宅地開発などでほとんど残されていない。

「向うに日を受けた日蓮の銅像の大頭がきらきらと輝き、博多湾を睨《にら》んでいる」

この日蓮の銅像が公園の中にまだある。明治でも相当古い時代の銅像である。亀山上皇の冠をぴんとたてた銅像(高村光雲《たかむらこううん》の弟子、山崎朝雲《やまざきちょううん》作)もある。

ここはかつて玄界灘《げんかいなだ》をものともせず蒙古《もうこ》が襲来した地であり、その後、逆向きに海に出て行く海賊、倭寇《わこう》の根拠地でもあった。フビライ・ハンの軍勢が日本にせめて来たのは鎌倉時代（一二七四、一二八一年）である。その後、第二次大戦の米軍の空襲や沖縄上陸まで、他国に侵略されたことはないから、蒙古襲来は神風伝説とともにながく語り伝えられる物語になった。

倭寇について、「殺されたものの子孫が殺したものの子孫を殺すのだから気持がいい」などと物騒なことを書いているのは誰だろう。まさか萬里や杢太郎ではあるまい。H君と文中にあるから白秋でもない。やはりかつて熱き国士の血を沸かせて朝鮮に渡った与謝野寛ではあるまいか。倭寇は密貿易で得た金を博多の花街でばらまいたという。「黄金ならべて女郎買う時は諸国諸大名も及びやせぬ」という小唄が柳町《やなぎまち》遊郭に残っている。

一行は「海の中道」まで来た。「玄界灘と博多湾とを界し、長さ三里に亘《わた》る砂丘の連続である」。いまの松林のリゾートで立派なホテルが建っている。玄界灘の途中、向こうには能古島《のこのしま》、昭和の文人、檀一雄《だんかずお》が晩年に住んでいた島である。

「白い砂が白く光って人の眼を眩《くらま》す。暑さは熬《い》るようである。えぐれた壁に蔭《かげ》を求めて衣《きぬ》を脱し、天野、河内、中田三氏と我ら五人、八人の男は海に跳び込む」

してみると三人の現地案内人がいたようである。遠浅の海で泳いだ。泳ぎ疲れると芋のように砂の上に転がり、猿のように砂丘をよじのぼる。若い。

「H君の発見した小児らしい遊戯が八人の男を支配し、交《かわ》る交《がわ》る登っては滑り下る。砂丘は八人の男と俗界との交渉を絶った」

こけつまろびつ、まるでじゃれあう猫のようだ。行きあたりばったりの若者の旅らしい。面白そうなら降りて遊ぶ。腹が空《す》けば食べる。疲れれば泊まる。

先に述べたように「明星」七月号の社告によると、この旅のメンバーに木下杢太郎こと太田正雄は入っていない。はじめ佐賀在住の同人中尾紫川を含む五人だった。紫川は佐賀でも別の文芸誌を編集している。しかし八月号では太田を入れて六人となり、実際には中尾は参加しなかったらしい。行く先が宮崎・鹿児島方面からぐっと西にそれ、天草を目指したのは、後から加わった太田正雄のイニシアティブによる。彼は「南蛮」とキリスト教の受容に対して興味を持ちはじめていた。

「わたくしは旅行に先立って、上野の図書館に通い、殊に天草騒動に関する数種の雑書を漁り、且《か》つ抜書をして置きました。二三年前ゲエテのイタリア紀行を読み、それに心酔していましたから、そういう見方で九州を見てやろうという下心でした」(木下杢太郎「明治末年の南蛮文学」)

第一高等学校時代に、杢太郎は岩元禎《いわもとてい》教授のゲーテの講義を受けていた。この人は夏目漱石『三四郎』の広田先生のモデルともいわれている。ゲーテの南へ向かう『イタリア紀行』も杢太郎はドイツ語の原文で読んでいる。「ズィーンズフト」、北国のドイツ人の南への甘やかな憧れを、彼も感じていた。またゲーテの博物学的な土地の観察にも学ぶところが多かったであろう。明治三十七年（一九〇四）、二十歳の日記にはGÖTZの字が躍る。

「残の色世におちて其影なむぞ悲壮なる――GÖTZ――われをして其一光線に曝《さら》さるる価《あたい》あらしめよ」（六月十八日）

「イタリヤライゼを少しくよみて十時錦姉と植物園の花見にゆく」（明治三十八年四月十六日）

「ひる前イタリヤをよむ、石津はやつでの葉をはさみなどす」（同四月三十日）

なぜだかGOETHEがGÖTZと略されている。木下杢太郎日記を読んで驚くのは、この二十歳前後の青年の赴くままの自学自習と、それによって果たされる早熟な人間形成である。その理想の高さ、りりしい自律、恵まれた知力と体力の均衡にほとんど憧れを覚える。

木下杢太郎は明治十八年（一八八五）八月一日、静岡に生まれた。いまの伊東《いとう》市で、私は四半世紀前に、初めてこの生家跡の記念館をたずね、杢太郎晩年の植物スケッチの葉書を求めた。これもまたすばらしいものである。生家米惣《こめそう》は米、塩から始まり、さらに呉服、荒物、書籍までも販売する大商家だった。父二代目惣五郎《そうごろう》は勤勉だったが、彼が三歳のとき亡くなり、長姉よしが婿惣兵衛《そうべえ》を迎えて店を継ぎ、この二人が親代わりとなった。杢太郎は七人きょうだいの末子だが、兄姉もみな優秀で、長兄賢治郎《けんじろう》はのちに伊東市長となり、次兄圓三《えんぞう》は東京大学を出て土木技術に活躍し、三姉たけは勉強が好きで明治女学校に入り、伊東で最初のキリスト教徒となった。樋口一葉《ひぐちいちよう》と写した写真がある。この写真では唯一、一葉が日本髪ではなく、長く髪を垂らしている。

小学校を終えて明治三十二年、上京し、姉や兄の監督のもと、獨逸《どいつ》学協会学校（現在の獨協《どっきょう》）に学んだのは家が彼を医者にするためであった。しかし杢太郎は洋画家三宅克己《みやけこっき》に水彩画を習ったり、「渓流」という雑誌を出したりして、心は美術・文学にゆれた。本当は画家になりたかった。

「我は国家の為《た》めに生きざらむ、数人の為めに生きざらむ、われは自己の為めに生きむ！　これ一部にして且《かつ》全部なり、而《しこう》してわれの取る可《べ》きものは夫《そ》れ文学!?」（明治三十七年一月二日）

杢太郎という筆名を用いたのは、文学などは遊惰なものとする父兄の監督が厳しく、本名を用いず筆名に隠れたのである。一高第三部、いわゆる医科コースから文科に移ることを断念し、明治三十九年七月、東京帝国大学医科大学に進学したこのころ、木下家が持っていた白山御殿町《はくさんごてんまち》の家作に住んだ。しかし文学への希望断ちがたく、新詩社の同人となったのは翌年三月、長田秀雄《ながたひでお》の紹介による。そして七月末、「五足の靴」のうちの一足となった。

杢太郎が上野の図書館で読んだのは『日本西教史』『日本聖人鮮血遺書』『南蛮寺興廃記』『阿蘭陀紀聞《おらんだ》』『島原紀』『長崎港草』などである。一五四九年、イエズス会のフランシスコ・ザビエルらがキリスト教を伝え、宣教師たちが信者や秀吉に謁見した。やがて一五八七年、秀吉は博多でバテレン追放令を出し、一六一二年、徳川幕府による禁教令が出される。そして一六三七〜三八年、島原の乱では十代の少年、天草四郎時貞を大将に、三万七千人が原城に立て籠り、悲惨な最期を遂げた。ここは世界史の中で見るため、わざと西暦にしてみたが、その一つひとつの事蹟《じせき》に杢太郎は驚き、興奮しただろう。

しかし、「これがわれわれの間の南蛮文学のはじまりでした」という言葉だけをうのみにしてはいけない。彼が知りたかったのは「キリシタン、でうすの魔法」といったことだけではない。

南蛮とはそもそも中国の王朝が辺境のまつろわぬ異民族を指した言葉である。日本にとっては大和朝廷から見た、南の島を指した。しかし大航海時代に入り、ポルトガル船の渡航以来、「南蛮」は西洋世界からもたらされる異質なもの、珍しいもの、不思議なものを指す言葉として定着していった。

杢太郎は海の子である。生まれ育った伊東の海をこよなく愛し、それをゲーテの『イタリア紀行』に重ねた。北国ドイツ人の南下の夢と同じく、伊東出身の杢太郎には潮風吹く海の風景への憧れがあった。その夕の浜で姉たちは英語の歌を歌ったり、泳いだりした。すでに三十八年の四月、霊岸島《れいがんじま》から船に乗り、房州を回っている。東京は知的好奇心には応えてくれたが、水気のない近代の灰色の町は彼の息を詰まらせた。

「あしき東京よ、汝《なんじ》はわが頭を此地に同化せしむることの出来ぬ様につくった」（明治三十八年四月十日）

「なるべく人と東京の地をみない様にして急いで家へかえった」（同四月十五日）

しかし杢太郎を動かしたのは原文の『イタリア紀行』だけではない。

「調高矣《しらべはたかし、》洋絃一曲《ギタルラのひとふし》（カルデロン）のイサベラ、折薔薇《おりばら》（レッシング）のエミリヤ、罪しらぬ乙女の、尼寺に入り、刀にふすも皆色よかりし為めのみ、実に、弱きものゝ罪は其《その》色よきにありといふめる」（明治三十七年六月二十九日）

これは森鷗外が明治二十年代に訳した西欧の小説で『水沫集《みなわしゅう》』に収められている。すなわち関心は狭く日本に伝わった「南蛮」ではなく、地中海世界そのものではなかったか。そして私は驚いた。

Ah, rossi, rossi fiori,

Un mazzo di violi,
Un gelsomin d'amore,
Per, dar al mio bene,

と日記（明治三十八年九月三日）に書きつけているではないか。これはアンデルセン『即興詩人』中、ジェンツアーノの花祭の前夜、女たちが紅の花と緑の梢《こずえ》を組んで輪飾りを編みながら歌う唄だ。そこに鷗外は原文イタリア語もそのまま載せている。

あはれ、赤き、赤き花よ。
菫《すみれ》の束よ。
恋のしるしの素馨《そけい》〔ジエルソミノ〕の花よ。
摘みて取らせむその人に。
（鷗外訳）

同じ日の杢太郎の日記。「サンタを以《もつ》て火に画かれたる天使なんていふなよ、おれが伊太利亜の空気で包まれているからいいさ」の一文からも、杢太郎が三年前に公刊された鷗外訳『即興詩人』に憧れ、深く読んでいたことがわかる。サンタというのは小説中、主人公のアントニオを誘惑する妖艶な年上の女性である。ナポリの考古学者の夫人だった。これにつづく「人間情欲の排斥はやがて大なる理想の道を見出《みいだ》す発端ではないか」はいかにも杢太郎らしい結論だ。

『即興詩人』という今やほとんど読まれなくなった小説は、デンマーク人アンデルセンが一八三〇年ごろ、イタリア旅行中に見聞きしたことを種に書いた。同じ学校で学んだ即興詩人アントニオと近衛士官ベルナルドオの友情と恋のさや当て、その対象となる歌姫アヌンチャタの悲劇などを書いた成長小説である。さながらイタリア観光小説と言ってもいい。そのなかにはイタリアの美しい風景や、カトリックの儀式、教会のたたずまいなどが克明に描かれている。何より、レモンやオレンジが緑の林にランターンのようにともるナポリからアマルフィ、カプリ、ペスツムまでの海沿いの風景が印象的だ。これはまさに西洋世界という異質なものを日本が受容し、憧れる経験となった。

森鷗外はドイツ留学中の二十代の頃にこの小説に魅了され、レクラム文庫のドイツ語版から九年の歳月を費やして翻訳した。日本の近代翻訳史において際立って影響が大きく、十九世紀前半のカトリック世界を描いたものとしても屈指である。ここにはバスク人フランシスコ・ザビエルが属したイエズス会（ジェズイット派）の学校《リセ》も登場する。

新教の国ドイツに留学した鷗外が、旧教カトリックの国イタリアの文物、風習をこれほど正確に訳すことができたのにも驚く。勉強熱心な太田正雄はもちろん、当時の外国からの情報に飢えていた知識人はほとんどこれを読んだのではないだろうか。

杢太郎はずっとのち、鷗外を「テーベス百門の大都」にたとえたが、杢太郎自身、絵に、文学に、歴史に、そして語学に通じ、医学を学んだ点で、鷗外と同じ道を行く人である。鷗外に私淑したといってよい。彼が尊敬する巨匠《メエトル》と実際に相まみゆるのは明治四十一年九月、五人づれの旅から帰って、もう少しあとのことになる。

『五足の靴』をゆく

博多湾の海の中道から玄界灘の島々を望む

六、灰色の柩、柳河

「筑後の柳河まで来た。海を控えて水田と川との多い土地だ。北原氏に宿る。即《すなわ》ち我らが一人《いちにん》なるH生の家だ」

はじめて柳川を訪れたのはもう二十年も前のことで、博多天神から西鉄で行ったと覚えている。上野の不忍池《しのばずのいけ》地下駐車場の反対のために、高畑勲《たかはたいさお》監督の『柳川堀割物語』の上映を何度も企画していたからである。昔は柳河と書いたが、現在の地名は柳川。詩人、北原白秋が「水郷柳河はさながら水に浮いた灰色の柩《ひつぎ》である」（『思ひ出』）といった柳川の水路は、高度成長時代に汚れ、悪臭を放っていた。

「水は清らかに流れて廃市に入り、廃《すた》れはてたNoskai《ノスカイ》屋（遊女屋）の人もなき厨《くりや》の下を流れ、洗濯女の白い洒布《さらしぬの》に注ぎ、水門に堰《せ》かれては、三味線の音の緩む昼すぎを小料理屋の黒いダアリヤの花に歎《なげ》き、酒造る水となり、汲水場《くみずば》に立つ湯上りの素肌しなやかな肺病娘の唇を嗽《すす》ぎ……」（同）

故郷、水のまちを描いて、これほどすぐれて美しい随筆を知らない。これを読むとき、私は、日本ではなく、タイのチャオプラヤ川やインドネシアのカリマンタン（ボルネオ島）で見た、川を表とした暮らし、そこで水浴びをし、泳ぎ、水を汲み、船で走る風景を思い出すのだが、日本の高度成長はそうしたのびやかな風景の存続を許さなかった。川は行政に管理され、利活用できなくなり、家の裏になり、やがて汚れた。見捨てられた掘割を埋めてしまおう、と行政が決断したとき、一人の勇気ある公務員、広松傳《ひろまつつたえ》が、掘割はなぜ柳川に必要か、ということを実証して計画を覆した。

すなわち、掘割は、雨期には水を吸収して土地を洪水から防ぎ、乾期には水を吐き出して田畑をうるおす調整役だというのだ。埋めれば水害や地盤沈下が起こる。訪ねたころは、市民による掘割の清掃や復活がすすみ、私は柳が水面に垂れる掘割を舟でめぐり、名物うなぎ蒸しを味わい、白と黒、ナマコ壁の北原白秋記念館を訪ねた。そここそ「五足の靴」が足跡を記した白秋の生家あとである。

彼ら五人は八月一日に柳河に着いた。

「H生の一家は東京から客人を連れて長男が帰るというので、室内の装飾やら、寝具の新調やら、非常の騒ぎをして款待の準備が頗る整頓して居る。それで我らに面会のため他郡から出掛けて泊り込む者もあるので、台所では祭礼の日のような混雑だ」

この情景は私には、アラン＝フルニエの名作『ル・グラン・モーヌ』の、林の中の館での結婚式の準備を思い起こさせる。田舎のいつもは何事もない日常の中に生じた祝祭のようなあわただしさ、晴れやかさ。

北原白秋はこの五人の旅人の中では最も有名で、いまも知られている人だろう。明治十八年（一八八五）一月二十五日、柳河藩の御用達をつとめる家柄、かつ九州一の海産物問屋の長男として生まれた。祖父の代から酒を醸し、父の代にはそれが主となった。屋号を古問屋《ふっといや》、または油屋という。

子どものころはいたって虚弱で、いつ壊れるかわからない「びいどろびん」、ガラス罎《びん》とさえいわれた。チブスにかかり、本人は助かり、乳母が伝染してなくなった。なぜ「夜」というものがあるか、恐れおののいて死を考えた。五歳で初恋、六歳で神童といわれる。七歳で旧藩主立花《たちばな》家への平等主義からくる反感をもち、八歳で『竹取物語』『平家物語』を読んだ。明治三十三年「明星」が創刊されたころ、白秋は十六歳で島崎《しまざき》藤村《とうそん》『若菜集《わかなしゅう》』を愛読していた。十七歳から短歌をつくりはじめ、学業を怠ったため、半年休学し、卒業試験も追試も受けられず、卒業寸前に伝習館《でんしゅうかん》中学を退学。その春、上京して中学卒業資格もないのに早稲田大学英文科予科に入り、若山牧水《わかやまぼくすい》、長田秀雄、土岐善麿《ときぜんまろ》、安成貞雄《やすなりさだお》らを知った。

白秋の人生は、ことごとく反抗である。早く詩壇に躍り出た白秋は最初、射水《しゃすい》、さらに薄愁《はくしゅう》と号し、旅の前年、明治三十九年に、二十二歳で与謝野鉄幹に乞われて新詩社に入った。その後、与謝野、吉井勇、茅野蕭々らと紀州、奈良、京都に遊んだ。そして翌年夏のこの九州行となるわけだが、学生服を着ていたとはいえ、学校にはほとんど行かなかった。彼には天稟《てんびん》があり、自学自習の人として自分をふくらませていく。

五人づれが柳河に着いたとき、しかし北原家は没落の途上にあった。明治三十四年、沖端《おきのはた》の大火で、酒蔵および酒のすべてを焼く。このとき酒が掘割に流れ入り、土地の人々は争って首をつっ込んで鯨飲、消防夫さえ泥酔して、火を消しとめるどころではなかった。という嘘《うそ》のような伝説さえある。白秋は長男で、弟鉄雄、妹家子《いえこ》、末弟義雄がいた。鉄雄は後に白秋を助けて阿蘭陀書房を創立、雑誌「アルス」を出し、妹家子は画家山本鼎《かなえ》の妻となった。末の義雄はアトリヱ社を創立した。

「明星」や新詩社、鉄幹、萬里、正雄、勇たちのことは、大事な長男の連れてくる都の文人たちとして事前に認識されていた。白秋自身、六月から三池の白仁勝衛などに旅のスケジュールを相談し、途中の同行を依頼した。これによると何度も予定は変更されている。旧家の台所はよく土地の人々に開かれていた。騒ぎをよそに裏の何十間とつづく酒蔵では、蔵人が酒袋に用いる柿渋をとるため、青柿を臼でつく。翌日、客たちは酒蔵で酒造りの段取りを教えられた。

「二十石入りの九尺桶《おけ》が封をしたまま薄暗い中に並んだ光景は壮大だ。桶と桶とが何か頻《しきり》に黄金色《こがねいろ》の呼吸《いき》で私語《ささや》く」

北原家は筑後屈指の蔵元で、とくに「潮《うしお》」という銘柄の酒は九州全域で名高かった。

八女《やめ》あたりのよい米を選んで「四十度《たび》も舂《つ》き白《しら》げ」たというから、いまでいう削り率の高い、雑味のない純米酒だったのだろう。客人には毎食、蔵から出したての「潮」が供された。あとの四人は大喜び。

「ああこの様な酒を水と酒精《あるこーる》との混合酒に舌鼓打つ東京人に飲ませてやりたい」

このとき白秋の父長太郎に乞われて各自、絹地に「潮」と題する歌を書いた。

君が家《や》の豊神酒《とよみき》のめば男《を》の子われ目にこそ浮べ万里のうしほ

というのは平野萬里の歌か、それとも冒頭に掲げたからには寛か。

火のうしほ世をも人をも焼かむとす恋にさも似る君が家の酒

は、『酒ほがひ』の歌人、吉井勇ではないか、と野田宇太郎氏は推測しているが、私もそんな気がする。

あとはわからない。

豊神酒に心うしほす恋の舟よろこびの舟帆ならべ来る

筑紫の海国いと若し青き潮こをろこをろに鳴りわたるかな
玄海の早潮に似る酒わきぬ君が倉なる一百の桶

五首並べてあるからには、各人一首ずつと考えるのがふつうであろう。とすると「君が」とない三、四首めのうちどちらかが、白秋の歌ということになる。そのほか「酔中興に乗じて」七首が並べてあるが、これすべて遠くにいる妻を歌ったもので、当時、公式に妻がいたのは寛一人。たとえば、

遠人《とほびと》よさめたる恋のよみがへる消息としもこれを見給へ

東京の与謝野家には既に四人の子どもがあった。しかもこの三月に双児の女の子が生まれたばかりである。歌人二人がいる家には曲折があり、心中は複雑であった。生活の中で廃れた妻へのかつての恋が、旅という距離の中でよみがえる。「酔中興に乗じて更に数首の歌を得た」というからこの節を書いたのは寛に違いない。

白秋は虚弱で、また家に余裕もあったので、上京してのち、高田馬場に一戸を構え、浅草育ちのひろという婆やを雇っていた。生粋の下町っ子のひろは仲間たちにも人気が

高く、ことに下町情調に憧れる杢太郎には、米山甚句《よねやまじんく》だの浅草の古い唄だのを教えてくれる人であった。この旅のとき、一足先に柳河に到着、浴衣《ゆかた》を出したり、何くれとなく同人たちの世話をしたという。ずっとのちに杢太郎の描いた柳河の情趣も捨てがたい。
「夕方には人々が縁台を堀のすぐ傍《そば》まで持ち出して団扇《うちわ》を使って居た。その掘割を小舟で下って町外れに出ると、葦《あし》かまこもの生え繁《しげ》った沼の間に自ら水路があった。突然に舟の上に橋が有り、橋の傍に灯のあかるい家があるような処《ところ》を通った。どこに行く途中であったか忘れたが、そういう景色は今でも思い出す」（「北原白秋のおもかげ」「改造」昭和十七年十二月号）
自然があり、人間が伸びやかに暮らす、もう日本では失われた風景。そう思うと胸がつまる。

『五足の靴』をゆく

北原白秋の生家は、柳河藩御用達の海産物問屋を営む旧家であった
（柳川市白秋記念館所蔵）

七、雨の日――佐賀

五人は柳河に二泊したようである。そこから今の大川あたりを通って佐賀へ向かう。「雨を犯して佐賀へ向う、枯れ果てて礎《いしずえ》のみ残る城の趾《あと》は到る処にある」まだ佐賀に至っていないので、これは福岡側の風景であろう。だけどすでに心は佐賀に飛んでいる。五人づれが鍋島《なべしま》といって憶《おも》い出すのは、なんといっても旧時代の鍋島のお家騒動だ。二代目鍋島光茂《みつしげ》のときに起きた事件で、家臣の竜造寺又七郎《りゅうぞうじまたしちろう》が殿様の機嫌を損ね、惨殺された。

しかしもともとこの辺は竜造寺家の領土だ。故なく殺された又七郎、その後を追って自害した母、その恨みを背負った猫が城中で殿様を苦しめる。もとは文化文政のころ、「佐賀の夜桜」という講談になったのが始まりで、怪談好きの市民を喜ばせるため、歌舞伎にもなった。トーキー時代の映画にもなり、私もテレビで見たような気がするが、入江《いりえ》たか子が「化け猫女優」とよばれた。

「御家騒動などは聞きたくない。徳川時代の歴史には型がある、気持のいい奔放な所がない、従って想像を働かせる余地に乏しい。独り天草が異彩を放つくらいなものである」、それより「死んだ城」の堀に浮かぶ青々した蓮《はす》の方がはるかに気持ちがいいというのである。明治四十年代の青年たちには徳川時代がすでに過去のもの、旧弊で打破すべきものとして捉えられている。明治政府の「教化」は成功したようだ。五人のうち二人は商家、一人は僧侶、一人は負け組の藩の下級武士出身だというのに。

「太《ひど》く古い町である。軒は歪《ゆが》む、壁は崩れる、腐った家屋《やね》には苔《こけ》が植えてある。幾百年の昔建てた祖先の位牌《いはい》の前で子は孫を生む、老爺《じじい》は死ぬ。その鎖をたどると少しずつ違ってしかも何処《どこ》か似ている顔がずらッと並ぶ。天下に事なし、自然主義が流行《はや》ろうが、象徴主義がどうあろうと毫《ごう》も関《かかわ》らん所が面白い」

五人づれは、九州の男は夏はみな上半身ハダカであることに驚いている。また東京の家は新築が多いので晴天のよう、京都の家は新築が少なく渋い色が塗ってあるから曇天のよう、「田舎の衰えた町は家全体が泥と同化している、夕暮の色である」という観察がおもしろい。

県庁の福田義彦《ふくだよしひこ》さんが案内を務めてくれるという。この方は土地の歴史に大変に詳しい。まず、柳河から来た五人が、筑後川を渡ってきた諸富《もろどみ》に連れて行ってもらった。

佐賀は川が多い「水の国」である。旅の印象は天気によって変わる。五人が来た時、雨はいよいよ降る。石塚というところで濁った筑後川を石塚から船で渡り、諸富で上陸した。いま福岡側を大川市という。

諸富から鉄道馬車に乗る。「濁れる河を渡ると佐賀まで鉄道馬車がある。乗る。よく見ると品川と新橋との間を通ってよく脱線したそれの御古《おふる》であった、紋章がそのまま残っている。Ｉ生が学校の行き返りに乗った馬車である」と書いてあるからには、これはＩ生こと吉井勇の文だろう。

「佐賀軌道は、明治三十六年（一九〇三）八月に創立し、その設備は品川馬車鉄道会社の使用していた軌条、車輌、馬具など一切を購入して、営業は翌三十七年二月から開始し、佐賀駅—諸富間の運行を行った」と『佐賀市史』第四巻にある。当時、諸富から佐賀は一時間かかり、乗車賃は十五銭だったという（清水静男「五足の靴と佐賀・唐津」「末盧《まつろ》の国」一一三号）。

「当時、渡し場がありました」と福田さん。たしかに古い写真も貼ってあり、諸富の渡しは昭和二年（一九二七）になくなったと書いてあった。「五人づれは船で渡って来て、そこから鉄道馬車があったのに乗ったのでしょう」。鉄道馬車は明治の初期に上野から新橋などにもあったが、レールの上を走る馬車で、馬が引くのである。

思ひきや、筑紫のはてに

品川の馬車を見むとは。

現在はここに昇開橋がかかっている。大きな船が通る時には橋桁が上がる、何とも大きな赤い橋である。昭和十年に作られたもので国交省可動施設、近代文化遺産として注目を集め、国の重文になった。

五人は午後二時に佐賀到着、佐賀の文学好き連中にも事前に知らせがいっていたものと見え、その案内で佐賀城を見た。

福田さんの話を要約すると、佐賀は肥前鍋島家三十五万七千石の城下町、今は二十三万人の人口がある。旧幕時代は支藩が三つ、親類、親類同格などの鍋島と縁故のもので強く支配を固めた。その下に家老家をおいた。「殿様の鶴の一声はなく、雇われマダムに全責任を持たせるようなもんですな」と福田さんは穿《うが》ったことをいった。殿様は？と聞くと「鍋島の一代かわし、といって一代置きに名君が出ます」とすました顔である。ひょうひょうとした方で比喩がうまい。オールカラーの観光パンフや県や市の出している資料より、よほど歴史が頭に入る。

いまもホテイアオイが佐賀城の堀に浮いている。「この堀は築城のさい、木のスコップみたいなもので、手で掘ったんですよ」というので驚いた。

長崎警備を仰せ付けられて、その負担で藩財政は苦しかった。「殿様が参勤交代から戻り、お国入りすると借金取りが押し寄せて、出立ができなかったくらいです」と福田さん。このために借金をチャラにする、役人を三分の一に減らす、陶器と茶の産業を奨励するなどの改革を断行した。藩校弘道館《こうどうかん》を強化し、牛痘《ぎゅうとう》ワクチンを制度化し、佐賀藩は品川のお台場を作るのにも功があった。

さらに幕末の名君とされる鍋島閑叟《かんそう》（斉正《なりまさ》）が軍事研究にいそしみ、英国からアームストロング砲を輸入・開発した。これは佐賀藩兵にしか扱えなかったという。たとえば上野に陣取った彰義隊は本郷台地の加賀藩邸などに据え付けられたアームストロング砲の威力で、半日で壊滅した。

薩長土肥《さつちょうどひ》といわれて維新の勝ち組四藩の片隅をしめたのは、この四藩が版籍奉還の建白をなしたからだが、佐賀すなわち肥前が藩閥政府に占める比重は高くない。最後の殿様鍋島直大《なおひろ》は維新後、イタリア公使などをつとめ、美しく才気ある妻栄子《ながこ》とともに鹿鳴館でも活躍した。この人の娘が梨本宮《なしもとのみや》に嫁いだ伊都子《いつこ》で、『三代の天皇と私』という、いかにも皇族出身ならではの見識ばった本を著している。反対に鍋島家には朝香宮《あさかのみや》から紀久子《きくこ》が嫁いできた。明治天皇の孫娘に当たるこの方には縁あってお会いしたことがあるが、爪に緑のマニキュアを施したとてもハイカラな方だった。

鍋島家は閨閥《けいばつ》にも恵まれ、旧藩主は維新政府に重用されて、東京に出たきりであった。

というか維新で旧藩主はいったん国元に帰ったのであるが、その後、明治政府は旧藩主に東京に住むよう命じた。そしてしかるべき爵位を与え、国会が開かれると貴族院議員に任命した。鍋島侯爵の邸《やしき》は渋谷の松濤《しょうとう》にあって、その辺はお茶の栽培で有名な土地だった。

佐賀城は慶長の頃に本丸が建てられている。天保六年(一八三五)に再築したが、二の丸三の丸は再建されなかった。本丸は殿様の住まいのほか、行政機能も併設したので、ひどく手狭であった。維新後、新政府は古い城を破却するよう命令し、多くの城は壊されて堀と石垣だけになる。五人づれが来たのはそんな、城下町に元気のないときであろう。福田さんがいうには「佐賀城の場合は明治になっても本丸御殿は残っていました。明治七年の江藤新平らの佐賀の乱で焼けたというのは大嘘です。『焼かんとすれどもよく燃えず』と文書に残っています。新政府でなく、我々佐賀人が少しずつ壊したんでしょう」。

「高度成長期は城の堀の中に道を通し住宅を建て、堀も少しずつ埋めて、県庁をお城のかわりに置いて、市役所や市民を下に見ていばっていた。高さ条例を変えて県庁をコンクリートの高い建物にしたので、それにならってたくさんマンションができました。しかし最近、石垣や天守閣の復元が地方のアイデンティティ確立のために流行ですからね」

　佐賀城も五人づれが見たときのような物さびた雰囲気はなく、大広間などが美々しく復元され、観光地になっていた。

　私はできるだけ古い町並みを歩きたいと思った。それで佐賀劇場や南蛮寺のあったあたりを散策してみた。しかしその辺も歴史的街区として再整備が進められており、古風な町の情緒は失われていた。

「なんでも歴史を振りかけると最近は予算がつきます。環境形成地区として、堀の中にもともとなかったはずの学校や民家には移動していただくのですが、なかなか困難です。土地を寄付しましょうという人はいません。上物は古くてただ同然でも、土地は高く買ってくれとなります」

　どういう経緯で、堀の中に民家が建ったのかはよくわからない。私は母校創設者に敬意をあらわして大隈重信《おおくましげのぶ》の記念館に行ってみた。今井兼次《いまいけんじ》の設計というが、コンクリートの武骨な建物だ。佐賀の七賢人として、ほかにパリやウィーンの万博視察、運営や日本赤十字社設立に活躍した佐野常民《さのつねたみ》や、書家としても知られる副島種臣《そえじまたねおみ》のことも紹介してあった。これにも福田さんは「七賢人なんて言い出したのはこの二十年くらいのことですよ」と冷静だ。

最後に福田さんが「どうしても見せたい」と案内してくださったのは石井樋《いしいび》というところである。これは優れた水システムで、いったん樋に追い込んだ嘉瀬川《かせがわ》の水を逆流させ、砂を沈殿させてまわすというやり方で、考案者を成富兵庫茂安《なりとみひょうごしげやす》という。嘉瀬川だけでなく、筑後川の水をどうひいて供給するかはこの城下町の最優先課題だった。ここに至って、私はやっと佐賀人のすごさを納得した。

明治四十年に戻る。五人は書店で気になる対抗誌「早稲田文学」を買い、夜は例によって宴会だったのだろう。どこに泊まったかは不明。白秋が即興でつくった唄が皆を哄笑《こうしょう》させた。結びはこうだ。

さて夜がふけた、鳴りわたる、
音は法華の題目か、
いな、いな、あれは自然派の、
早稲田太鼓を知らないか、
でかだん、でかだん。

「早稲田文学」（第二次）は当時、優勢に向かう自然主義派の牙城であった。前年に島崎藤村『破戒《はかい》』が自費出版され、同じ年には田山花袋《たやまかたい》『蒲団《ふとん》』が「新小説」に発表されている。その文学は、熱き血潮の浪漫主義者、新詩社同人にとっては所詮、虚無退廃《デカダンス》の陣太鼓にしか聞こえなかったのだろう。それでも旅先で雑誌を買うあたり、対抗誌を十分意識していたといえなくもない。

八、吉井勇

佐賀の項を書いたのは吉井勇だと思う。ここで紹介しておく。

歌人として知られる吉井勇は明治十九年（一八八六）十月八日、芝区《しば》高輪《たかなわ》南町に生まれた。祖父は、薩摩《さつま》出身で維新の志士であった吉井友実《ともざね》、大久保や西郷とともに国事に奔走し、最後は枢密顧問官、伯爵であった。上野の山の西郷隆盛像の台座に、発起人としてその名がある。

父幸蔵《こうぞう》は維新の二世代目で、少年時代に欧米に留学、英・仏・独語が達者であった。海軍士官となったが戦傷を受け、捕鯨会社を経営した。高輪には薩摩屋敷があったから、薩摩出身の有力者はこの近くにかたまって住んだのであろう。家は二、三千坪もあった。

やがて勇は府立第一中学校（いまの日比谷高校）に入る。同級に谷崎潤一郎、辰野隆《ゆたか》、石坂泰三《たいぞう》、土岐善麿がいたらしい。勇自身、中学二年のときに森鷗外訳『即興詩人』に熱狂した。「全く生まれ変ったといってもいい位、自分の情熱が豊かに美しくなってゆくのを感じた」（『即興詩人』）。そのために落第もし、文学への道をめざした。ところが空想的な父が樟脳《しょうのう》の事業に失敗して没落し、田端《たばた》よりも市街にはずれた尾久《おぐ》の川ぞいの家に住むようになる。孤独と落魄感《らくはくかん》から、四年次には海軍志望を理由に攻玉社《こうぎょくしゃ》中学に編入する。

肋膜《ろくまく》を病んで平塚の杏雲堂《きょううんどう》病院に入院したり、鎌倉で転地療養して二十歳のころには、中学を卒業し雑誌「明星」に出会い、新詩社に入社、作歌に熱中し始める。明治三十八年のことである。

勇は九州旅行の前年、明治三十九年に鉄幹、白秋、茅野蕭々とともに、伊勢・紀伊・奈良・京都を旅した。これが酒と女と旅の詩人、吉井勇の旅のはじまりだったかもしれない。伯爵の坊ちゃんは、新詩社に入って高村光太郎、木下杢太郎、平野萬里、森鷗外、上田敏《びん》、馬場孤蝶《こちょう》、生田長江《いくたちょうこう》、石川啄木といった、階層もさまざまな、多彩な人々を知った。

翌年夏の九州行きについて、

「与謝野先生だけが黒い背広で、あとの四人はみんな金ボタンのついた学生服を着ていたのだから、よそ見にはまるで修学旅行のように見えたかもしれない」（吉井勇『私の履歴書』）

と書いている。同じ学生服でも、東京帝国大学の木下、平野がそれぞれ医学、工学を極めるため真面目に勉強をしていたのに比して、早稲田組の吉井、北原はほとんど学校に行っていなかった。兄秀雄が新詩社の同人だったので吉井を知っていた長田幹彦《ながたみきひこ》は、学校で吉井に出くわしてびっくりした、という（「吉井君を偲《しの》びて」）。早稲田に籍があることさえ知られていなかった（巻末「関連略年譜」によると入学はこの旅と同じ明治四十年となっている）。授業にも出ず、教科書なども全然持っておらず、自然、退学することになったらしい。そのころは神田の三崎座の女優内田静枝《しずえ》に夢中で通いつめていた。のち荷風と短期間、結婚する藤蔭《ふじかげ》静枝である。

九、唐津

五足の靴は佐賀から唐津《からつ》に向かった。伊万里《いまり》経由で行ったようだが、その記述はない。唐津は海が見える、私の好きな町である。

八月四日、五人は佐賀発六時五十四分の汽車で佐賀を発ち、唐津に九時十九分に着いた。唐津線は明治三十六年（一九〇三）全線開通したようだ。一行はまず近松寺《きんしょうじ》で講演をした。これについては「佐賀新聞」七月三十日付で「来る八月四日（日）午前九時より唐津西の浜『金波楼』に於《お》いて、第五回文芸同好会開催。与謝野鉄幹氏外数氏の講話。一丸利恵子の筑前琵琶、その他喜劇、素人演芸の余興あり。ちなみに同会発行の雑誌『野の花』第三巻第三号はことのほか光彩を添え、すこぶる見るべきなり」と予告が出ているそうな（清水静男「五足の靴と佐賀・唐津」「末盧の国」一一三、一一四号）。

金波楼は今はない唐津観光ホテルのことらしく、重文旧高取《たかとり》邸の隣にあった建物である。しかしなぜかここでは開催されず、会場は名刹近松寺に変更になった。百二十人も集まったというから大盛会である。太田正雄と鉄幹が講演した。太田の話は多岐にわたりすぎで「余り会員の気受けよろしからず」、鉄幹の話は「拍手の間に演了せり」と八月六日の「佐賀新聞」は報じている。

この寺にはその六年ほど前の明治三十四年五月二十日、五人の尊敬する森鷗外が近松の墓を訪ねてきている。近松門左衛門は若い日をこの寺の小僧として学んで、そのためにここに葬られたというが、真偽のほどは定かではない。伝えによると近松の墓は全国に三つあるらしい。小倉師団の軍医部長であった鷗外は徴兵検査のついでに、自らも戯曲を作るからか、近松に興味を引かれて詣でたようだ。その時は境内が荒廃して、墓石は一たび奪われ、戸外でなく庵のうちにあった。

午前中の講演会をすませ、戸外で大勢で撮った写真が残されている。これは近松寺の庭ではないかとおもわれる。それから町中の寺からここにもあった鉄道馬車に乗り、途中から馬を外して機関車を連結した。

「唐津近松寺を出でて鉄道馬車に乗る、正面を見て来た来たというと中途で馬を外した、何事ならんと思えば遥《はる》か向うの方から煙を吐いて来るものがある。今機関車が来るのだそうだ」

「紫の烟《けぶり》をぱっぱっと断続的に吐きながらがたぴしゃとやッて来たのを見るとぺらぺら

の鉄の函《はこ》だ、極《ご》くプリミチーヴな玩具《おもちゃ》のような石油機関車である。機関車が止まると五六人で客車を押して結び付ける。ぼーと一時に濛々《もうもう》たる烟を上げて車が動き出す、その前にぶるぶると馬のように震えたには一同舌を巻いて驚いた」

じつに面白い。こんな遊園地にあるような汽車に乗ってみたい。火夫が面白がって石油を焚《た》く。その臭いが客車に満ちる。

福岡には千代の松原があったが、唐津には虹の松原がある。

「美しい虹の松原を珍しい汚い黒い動物が息ざし荒く腹の中に人間を数《す》十人容《い》れて走ってゆくのである」

唐津は礼法で有名な福岡小笠原《おがさわら》家の支藩である。その城は舞鶴城《まいづるじょう》といわれ、城郭の上からは松浦潟の松原がすばらしい。

幕末の世子小笠原長行《ながみち》は幕閣中の切れ者として老中までつとめた。維新を起こした西国雄藩の中にあって、幕府に与《くみ》し、長行はついに箱館《はこだて》戦争まで行っている。彼の弟の小笠原胖之助《はんのすけ》は三好胖《みよしゆたか》という名前で彰義隊に加わり、上野戦争ののち箱館で戦死した。

彼らの墓も近松寺にあった。

藩主の長国《ながくに》は恭順を誓い、明治になって、アメリカ帰りの高橋是清《これきよ》を藩校に招いた。高橋はアメリカで苦学して帰り、のちに財政の専門家として日銀総裁や大蔵大臣、首相を務め、二・二六事件で殺されることになる。その唐津時代の門下から建築家辰野金吾、曽禰達蔵《そねたつぞう》が出た。岡田時太郎《おかだときたろう》、村野藤吾《むらのとうご》も合わせ、唐津から四人もの優れたゆかりの近代の建築家が出たことは特筆すべきだろう。このうち辰野金吾は東京駅や日銀、初代国技館の設計をした。赤煉瓦の東京駅の保存運動に加わったことから、私は唐津に招かれて、これらの建築家について話したことがある。またその縁で有名なくんちの祭りも見ることができた。

いっぽう、老中を務めた長行の妻は藩主長国の長女満寿子《ますこ》で、谷文晁《たにぶんちょう》について絵画を習った人であった。大正十二年（一九二三）に逝去している。樋口一葉日記に、動坂上にあった小笠原子爵邸に招かれ、「まきのりあ」なるめずらしい花を見たという記述がある。マグノリアのことだろう。小笠原子爵令嬢と一葉は中島歌子《うたこ》の歌塾の同輩で、付き合いがあったものと思われる。長行の息子が海軍士官として有名な小笠原長生《ながなり》で、この人の墓はかつて谷中《やなか》墓地にあった。なんだか私は唐津と縁が深い。

『五足の靴』に関して四度目に唐津を訪ねるにあたって、頼りにしたのは前に泊めていただいた「洋々閣《ようようかく》」という宿の女将《おかみ》大河内《おおこうち》はるみさんである。明治二十六年に満島《みつしま》に料亭として始まり、大正からは現地で文人の宿、また味の宿として知られる。戦後も佐世《させ》保《ぼ》の駐留軍将校が来て、なかにはマッカーサー総司令官のジュニアもいたという。いまでも英語の達者な女将がいるためか、外国人の客が多い。この女将は唐津を愛すること人後に落ちず、地域史もよくご存じだ。旧高取邸を保存・活用する会の中心となり、由緒ある建物を守ってきた、私には心近しい人である。

「五足の靴」一行を迎えて近松寺で撮影した記念写真(「末盧の国」一一三号より)

『五足の靴』をゆく

唐津の石油機関車と客車

十、松浦佐用姫の領巾振山

五人づれがたずねたかったのは、歌枕として有名な鏡山だったらしい。

唐へ行く港であるから唐津の名があるように、神功《じんぐう》皇后が三韓遠征、いまでいえば対外侵略といえようが、百済《くだら》、高句麗《こうくり》、新羅《しらぎ》に兵を出すとき、戦勝を祈願して山頂に宝鏡を奉納したということから鏡山という。しかし一般には「領巾振山《ひれふりやま》」の名の方が親しい。宣化《せんか》二年（五三七）、若き将軍大伴狭手彦《おおとものさでひこ》は任那《みまな》・百済の救援のため、ここで船出を待っている間に、土地の篠原村の長者の娘で絶世の美女松浦佐用姫《まつらさよひめ》と恋仲になる。やがて出陣の日が来た。佐用姫は恋人の船を追い、追い切れず鏡山へ走って登り、頂上から領布《ひれ》をちぎれるほどに振った。いまでいうストールのようなものか。そして船が小さくなり、見えなくなると、船を追って山を下り、呼子《よぶこ》の近く加部島《かべしま》へ渡り、泣いて泣いて、ついには石になってしまったという伝説だ。

五人の旅人は例のおもちゃのような機関車で虹の松原の中を行く。

「二軒茶屋で降りる。列車も暫時《ざんじ》休憩する、手桶の水を逆《さかしま》にして熱く焼けた釜の上へぶちまけるとじゅうっと音がして白煙が立ち登る」

私は大河内はるみさんの運転する車で虹の松原の中を走り、昔の二軒茶屋の所まで行った。事前に、鏡山というのは私の足でも登れますでしょうか、とメールで聞くと、さっそく「私しかご案内できません。私は半分くらい松浦佐用姫の生まれ変わりではないかと思っておりますので」とウィットに富むお返事があった。若い五人が登ったのは夏の午後だが、私たちは一月の雪の午後だったのでダウンジャケットを着て、いろは坂のようなヘアピンカーブつづきの道を車で行くことにした。この道は昭和三十年（一九五五）ころ、昭和天皇巡幸に合わせて作った道だという。

「茶屋で上衣を脱ぎ、案内者を雇う。松原を突切ると領巾振山《ひれふるやま》が見える。さほど高くはない平《ひら》たい山である」

五人にも案内者がいたのである。「迂廻《うかい》して山の背面から登る。午後四時頃の日が斜にかんかんと照りつける」。はるみさんは地図も用意してくださっていた。「五人が登ったのはおそらく恵日寺《えにちじ》から登る道だろうが、今は荒れ果てて道はなくなっています」という。

「喘《あえ》ぎ喘ぎ急阪《きゅうはん》を登ること暫《しばら》くにして顧れば眼界頓《とみ》に開け松浦川の流が絹のように光る。前には領巾振山が緑の肌に衣《きぬ》も掩わず横《よこた》わり伏す」

頂上に着くと佐用姫茶屋の松尾《まつお》さんがおられて、古い道のあとを案内してくれた。

「度瓊可久岩《とにかくいわ》」という神功皇后にゆかりのある岩があった。道はその先で枯れ木に阻まれ、完全に消えてしまっている。頂上近くには蛇池という大きな池があり、鏡山神社があった。その境内には、

波に聞く松かぜに聞く遠妻やけだし筑紫のわが旅を泣く

という与謝野鉄幹の歌と、

緑なす山の頂
しろたへの領巾ふる少女
ひらひらと空になびかひ
ひるがえる領巾こそ見ゆれ

という平野萬里の詩「領巾振山」の一節を刻んだ碑が建っていた。いずれもそう古いものではない。

松浦佐用姫の伝説は、日本中の悲恋物語のなかでも私は一番心を動かされる。頂上に

は唐津焼でできた天空をみあげる松浦佐用姫の像が建っていた。写実的というより、天空を見上げてびっくりしたような顔をしている。そこにあったという松の姿はない。女将は「領巾を振るというのは、戦勝を祈願したのだとおもいます」という。歌劇『アイーダ』の「勝ちて帰れ」というアリアを思い出す。悲しみのあまり石になったという説も、海に身を投じたという説も、大蛇になって現れた、という説もある。「神功皇后の衣干す山というのも近くにありますので、戦勝と女の霊力ということでは伝説が重なっているのかもしれません」

女将は「われわれの子どもの頃は鏡山に遠足で登ったものです。でこぼこ道でバスなど通るとほこりをかぶって。高校くらいになると自転車を押して上って、帰りはシューッと漕がずに降りてきた。下を見ると田んぼの緑やレンゲの赤が、きれいでしたけどね」という。左手には松浦川の河口が見える。

五人にも悲恋伝説になかなか深い思い入れがあったようだ。

「うねうねした踏分道《ふみわけみち》は容易に尽きぬ。徒《いたずら》に仰いで頂上の松を望む男は何《いず》れも息をはずませている。よくこんな山へ女の身で登ったものだ、恋するものは労力を味う暇がない」

五人は泉の水を手ですくって飲んだ。生き返るようだった。

「眼《まなこ》を放てばそこらあたりに紅《くれない》の百合《ゆり》が火のように咲いている。恋に燃ゆる佐用姫の心である」

八月の山にはほかにも女郎花《おみなえし》、男郎花《おとこえし》、鈴蘭《すずらん》が咲き乱れていた。五人はそれらを編んで花環を作る。このへん、鷗外訳『即興詩人』のジェンツアーノの花祭や、主人公アントニオが初めて地中海を見たテルラチナの描写にそっくりなので、ここは同書のファンであった木下杢太郎こと太田正雄が書いたものかもしれない。さらにいうと、松浦佐用姫と大伴狭手彦の話は、『即興詩人』中の大きなモチーフ、カルタゴの女王ディドーとローマ建国の英雄アエネイスの悲恋とそっくりだし。

鏡山の頂上からははるかに唐津の町がかすんで見えた。

唐津は山上憶良《やまのうえのおくら》の赴任地としても有名だ。憶良もこの伝説を歌っている。

松浦県《まつらがた》佐用比売《ひめ》の子が領巾振りし山の名のみや聞きつつ居《を》らむ

憶良については、『五足の靴』は「天平の頃山上憶良が肥前の国司として不平で堪《たま》らず、この辺をぶらぶら歩いたのだと思うと非常に面白い」と書いている。「憶良が若鮎《わかあゆ》釣る美わしき娘子《むすめ》に会い、歌を贈った所である」とも書いているが、引かれている次の歌は憶良のものではない。

松浦川川の瀬光り年魚《あゆ》釣ると立たせる妹《いも》が裳《も》の裾《すそ》濡れぬ

憶良が肥前を去るさい、送別の宴で歌った歌で知られているのは次の一首。

天ざかる鄙《ひな》に五年《いつとせ》住《す ま》ひつつ都の風俗《てぶり》忘らえにけり

ほかに、有名な、

世間《よのなか》を憂《う》しとやさしと思へども飛び立ちかねつ鳥にしあらねば

もある。松浦佐用姫（比売）については『万葉集』に、

松浦県佐用比売の子が領巾振りし山の名のみや聞きつつ居らむ（八六八）
遠つ人松浦佐用比売夫恋《つまごひ》に領巾振りしより負へる山の名（八七一）
山の名と言ひ継げとかも佐用比売がこの山の上《へ》に領巾を振りけむ（八七二）
万代《よろづよ》に語り継げとしこの岳《たけ》に領巾振りけらし松浦佐用比売（八七三）

海原の沖行く船を帰れとか領巾振らしけむ松浦佐用比売（八七四）
ゆく船を振り留《とど》みかね如何《いか》ばかり恋《こほ》しくありけむ松浦佐用比売（八七五）
音に聞き目にはいまだ見ず佐用比売が領巾振りきとふ君松浦山（八八三）

の叙事詩的な七首があり、最後の歌がこれも山頂に碑となっていた。

「古《いにし》えの夢を今見て、一しお趣が深い」と『五足の靴』はいう。

私も領巾を振る佐用姫の気持ちをおもった。狭手彦の海の行く手も厳しいものがあったろう。ぼうっとしていると茶屋の松尾邦久さんが「寒いから甘酒をいかがですか。手づくりですよ」と請《しょう》じ入れてくれた。高校の先生を務め、ずっとこの山の上から通っていたという。

「今は趣味のような茶店ですが、昔はこれでもお客が多かったんですよ。家はもともと唐津なんですが、大阪にいて昭和二十年の五月に堺南港から引き上げてきました。戦争中だから疎開のつもりでね。ほかの空き家が条件悪く、山上のここしか空いてなくて、前の斜面でサツマイモ作ったりして。戦後はそれで芋飴《いもあめ》作って売ったんです。その売上げで、なつかしい大阪へいって豪遊するのがうちの楽しみでした。唐津にいるときは家族で山を下りて、喜楽湯に入って外食して帰って来るんですが、歩いて上がるんでついたころにはみんな機嫌が悪くなっている。母なんかツワブキの花が咲くとため息ついてね。十一月、これから客の来ない長い冬が始まると」

しばし山の上の暮らしを想像した。松尾さんはいま、この景色を四季折々に撮っている。奥さまと結婚したのは佐用姫のポスターの写真を撮ったことから、そのポスターを見ている女性に「花火を見に行きませんか」と声をかけたのだそうな。「佐用姫は恩人です」と笑う。

「下って虹の松原を逍遥《しょうよう》す、前後二里に亘る。日本無二の松原だそうだ、なるほど美しく大きい、時に日漸《ようや》く低く海が紅《あか》く燃えた。海より来る風が一刷毛《ひとはけ》に松原を撫《な》ずれば、松は一様に陸の方に靡《なび》いた、その形がわざとらしからず面白い」

五人はこんどは「海に面せる正面」から下山した。「背面に比し、道は広けれど一層急である。足ががくがくする。船遠ざかるに従い、一歩一歩と佐用姫はここを登ったのである」

いま続く松原はその時はない。鏡山の麓を波は洗っていた。彼らは虹の松原を逍遥し、夕陽がようやく低く、海が紅く燃えるのを見た。

虹よ、虹よというものがある。虹よ、虹よと答えるものがある。

「夢のような事実である。皆々あまりの嬉しさに手を合わせて拝んだ。その下に夕立雲がむくむくと起っている。来ては大変、虹の消ゆるを待て周章《あわ》てて駈出《かけだ》した」

虹の松原は寺沢志摩守《てらざわしまのかみ》（広高）が防風林として植えたもの。女将は「彼は唐津ではよい代官だったのですが、その後、天草では悪代官と言われ、息子の代に島原の乱で潰されるのです。豊臣譜代の臣だったから徳川にやられたということもあるのでしょう」といった。私は天草にいったとき、寺沢の荷斂誅求《かれんちゅうきゅう》にたえかねて起こった農民一揆こそが島原の乱だと聞いた。土地によって人格の語られる方向が逆のことがある。

虹の松原はほんとうに虹の出やすい所であるらしい。

女将の大河内さんと私は、山を下り、五人の泊まった紺屋町《こんやまち》の博多屋を探しに、駅の近くに降りていった。五人は鏡山を下りてのち、刀町《かたなまち》の中住屋という料亭で地元の文学愛好者と交流した。博多屋には中尾紫川、森潮高、天野淡翠《たんすい》、立花親民《ちかひと》、大島病葉《わくらば》も同宿したという。この宿に明治三十五年（一九〇二）には森鷗外も泊まっている。いまのように車の便がないと、たいてい旅人は駅前旅館に投宿するものだ。

薬屋で郷土史家でもある吉富さんをわずらわして、夕暮れのなかに五足の靴の碑を見つけた。旅館はすでに廃業しており、向かいの画材屋さんが博多屋のお身内であるという。大正七年（一九一八）には竹久夢二も息子不二彦を連れて唐津に来ているが、どこに泊まったものであろう。三味《しゃみ》の音が聞こえたとあるからには、もう少し粋な町筋かもしれない。

翌朝、五足の靴の一行は浴衣姿のまま、西の浜に出た。白砂青松、その表現が唐津ほど似合う所はない。高島、神集島《かしわ》、姫島などがはるか海上に浮かんでいる。神集島、なんてすばらしい名前だろう。そろいの浴衣で写した集合写真が残されている。

私は洋々閣へ戻り、夜、佐賀牛のしゃぶしゃぶを頂きながら女将大河内はるみさんといろいろ話した。海に沿うて旅をしているなら魚は食傷気味でしょう、という女将の配慮である。松浦佐用姫と神功皇后伝説はこのあたり各所に残り、どうもその二人の女性がかさなって見えるということ。佐用姫は篠原村の長者の娘とか絶世の美女とされているが、狭手彦にさしだされたお伽《とぎ》のための現地妻ではあるまいか。ずっと下るが秀吉も名護屋《なごや》城には土地の娘を広沢局《ひろさわのつぼね》として伴っていた。その頃、男女平等の恋などありえただろうか、そんな話をした。また今は重文となった旧高取邸の持ち主、杵島《きしま》炭鉱を経営した高取伊好《これよし》のこと。能舞台や茶室、洋間、杉戸絵を持つこの邸も壊されそうであったが、住民の要望で、すんでの所で唐津市が買い取り、保存・公開され、唐津観光の目玉になっている、とも。

いまはもう一つの豪邸、大島小太郎《おおしまこたろう》邸を残すか壊すかでもめている。

「高取伊好は佐賀藩士の子で高取家に養子で入った人で、邸のあるところは城下といえません。いっぽう大島小太郎はまさに唐津藩の財政を司《つかさど》った上士で、やはり高橋是清に薫陶を受けています。唐津銀行頭取となり、友人辰野金吾の弟子田中実に銀行を設計させました。明治四十五年築なので五人は見ていないことになりますが。満島港を石炭積出港にしたり、唐津に電灯を引いたり、鉄道を引いたりしたのも小太郎なんです」

と女将は郷土史のことになると一段と熱が入るようであった（その後、市役所と市民が協力して大島小太郎邸も立派に改修、公開された）。

明治三十六年に唐津線は全線開通している。それに乗って五人組は来たわけだ。

そこから五人は呼子から朝鮮出兵の根拠地となった名護屋城へ馬車で向かったというのだが、また唐津に戻り、佐世保に向かったのだろうか。清水静男氏の調査によると、その日のうちに佐世保に着くには西唐津駅発十二時四十五分の汽車に乗らなければならないという。いくら早く発ったとしても、呼子と名護屋を数時間で見て戻れるだろうか。

私にも出立のときが近づいていた。はるみさんが息子さんの運転で駅まで送ってくれた。

駅前にも唐津焼陶板の『五足の靴』の碑が立っている。

「はためくは何ぞ。」

「あな、おぞ、渡海船
今し出づとて帆捲《ま》くなり。
唐津の殿の
いとわかきあえかの姫の
髪に塗る伽羅《きやら》を
買ふべく。」

木下杢太郎が唐津で記した歌だという。タイトルは「はためき」。初出は明治四十年(一九〇七)「明星」十月号。そして彼の『木下杢太郎詩集』(一九三〇)「天草組」の冒頭に収められた。

「どうぞ唐津のことを存分にお書きくださいませ」

と女将はいった。私は駅のドアの取っ手まで唐津焼なのに気がついた。

領巾振山頂の蛇池

『五足の靴』をゆく

領巾振山より
唐津松浦潟を望む

博多屋にて、浴衣姿の五人づれたち。
前列左端が萬里、二人おいて寛、中尾紫川、
後列左端が白秋、一人おいて正雄、右端が勇
（唐津「五足の靴」文学展絵葉書より）

十一、旅の費用と成果

ちなみに、この九州旅行の費用について、のちに吉井勇は、「そのころは物価が安く、帰ってから計算したところ、各自一人ずつの割前が三十五円だった」（『私の履歴書』）と証言している。

明治四十年（一九〇七）の三十五円は今にすると一万倍まではいかないだろう。もりそば三銭、コメ一升が十六銭という時代である。一方、木下杢太郎の実家は旅の費用として六十円を送金したともいわれる。また家の貧しい平野萬里は東京大学宛《あて》に「旅費借用証」を提出している。エンジニアをめざす萬里にとって三池炭鉱の調査は旅程として欠かせなかった。

翌年、この旅に参加した三人が新詩社をやめたのは、成長ざかりの若き詩人たちに、鉄幹が他誌への投稿を禁じたことが大きかったという。

その後、森鷗外は鉄幹と青年たちの破綻を悲しみ、明治四十二年一月、雑誌『スバル』を創刊。その編集を担当したのは石川啄木、平野萬里、吉井勇の三人だった。啄木は吉井勇が女の話ばかりするので閉口したようだ。

「吉井の話はその五分の一だけ事実だ――常に。そしてスバルの原稿、受持の方を一つも集めてなかった」（二月十七日付、啄木日記）

三月は吉井が編集当番であったが、任を果たさなかったので、木下杢太郎が急遽《きゅうきょ》代わりを務めた。しかしこの三月号に吉井勇の載せた「痴歌」十四首のうちには、

ROMENよりNAPOLIへいそぐたをやめに似たる姿を我妹子《わぎもこ》に見る

と大変興味深い一首がある。もちろんこれは鷗外『即興詩人』のなかの女主人公、歌姫アヌンチャタのことにちがいない。アヌンチャタはローマでオペラ歌手となり、のちナポリに転じた。自分の恋人が彼女に似ているというのである。これに応えるかのように五月号に鷗外は、

怯《おそ》れたる男子なりけり Absinthe したたか飲みて拳銃を取る

を発表している。これは同じ小説『即興詩人』のローマの謝肉祭の夜、アヌンチャタを巡ってローマの山上でアントニオとベルナルドオが決闘するシーンを思い起こさせる。

アブサンはヨーロッパでつくられるハーブ系のリキュールで、水を加えると濁る。ギリシアのウーゾ、フランスのペルノーも同種のもの。

吉井勇の人柄はともかく、歌は好きだ。一番有名な、

かにかくに祇園《ぎおん》はこひし寝《ぬ》るときも枕の下を水のながるる

も蕩児《とうじ》の歌としかいいようがないが、いまも愛されて祇園に「かにかくに」の歌碑が建つ。これを納めた第一歌集『酒ほがひ』の口絵は木下杢太郎が描き、装幀は高村光太郎。「スバル」のころすでに勇は「酒と女に惑溺」し、友人だれかれに「無頼漢じみたタカリぶり」を示した。吉原の引手茶屋の女将が「あの人は華族の子で度胸がよくって立派な札つきだ」とふるえ上がったと長田幹彦は述べている（「吉井君を偲びて」）。

うらわかき都人のみ知るといふ銀座通りの朝のかなしみ
秋の夜に紫朝《しちょう》をきけばしみじみとよその恋にも泣かれぬるかな
ややありてふたたびもとの闇となる花火に似たる恋とおもひぬ

吉井勇の歌はどれも心にしむ。吉井は父亡き後、伯爵となり、昭和になって徳子という妻を不倫のかどで離縁している。明治は男だけに性愛の自由が許された時代であった。そして戦後は歌会始の選者となって五人のなかでは一番長生きした。

十二、佐世保

唐津から五人は汽車で佐世保に向かう。させほではなくさせぼ、である。いまは伊万里から第三セクター松浦鉄道に乗る。その途中、五人が伊万里や有田へ寄った形跡はない。

五人づれは佐世保に泊まる気はなかった。平戸行きの船に乗ろうとしたが、ちょうど出たばかり、仕方なく宿に投じたというのが、若い気ままな旅らしい。

「佐世保は思いの外不恰好《ほかぶかっこう》な街である。一点ぽたりと落ちた墨が、次第に左右に広がって行くように、一軒の家が次第に膨んで往《い》ってこの街を形造ったのであろう」

なかなか穿《うが》った見方である。私が佐世保に着いたのは夕方の五時近くだった。佐世保といえば近代以降に発達した軍港であり、戦後は米軍基地の町である。

「五足の靴」の仲間と同じように、佐世保の夜を探検すればいいやというほどの気持ちで、私は駅に近いホテルを素泊まりで予約した。行ってみると「万松楼《ばんしょうろう》」というその宿も明治の創業で、伊藤博文が名前をつけたそうだ。

さっそく町へ出た。右手に歩いていくと小学校の土手に昔の防空壕を利用していくつもの商店が並ぶ。通称とんねる横丁。小さくて親切そうな店々だ。そこからも右手に長い商店街がつづき、昔風の大きなペンキ看板が楽しい。鮮魚店あり、八百屋あり、惣菜《そうざい》屋《や》あり、手づくりのゆずこしょうを売っている。衣料店も花屋もある。

五人組がブラブラしたあたりは、そのむこう、四ヶ町《よんかちょう》商店街といって、いまは立派なアーケード街。アメリカ兵と手をつないで歩く日本女性をちらほら見かける。正義堂といった昔風の名のついた店が多く、チェーン店はいかにも少ない。

「ただ徒《いたず》らに細長い、真直《まっすぐ》な大通が一筋、拳骨のように中央に横《よこた》わって、肋骨《ろっこつ》とばかり数多《あまた》の横町を走らせている」

そのとおり。書き手は都市計画について一家言あるようだ。平野萬里かな。これほど新しくなった町でも町の骨格は生きている。路地のような細い道には赤ちょうちんがともり、チャンポンや焼鳥の看板が胃をくすぐる。だんだん町が閑散としてきた。

五人が泊まった宿の様子。

「宿屋は下が車屋で、隣室には赭《あか》ら顔の大男が、裸体のままで寝ている。前の湯屋に行ったが、借りた手拭は五人ながら紅木綿だ。この家は理髪床兼業で、掲示に犬及びその他の動物を洗うべからずと書いてある。すべて佐世保の街《くら》は共生を営んでいるので、氷屋と足袋屋、料理屋と瀬戸物屋などが、一軒の家に生活しているなどは、あまり他に見

ある。

おお、そんな宿に泊まってみたかった。その「京屋旅館」はいまはない。フェリー乗り場のある埠頭《ふとう》は大変立派。そこから前に見える駅まではけっこう遠い。スケールアウトした空間だ。武骨な駅に入ると、観光案内所があり、巨大な佐世保バーガーの模型がある。

どこがよそのバーガーと違うのか聞いてみると、注文を受けてから手作りするのだそうだ。観光案内所の話では、佐世保には海軍基地時代からの倉庫など赤煉瓦の建物が多く、舞鶴に匹敵する赤煉瓦の町として観光化を図りたいという。町の人に聞いた。

「でもその多くは米軍基地と自衛隊の中にありましてね。自衛隊はまだしも、米軍は九・一一以降セキュリティが厳しくて、なかなか中に入れてはくれないんですヮ」

近代化遺産にこのところ注目があつまっている。

「佐世保は第二次大戦の空襲で市街は丸焼けになりました。米軍はむしろ海軍の基地は爆撃してないですね。残して使うつもりだったのでしょう。佐世保に鎮守府が置かれてから百三十年になります。案外、知られていないんですが、佐世保は引き揚げ者の着く港でもありました。舞鶴はいちばん遅くまで、とくに悲惨な目にあったシベリア抑留の方たちが帰って来られたので、『岸壁の母』でも有名ですが、一方、佐世保は中国はもとより、南方、台湾からの引き揚げ者が百五十万人着いた港です」

五人づれの来た明治四十年（一九〇七）も、すでに佐世保は軍港であった。

「見れば昼の意気銷沈《しょうちん》した姿とは違って、極めて盛んな光景《ありさま》、海軍士官がゆく、水兵がゆく、小僧がゆく、職工がゆく、人夫がゆく、乱雑な響が四辺《あたり》に満ちて、人いきれで蒸されるように思われる」

これは夏の風景。昼間、汚い淋《さび》しいとがっかりした町は夜になると俄然《がぜん》、いきいきとしはじめた。私が訪れたのは冬、山県町《やまがたちょう》あたりには風俗店があるのか、コートを着た客引きのお兄さんがウロウロしていた。その前にちゃんと取り締まりの交番もある。

「その横町を曲がると夜店がある。肺量機、瀬戸物売、石鹼売《せっけんうり》、水菓子売の店が、方々に陣取って、いろいろな声を挙げて、人を喚《よ》ぶのである」

いまも「夜店通り」はあったが、夜店なぞは出ていなかった。友人のモモちゃんがちょうど仕事で来ていたので合流し、「門」というレストランに戻り、元祖レモンステーキなるものを賞味する。上質な平戸牛の薄い肉を鉄板でさっと焼いて、レモンをじゅっとしぼる。それだけだが、レアに焼けた肉は柔らかく、甘酸っぱい味がご飯によく合った。髪の短いボーイッシュなウェイトレスは、

「うちが元祖です。よそでもあちこち安く出していますが、肉がちがいます」

と自信満々であった。これにメロンとハムの前菜、ポルチーニきのこのポタージュ、サラダ、ご飯、デザートとコーヒーがつく。私にはちょうどいい量だ。

佐世保の夜を楽しもうと、まずはジャズライブを聴きに「アクアマリン」へ。

小柄ながらしまった表情のマスターは静岡出身の釣師でもある。日大芸術学部で写真を学んだが、カメラマンとしては挫折しましたという。

「あのころベトナム戦争で、会社が行けというのを断った。行かないと一人前じゃないような雰囲気で。私の代わりに行った男は死にましたがね」

なぜ佐世保へ、と聞くと、コレのせいで流れ流れて、とふざけて小指を立てた。といってもそれは昔の話だろう。いまは彼よりずっと若く、品のいい女性と店をやっている。この人うちに居ついちゃったんですよ、と顔がほころんだ。畑を持ち、鶏を飼い、自宅のログハウスにストーヴがあり、釣り三昧、アラスカへは三度行った。うらやましいような人生だ。

「佐世保にきたら東京はおろか、静岡の魚だって食えない」

カクテル二杯ずつを飲み、ライブを聞いて一万円でおつりが来た。外国人バーも行ってみたいんですけど、という私たちに丁寧に地図を書いてくれた。目当ての「グラモフォン」という店は休みで、「ウエスタナー」という店へ行く。ここも女性のバーテンばかりで入りやすいでしょうと前のマスターが教えてくれたから。いらっしゃいまっせー、というハスキーで元気な声はするが、客は日本の男性一人。

「きのうはガイジンたくさん来てたのにネ」

とバーテンの女性が気を遣ってくれる。いまは米軍艦が出払って、町に米兵は少ないという。

「船が入ると店が満杯になるけん」

四十年つとめているというが、体の線は若い。カウボーイハットをかむり、首にチーフを巻いている。

「『釣りバカ日誌』のロケんときは楽しかったとよ」

おなかいっぱいで突出しに手をつけないでいると、「食べてみらんば」と箸を割ってくれた。バーボンをロックで二杯。英語も話せるんですか、と聞くと、うなずいて、

「話がわからんとくやしかねー」

と笑った。

さて明治四十年に戻ろう。五人で唯一、三十代の与謝野寛は即興の詩を口ずさむ。

　ランプの明り、カンテラの
　灯かげ煙れるせりうりの
　夜店の中に、一段と
　声はりあぐる瀬戸物屋。

『早来《はよ》い、早来い、品物は
みんな廉《やす》か。』といそがしく
左のふときてのひらを
握りこぶしに打叩《うちたた》く。

寛は露店のうしろにハンモックが吊《つ》られ、五歳ばかりの女の子が眠っているのに気がつく。妻に逃げられた男やもめか。こんな風景はラオスやタイの市場でいまも見かけることがある。

翌朝、私は暗いうちに港の突端の朝市へ出かけた。夜中の十二時くらいから並べて売るということだったが、閑散としている。観光客だ、どうせ買うまい、とおざなりな声しかかけてこない。それでも鮮魚店のおねえさんに、カキが食べたいなあ、というと、「いいわよ、今日は殻付きがないけど」と旬の九十九島《くじゅうくしま》のカキを袋から出し、洗ってみかんの汁をしぼってくれた。うまかった。百九十円。

別の店では、ドラム缶の手あぶりに当たるおばあちゃんが殻付きのを売っている。何枚も着重ね、ショールですっぽり髪をつつんだ重装備だ。「今はうまかよ、食べてみらんかね」。六つで四百円。新しい太い薪《まき》をくべてくれる。その上の網にのせる。待つことしばし、貝の中でしゃぶしゃぶと潮が沸騰し、口を開く。これまた絶品であった。

「まだ何《な》ーんにも売れん」という婆ちゃんは、漁師の息子に九十九島から毎朝、車で送ってもらってる。

「家にいるとテレビしか見らんとなる。ここで体動かしとる方がよか。とゆうても年寄りがいなくなるとこの通り、あとやるもんがおらんけん」

あちこちの区画が空白だ。この店は前の柱じゅうにいっぱい紙きれやボールペンが止めてある。

「この柱がばあちゃんの机よ」

うれしそうに一通の手紙をはずして見せた。

「佐世保市港市場まつもと様」だけで来た封筒には若い娘さんたちとばあちゃんのショット。「おいしいかきと楽しいお話をありがとうございました。これからも元気で、かきをたくさん売って下さい」

いまの若い娘たちもエライもんである。

十三、平戸の南蛮文化

また一人になって、私は佐世保駅を朝九時二十五分の松浦鉄道の二両編成で発ち、のんびりした風景の中、十時四十四分にたびら平戸口駅に着いた。日本最西端の駅、はるばるも来つるものかな。この町への憧れは長くあったが訪れるのははじめてだ。中国へお茶の種を取りに行った栄西《えいさい》も、中国で日本を知る必要を感じたフランシスコ・ザビエルもこの地にたどり着いた。ここで、すこしキリスト教伝来からの歴史を振り返っておこう。

ポルトガル人が種子島に鉄砲を伝えたのは天文十二年（一五四三）、この年号は小学校のとき覚えた、「イゴヨミガエル種子島」。そして天文十八年（一五四九）、イエズス会の宣教師フランシスコ・ザビエルが鹿児島に到着、鑑真も着いた坊津《ぼうのつ》である。これは「イゴヨク見かけるキリスト教」と覚えた。

翌年平戸へ来て一カ月布教し、百人に洗礼を授けた。ザビエルは山口や大分で布教後、一五五二年に広東の上川島で亡くなっている。やがて信長の庇護《ひご》を受けた宣教師は信者を増やし、大名の中にも信者になるものが現れた。それには南蛮貿易の魅力もあったといわれる。ときに宣教師たちは貿易商という名のビジネスマンでもあった。

やがてアレッサンドロ・ヴァリニャーノが各地に教育機関であるセミナリヨ（小神学校）やコレジヨ（大神学校）を設立。

そしてヴァリニャーノの提案で天正十年（一五八二）、大村純忠《おおむらすみただ》、有馬晴信《ありまはるのぶ》、大友宗麟《おおともそうりん》の三キリシタン大名は四人の少年使節をローマに派遣した。伊東マンショ、千々石《ちぢわ》ミゲル、原マルチノ、中浦ジュリアンの四人がそれである。長崎から出航、マカオ、マラッカ、インドから喜望峰を回り、二年半かかってヨーロッパに到着。そしてローマ教皇に謁見、八年五カ月後の天正十八年、帰国。楽器や活版印刷機などを持ち帰った。

しかし彼らの不在中の天正十五年に豊臣秀吉はバテレン追放令を出しキリスト教の布教を禁止する。慶長二年（一五九七）には、前年のサン＝フェリペ号事件を機に、秀吉はスペインの布教と征服をおそれて弾圧政策に切り替え、長崎で二十六人のカトリック信者が処刑された。

彼らの帰国した年、徳川家康が関東に入府する。関ヶ原の戦いのあと慶長八年に江戸幕府が成立すると、慶長十七年より、キリシタンは邪教として徹底的に弾圧されることになる。

一方、慶長十四年、平戸にオランダ商館が設置され、平戸は日本初の海外貿易港となる。それは家康によって、キリシタン禁教令が幕府天領に出される三年前のことであった。「西の都フィランド」と西洋の地図に示されたこの港町平戸を、明治四十年八月六日、「五足」はたずねている。

「朝十時佐世保抜錨《ばつびょう》の汽船に乗って平戸に向う」。近代的軍港佐世保は五人づれにとって「後ろ髪を牽《ひ》かれるような、甘い情緒を起させる所ではない」。先を急ぐ。船尾に陣取ってまどろんでいたが、背中に照りつける日光が酷烈だった。

この船のボーイは愉快な十二、三歳の少年で、甲板のスカイライトを、まちがって「ストライキ」といったそうだ。平戸には午後二時に着く。四時間の船旅だ。ここで一行は「狭い漁人街《りょうしまち》を通って」下島定太郎という人を訪ねた。鉄幹と同じく落合直文の弟子であり、鉄幹の歌集の版元、明治書院社主鈴木氏の夫人の兄に当たる人だった。当時三十歳。

「案内された書斎は瀟洒《しょうしゃ》として気持がよかった。窓から樟《くす》の大樹が見える。枝の間には三百年前の開港場が見え透く」

明治四十年は一九〇七年だから、およそそういうことになろうか。

「殊に庭前には朝鮮から来た酒壺《しゅこ》が累々《るいるい》と転がって居、室には古い阿蘭陀皿があるのを見ると、身辺に一種異様の雰囲気の逼《せま》るのを感ずるのであった」

こう書いたのは南蛮文化研究に最も熱心だった木下杢太郎にちがいない。モノに交易のあとがあらわれる。この皿は何千里を旅して来たのだろうか。

佐世保から松浦鉄道で平戸まで。平戸ではありがたいことに、市の観光ボランティアガイドUさんが日本最西端の駅、たびら平戸口駅まで迎えに来て下さった。私より少し年上に見えるその女性は、

「明治時代、船の着いた所は、いまよりずっと西です」

と教えてくれた。私は平戸が島であることさえ、来るまでは知らなかった。たびら平戸口駅から平戸大橋で渡るのである。なるほど佐世保港の巨大さとは比べものにならないながら、港近くの町並みは往時をしのぶに十分であった。少し早いけどまず腹ごしらえしましょうか。宿も営む一軒井元屋で、おいしいちゃんぽんをいただく。イカ、エビ、木くらげにキャベツと玉ねぎの甘さが汁に溶けこみ、なんともいえずおいしい。そこから海沿いに旧オランダ商館跡の方へ歩いてゆくと、『五足の靴』に出てくる「阿蘭陀塀」があった。石の塀である。

「磯石をセメントで繋《つな》いだというが、どうも漆喰《しっくい》らしいとその道に深いB生が言った」

平野萬里は東京帝国大学の工科卒業、工学に詳しい。説明によると、砂石に貝殻や石灰をまぜてつくったもの、だそうな。オランダ商館あとは現在、調査復元中（当時）である。その後、慶長十八年にウィリアム・アダムス（三浦按針《あんじん》）などの努力で英国商館

もできて、商館長のコックスが平戸に甘藷《かんしょ》を植えたが、十年ほどでイギリスは撤退する。

寛永十六年（一六三九）、徳川幕府は鎖国令により、平戸の「混血児」とその母たちをバタヴィア（ジャカルタ）へ追放した。たとえば「じゃがたら文」で知られる〝じゃがたらお春〟らである。さらに同年、幕府はポルトガル船の来航を禁止し、日本との貿易はオランダと中国（唐人貿易）のみとした。

二年後、平戸のオランダ商館は取り壊されて長崎の出島に移るのだが、大都市長崎の繁華街に大がかりに修復された出島より、この物さびた平戸の商館跡の方に惹かれるものがあった。出島は周りがすっかりビルに囲まれている。平戸の商館の前はただ、海である。人気もない。

そこに『五足の靴』文中にある「阿蘭陀井戸」や「阿蘭陀燈台」も残っていた。

「後者は海に突き出た一角に昔築いた石垣が乱れているばかりだけれどもこれに夕日が燦然《さんぜん》とあたる時には、大《おお》いに画家の眼《め》を喜ばしむるに足るものがある」

太田正雄が描いた絵がある。波の打ちよせる岸辺には、苔の生えた石段もあった。これがオランダ埠頭《ふとう》である。海を眺めていると立ち去るにしのびない。やがてガイドのUさんは私を車に乗せて、まずは西方の高い丘にある平戸城へつれていった。ここと亀岡神社は五人づれも下島氏の案内で見ているはず。

平戸の殿様は松浦家、六万四千石。平戸は港町であり、同時に城下町だ。この城は四代の松浦鎮信《しげのぶ》（重信）が古城を復元せんと、軍略家山鹿素行《やまがそこう》と共に設計して享保三年（一七一八）に完成をみた。それ以前の平戸藩主の邸はいまの松浦史料博物館のところにあった。九代松浦静山《せいざん》は文人で著書『甲子夜話《かっしやわ》』で知られる。

松浦家は、『源氏物語』の光源氏のモデルといわれる源融《みなもとのとおる》の子孫といわれ、貿易に通じ、中世からその家紋のある旗をたてれば、倭寇《わこう》も他国の船も手が出せないほどであったという。

「この町を歩いて気が付いたことは比較的美しい容貌の女が多いことだ。九州《タイント》に入ってから珍らしいことだから、この町は美人系だなどと興がったが、ただその顔色が美しいに過ぎないと思う」

こういう書き方は杢太郎の愛したゲーテの『イタリア紀行』に似ている。この項は杢太郎の筆であることがはっきりしている。本人がのちに他誌に再掲しているからである。ゲーテは馬車でアルプスを越え、行く先々の山や森や川や石について言及し、そこの住民の服装、家屋、食事、そして体格や顔色について詳細に記す。前に長崎へ行ったとき、土地の人に、オランダ貿易が長かったため、西洋の血が混じっている人もいます、と聞いた。そういわれてみると気のせいか、彫りの深い、鼻のすっきりと高い人が多いように思えた。平戸を見た五人の印象も「気のせい」かもしれない。

禁教が解けた明治六年（一八七三）以降、信者たちは再び平戸に教会を建設した。今日はその中でもとりわけ大きなカトリック田平《たびら》天主堂を見に行った。大正四年（一九一五）から三年かけて造られたという。設計は鉄川与助《てつかわよすけ》、仏教徒の棟梁《とうりょう》だが、二十代から教会建築をはじめ、九十すぎまでにさまざまな意匠をもつ教会を完成させた。以前、五島を訪ねたときも石造、木造、煉瓦造りの鉄川の設計した教会を訪ねた。一つ一つが土地に根ざした意匠を持つ、美しい教会だった。

重要文化財である田平天主堂は、入口は煉瓦造りだが、祭壇や回廊は白い漆喰、瓦屋根という不思議な意匠で、大きかった。〝コウモリ天井〟という言葉を初めて聞く。たしかにアーチ型のリブボールト天井はコウモリの羽の形に似ている。これは五人づれの時代にはまだない。

「夜半に汽船が出るそうだから、米屋というのに休憩し、夕餉《ゆうげ》を済ました。楼は水に臨んで港全体の光景を一望の下に集める」

つまり五人の平戸見物は午後二時から夜半までの、ほぼ半日にすぎない。

「夜また散歩して幸橋《さいわいばし》、阿蘭陀塀に涼風を求て帰って楼上に仮睡した」

幸橋は元禄《げんろく》の頃架けられた橋、市庁舎の近くにかかる石橋である。長崎にはじつに石橋が多い。これも〝肥後の石工〟の手によるものだろうか。

「水の音、船に荷を積込む声、隣室の喇叭節《らつぱぶし》などが聞えて、港場の夜の声は何となくしいいんみりとして哀れ深い」

ガイドをして下さったUさんと別れ、郊外の丘の上にある温泉「彩月庵」に宿をとった。部屋は少しく数寄屋がかり、抹茶色や紅梅色壁や浴衣、座布団は縮緬《ちりめん》と、女性好みが強すぎる宿であったが、平戸ヒラメの分厚い刺身は食べきれないほどであった。

『五足の靴』には、外国語の日本語になったものを採集しようとしたが、「あまり集らなかった」とある。カステイラ、ビードロ、コンペイトウなどは有名だが、南瓜《かぼちゃ》をボーウラ、くもの巣をコブノエ、木の梢をトッチンギョウという。料理を運んできた仲居さんに私が聞くと、「南瓜のことはたしかにボーウラといいますね。あとの二つはさあ、わかりません」と首を傾《かし》げた。

部屋についた小さな風呂にはかけ流しの湯がまんまんと溢《あふ》れ、夜中じゅう湯の音がかすかに聞こえた。

翌日、ガイドのUさんから電話があり、今日も午後まで案内してもいいという。願ってもないことで、おかげで平戸市街から離れたステンドグラスの美しい宝亀《ほうき》教会堂（県指定文化財）、白くそびえる紐差《ひもさし》教会堂などを車で訪ねることができた。木ヶ津《きがつ》教会では学校から帰った子どもたちが、集ってオルガンで賛美歌を歌ったりしていて、印象的であった。ここにはなぜか白血病を患い、長崎の原爆で被爆した永井隆博士による絵画が掲げられている。

これらの教会群を長崎や五島の教会とあわせて、県では世界遺産登録をめざしている。過疎化高齢化した集落の人々だけで教会を守ることはもはやかなりの負担であるし、別の方策が必要であろう。しかしそこは人々の祈りの場であり、観光客が団体で騒がしく入ってくることは望ましくない。一方、いつもは無人の教会も多く、火災や破損から守ることも心しなければ。難題が多い。

「実は私も信仰を持つものです」

とUさんは微笑《ほほえ》んだ。「普通は言いませんが、森さんはわかってくださると思いまして」

そして弾圧時代の資料のある根獅子《ねしこ》の切支丹《キリシタン》資料館に連れていってくれた。松浦隆信（道河）はキリシタン大名の一人であったが、禁制になると高山右近のようには信仰に殉ぜず、幕府に命ぜられるまま、翻ってキリシタンの弾圧者となったらしい。踏み絵や、十字の入った木像。資料館に近い根獅子浜には、その上で七十人が処刑された「昇天石」がある。弾圧はあまりに厳しく、海を赤く染めるほどだったという。

信者たちは押し入れや納戸に祭壇をもうけてひそかに祈った。キリスト教が解禁になっても、信仰をあらわすことなく、二百数十年のうちに土着化した宗教として、オラシヨ（祈り）を唱えつづけたという。観光パンフレットはこれらの残酷な歴史にほとんど触れていないが、このような話を聞くことこそ、訪ねる者の心を打つものであった。

平戸の港

『五足の靴』をゆく

平戸海岸、阿蘭陀人築造の燈台跡

十四、平戸再訪、的山大島へ

平戸で五人づれが訪問した下島家の場所がわかりました、と長崎総合科学大学の山田由香里さんからメールが来た。私が長らく日本建築について教えを乞うている、神奈川大学におられた建築史家の西和夫先生の高弟である。私よりはるかに若い。さらに嬉野《うれしの》市役所から塩田町の伝統的建造物保存地区選定を記念する集会への講演依頼があったのをよい機会に、二〇一一年一月、平戸を再訪することにした。

今回はまずは一人である。たびら平戸口駅からタクシーに乗った。山田さんは明日来てくれることになっている。その二、三年前に国の重要伝統的建造物群保存地区になった的山《あづち》大島へ渡ることにした。平戸の桟橋で乗船までにすこし時間があったので、まず『五足の靴』にも出てくる幸橋へ。それを渡ると平戸市役所で、そこには遣唐使とオランダの船の錨《いかり》とイギリス商館の記念碑があった。大変面白い。時代も違うし、相手国も違うが、ここ平戸から世界に交易が開けていたことがわかる。

それからイギリス商館跡、三浦按針こと英人ウィリアム・アダムスが住んでいた家の跡などを再び一人でゆっくり見た。オランダ人ヤン・ヨーステンは江戸で徳川家康に広い邸をもらい、それが「八重洲《やえす》」の地名に残っている。家康に重用され、三百五十石の旗本にとり立てられた三浦按針も、浦賀や神田にも住んだことがあったと思う。が、終焉《しゅうえん》の地はここ平戸。鎖国する前、徳川家康は相当の好奇心を持って、これらの人々と交流し、世界の知識を得ようと努めた。

港より一、二本裏の通りはいま、電柱などを撤去して観光のまちづくりを進めているらしかった。吉田松陰の泊まった宿のあと、大きなソテツ、中国の影響か六角の井戸などを見て、平戸温泉うで湯、あし湯というので冷えた体を温めた。その通りにも南蛮風の装いを凝らしたウィリアム・アダムスの銅像などが飾られている。しかしこれを異国情緒とだけ見るのではなく、南蛮からもたらされたものが、私たち日本人にどんな影響を与え、それをどう受容し、世界観を変えたのかを見なければならない。

そうしているうち、的山大島ゆきのフェリーが栈橋に入ってきた。

大島までは片道四十分、運賃は六百二十円、五人づれもこんな風景を見ながら佐世保から平戸まで行ったのだろうか。小さな平たい客室でごろんと横になっている。うとうとしたら、もう神浦《こうのうら》で下船であった。栈橋で元大島村職員、米村伍則《いつのり》さんが手を振った。前に町並み保存の会合でお会いしたことがあって、いつか行きます、と約束したのである。

スーツケースを引受けてくれて、家並みに入っていく。木造の平入《ひらいり》の家並み。腕木が付き、潜り戸や摺《す》り上げ戸がついている。

「あづちというのは的山という字を書きます。読めないでしょう？　流鏑馬《やぶさめ》の弓矢を置く台のことだそうです。中世では外洋に通じる要衝地として知られていました。大島氏が地頭職で異国の船を警戒する一方、唐へ渡る船を警護していましたが、武士団松浦党配下の有力者となっていきます。遣明船は風を避けてしばしば大島に寄っています。近世に入ると大島氏は力を失い、平戸藩松浦氏に所属しました。一六六一年、大島に赴任した三代政務役井元《いのもと》弥七左衛門が捕鯨業を開業。西元町一帯に邸を構え、河口を船引場にして、その事業に必要な船大工、樽《たる》屋、櫓《ろ》屋、鍛冶屋、染屋などの諸職を集めた。これが有名な鯨組です」

――鯨組って鯨漁の船団でしょう。海賊がやっていたんじゃなかったんですか？　と私。

「いいえ、れっきとした武士です。平戸藩の第三セクターみたいなものですな。鯨組はこの浦で鯨を捕って、おもに取るのは油ですが、皮、肉、歯、骨、どこも捨てるところがなく、ものすごくもうかりましたから、平戸藩主にお金を貸しています。井元の鯨組の廃業は一七二六年です」

——それほど長くやっていたわけではないんですね。

その後、生月島《いきつきしま》の益冨組が鯨組として栄えたという。そういえば江戸に生月鯨太左衛門《げいたざえもん》というすごい名前のお相撲さんがいたっけ。

細く長い町家が続く。道のカーブに応じて建物もゆるく曲がっている。三〇パーセントは空き家だというが、壊されて空き地になった所がほとんどない。何らかの方法で守っておられるのであろう。

「平成一六年に長崎県まちづくり景観資産に登録されました。そのあと国の伝統的建造物保存地区の調査が入ったんですが、そのころ神浦港の奥に橋を架ける計画が浮上し、それでは町並みが壊れてしまうのでいろいろ協議の末、いまのように臨港道路の一部拡幅、既存の橋の架け替えに縮小したのです。それとともに町並みに対する関心が高まり、異例のスピードで住民の合意が形成され、全国で八十三番目の伝建（文化庁の伝統的建造物群保存地区）に選定されました」

その立役者は公務員であった米村さんのようである。

いくつかの寺と神社がある。

西福寺の境内まで上がると、まさに櫛比《しっぴ》としかいいようのない黒瓦の木造建築群がうねうねと下に続いている。神浦港と奥の西流川《にしながれ》を囲むように馬蹄《ばてい》形の町並みが続く。すでに七十を越すデンケンを見て歩いた私にも、特異な景観に思えた。

茶屋の坂という所には鯨を遠くから見つける場所があった。そこだけ石垣が飛び出している。「これも道路にあわせて削られるとこだったんじゃ」と米村さんはいとおしそうに石垣をなでた。この上に茶室をもうけて平戸藩主をお迎えしたこともあるという。

その一本裏筋には六角の井戸もある。平戸で見たものにも似て、中国の影響によるものかもしれぬ。その先には日本で一番古いという鯨の供養碑があった。鯨を捕って殺し、それを金に替えて生きるからには鯨を供養する。すでに苔むし、風雨にさらされている。ほかにもたくさん鯨組の繁栄の名残があった。

河口には診療所、歯科医院、交番、市役所支所といった島の生活を守る施設が揃っている。米村さんは島でただひとつの旅館、「関東屋」まで送ってくれ、

「ゆっくり風呂でも入って、夕食をしとってください。今日は町並み保存の仲間が集まる日だから、会議が終わったら迎えにきます」

といい残し、去っていった。旅館というより民宿という感じである。しかし上がってみると部屋には床の間もあり、港に面して廊下があってソファが置かれていたりして、やっぱり旅館である。三角巾に清潔な割烹着《かっぽうぎ》を着た女性が、

「まあ、寒い時に来なさったなあ。風呂はいってあたたまってね」

といいおいて、かたかたと階段を下りていった。風呂場はすごく大きかったが、風呂

桶は一人入るといっぱいである。

上がってくると二階の別の間に、刺身、焼きもの、煮物、揚げ物、和え物、さざえのつぼ焼き、海の幸ばかりが卓の上に隙間なく並んでいた。これでお茶というわけにもいかず、熱燗《あつかん》を一本つけてもらう。奥さん、と呼ぶと、「私は奥さんじゃないの、手伝いしてるだけ」という。「大阪でくらしていたけどふるさとがようなッて。これでひ孫もいるんよ」

信じられない若さである。孫すらもいない私は、その軽やかな身のこなしに脱帽した。

部屋に帰って今日集めた資料の整理をしていると米村さんが来て、集落の中程の古い民家に案内された。男たちは狭い部屋のこたつの上にコンロを置き、網で干物を炙《あぶ》ってはお酒を飲んでいた。

退職してUターンしてきた平松さん、建設関係のその名も鯨組と同じ井元さん、平戸市議の福田さんなどであった。

「デンケンになって国や県から修復費用が援助され、きれいになったっておばあちゃんも喜んでいる」「おくんちにかえってきた子孫も喜ぶで」「ここには佐賀の平井一族が落ち延びて伝えた須古《すこ》踊りとか、じゃんがらとか、他には見られん風俗が残っている」「しかし空き家をどうするかだな。あと十年もしたらもっと増える」「安心できる人に買ってもらって、修復してわれわれが預かって活用するのもいいな」「森さん、買いませんか。一軒三十万くらいであるよ」「そのかわり修復に二、三百万かかるけど。わはは」「平戸はオランダ商館を復元したり、ヨーロッパばかりに眼が向いとる」「そう、中国や朝鮮との行き来もあったのにな」「ヨーロッパったってイギリスもポルトガルもあるよ。このまえポルトガルの学生がホームステイして、ポルトガルのことがわかる資料館はないんですかと淋しそうだったよ」

毎週、集まっては一杯やりながらいろんな問題を話し合っているという。「いいお仲間でいいですね」というと「これしきゃ人数がおらんのやから友達は選ばれん」と冗談がかえってきた。

翌朝、一人で町をぶらぶらした。天降《てんこう》神社の石段も上がってみた。肥前型といわれる鳥居と石灯籠などが見られた。そして十時半の船の前に、米村さんたちに車で島をぐるりと一周してもらった。町並みもさることながら、ここの段畑のすごさ、このようにして先人は山を切り開き耕していったのか。いまは牛を飼っているらしい。道を堂々と牛が歩いていた。

「おすぎ、おたまという二人の姫君が戦を逃れて大島の海岸にたどり着き、一夜の宿を乞うて断られ、断崖から身を投げて死んだという伝説があります」

どこを走っても海が見える。

「スギがないので、花粉症にならない。非粉地というので越して来る人もいます」

なるほど。それはいまや大きなセールスポイントであろう。

帰りの船でまた四十分。平戸の桟橋に長崎総合科学大学の山田由香里さんが待っていてくださった。山田さんは平戸市役所職員の時代に、丁寧にまちを回って、住民との信頼関係を築き、民家を登録文化財にするなど、多大な成果を上げた方である。

まず五人が下島氏の案内で訪ねた亀岡神社へ向かう。社務所の方に聞く。

「ここは江戸時代の平戸城のあとなんです。維新のあと、城がいらなくなったので城下の四つの神社をあつめてここに祀った。松浦氏はもともと五島の出なんですが、代々絵や詩歌に凝ったお殿様が出ました。維新の時は余り活躍していませんね。日和見《ひよりみ》じゃないですか？　幕末のお姫様愛子という方が京都の中山忠能卿《ただやすきょう》に嫁がれてできた慶子《よしこ》姫が、明治天皇の生母中山一位局です。それで天皇家に愛子内親王がお生まれになった時はこの辺、けっこう話題でした」

その明治天皇の生母、中山一位局の碑も境内にあった。

「五人づれは明治四十年（一九〇七）、ここで鯨の骨を見たとあるのですが」

社務所では、鯨の骨があったとの話は聞かないと言う。鯨漁のさい、解体した肉や骨の珍味を奉納したことはあるらしい。仏教は生臭を嫌うが、神社の考え方はまた違い、御神饌《ごしんせん》ということならいいようだ。

それから山田由香里さんが「平戸でもっとも居心地のいいお宅」という大曲《おおまがり》家を訪ねた。山際のひっそりした斜面にある。「馬回り格と言いますからお殿様にお目見えできるくらいではあったんでしょうな。この家は大正十三年（一九二四）に建て替えたもののようです」とご主人の敦さんが説明してくれた。実は奥さま淳子さんの実家で、守る人がいないので退職後、帰って来た。今はその家をおひな様や椿の見頃なころに公開して、地元の人々に喜ばれている。

そのセンスのよいリフォームが施されたリビングで、生ガキや魚のリュウキュウ漬けなどの昼食を頂いた。淳子さんは「その日の天候で食材が決まってしまいますので。カキはここらのおじちゃんがお小遣いにとって来たもので、小さいけど身がしまって味が濃いんです」

と謙遜されたが、どうしてどうして。おいしい魚の食べられる町、そして美しい住まい、なんと豊かな暮らしだろう。

「五人がきた明治四十年と言えば、宝亀教会があったくらいで、まだ平戸の教会は建っていませんね」

大曲さんはいろいろ資料を調べ、五人が訪ねた下島家は平戸藩代々の御家中で維新後、松浦家の現地の執事をつとめた家柄であると教えてくれた。邸は安富町、幸橋からも近い。

「下島家はなんと王直《おうちょく》の邸のあとなんですよ」と、とても大切なことのように言う。王直のことは知らなかった。明の頃の中国人貿易商で、初め五島で活躍し、平戸藩では天文九年（一五四〇）に邸を与え、厚遇した。三年後の種子島への鉄砲伝来にもかかわり、大友宗麟などとも交流があったが、中国側はこれを日本に通じた間諜《かんちょう》として、官位を与えるとおびきだし捕縛、永禄二年（一五五九）に処刑したと言う。倭寇の親分、任俠《にんきょう》の人、漢奸《かんかん》、いろいろ言われているが、命知らずな海の男であったことだけはたしかだ。

話を聞いた後に、そこ、つまり王直や下島家が住んだあとへ案内された。港より三本奥の、高い石垣が続く美しい道沿いである。いまの持ち主、宮口さんが待っていてくださった。階段を上がって敷石を進む。この辺は以前と同じ構造のようだ。五人づれと同じ道を歩んでいることにかすかな興奮を覚えた。

「最後は下島すま子さんという方がお住まいで、私の妻の母と近所で友だちだったので、そのころから買ってくれないかというお話がありました。でも長いことこちらにその気がなかったもので。ようやく平成八年にゆずっていただき、建て替えました。

敷地のうち半分はそれ以前に下島家が信仰していた金光教《こんこう》に寄付したらしいです。下島さん時代からあるのは庭の柿の木、梅の木、杉の木だけで、『五足の靴』に出てくるような南蛮や中国との交易を示すようなものはありません。ただ前の古い家を覚えていますが、東京に出たお殿様が帰ってみえたとき、お迎えできるような立派な玄関の造りになっていたようです。裏手に下島さんの時代の建物がひとつ残っていますが、そんな古い家ではないようです」

それだけ伺えればじゅうぶんありがたかった。今は下の家々が二階建てやビルになって港が眼下に望めないが、五人が下島氏を訪ねたころはこの庭からの見晴らしはさぞよかったであろう。それに港を挟んで反対の丘がお城なのである。また背中には藩主の宗《そう》廟《びょう》を背負う形である。

宮口さんにお邪魔したことを謝し、そこから町に降りていった。

大曲さんが探して下さった古い地図と重ね合わせると、五人が出航まで仮眠した米屋喜右衛門という屋号の宿の位置もわかった。その一軒置いて隣が吉田松陰が泊まった紙屋であり、碑が立っている。松陰は嘉永三年（一八五〇）、兵学を学ぶために平戸にきた。三輪さんという種苗店はそのころからあるようだ。その位置から推して「ケアハウスじゃんがら」の場所が、五人の泊まった米屋旅館であろう。ケアハウスになる前は石材屋さんだったようだ。なるほど桟橋はすぐそこだ。木屋、板屋、米屋、紙屋といったそれぞれの商売の家が、港が近いため、時には宿も兼ねるようになったのであろうか。

われわれは五人の見に行った阿蘭陀塀や阿蘭陀井戸を再び逍遥した。歴史的景観や建造物の保存に尽力された山田由香里さんはなんにでもくわしい。

「阿蘭陀塀はオランダ人居留区と日本人の住む所を隔て商館や倉庫、火薬庫、病院などを見えなくするために建てられました。最初にきたのはポルトガル人で一五五〇年のこと、この年、フランシスコ・ザビエルも鹿児島から平戸に来て一カ月ほど滞在、布教しています」

永禄四年には、入港したポルトガル人と平戸の町人たちが大乱闘するという宮ノ前事件が起こっている。七郎宮の前の露店であったようで、生糸などの値段をめぐって日本の商人とポルトガル商人が決裂、商品を投げたことから乱闘になり、ポルトガル側は船に戻って武装、日本人側は抜刀、一体どんな武器で争ったのだろう。

これは南蛮貿易を独占したい松浦氏の無理な改宗政策により、キリシタンになった日本人が寺社を破壊したりして、緊張が高まっていたことにも原因があったという。常にキリシタン側が迫害を受けていたわけではないらしい。

一六〇〇年にオランダ船リーフデ号で大分に漂着したウィリアム・アダムスは、徳川家康の外交顧問として厚遇されたが、平戸にはオランダ商館を建てるために来たようである。一六〇九年に商館は設置された。

一六一三年にはイギリス船がきてこんどは英国商館が開かれる。しかしやがて幕府の鎖国政策により商館は撤退、ポルトガル船の来航も禁止され、外国人との間に生まれた子はジャカルタに追放されるという事態になる。前に来た時は礎石だけだったが、いまはオランダ商館倉庫が復元されている。一六三九年に建てられたものの再現だが、四一年に取り壊されたので二年しか建っていなかったことになる。その後、商館は長崎出島に移り、その後二百五十年ほど長崎が唯一の西洋との窓口になった。

オランダ人が建てた碑に「大航海時代の冒険者たち、その礎の上に今の私たちはある」と刻まれていた。これは外に出て行くものたちの論理である。そしてヨーロッパ人たちは行った先のアジア、アフリカ、ラテンアメリカなどを、すべて植民地として勢力下に組み込んだ。日本がなぜ植民地化を逃れ得たのか、不思議でならない。ああ、これほど南蛮の遺跡ゆたかな平戸を五人づれよ、どうして半日で去ったのか。

家に帰って、野田宇太郎『文学散歩』（第二十二巻、九州編）を読み返すと、野田氏は昭和二十七年（一九五二）ころ、平戸を訪ね、晩年の下島氏に会っている。明治四十年に三十歳であった下島氏はすでに七十五歳、「たしか与謝野さんの他に学生さんが数人いました」というくらいしか聞けなかったという。

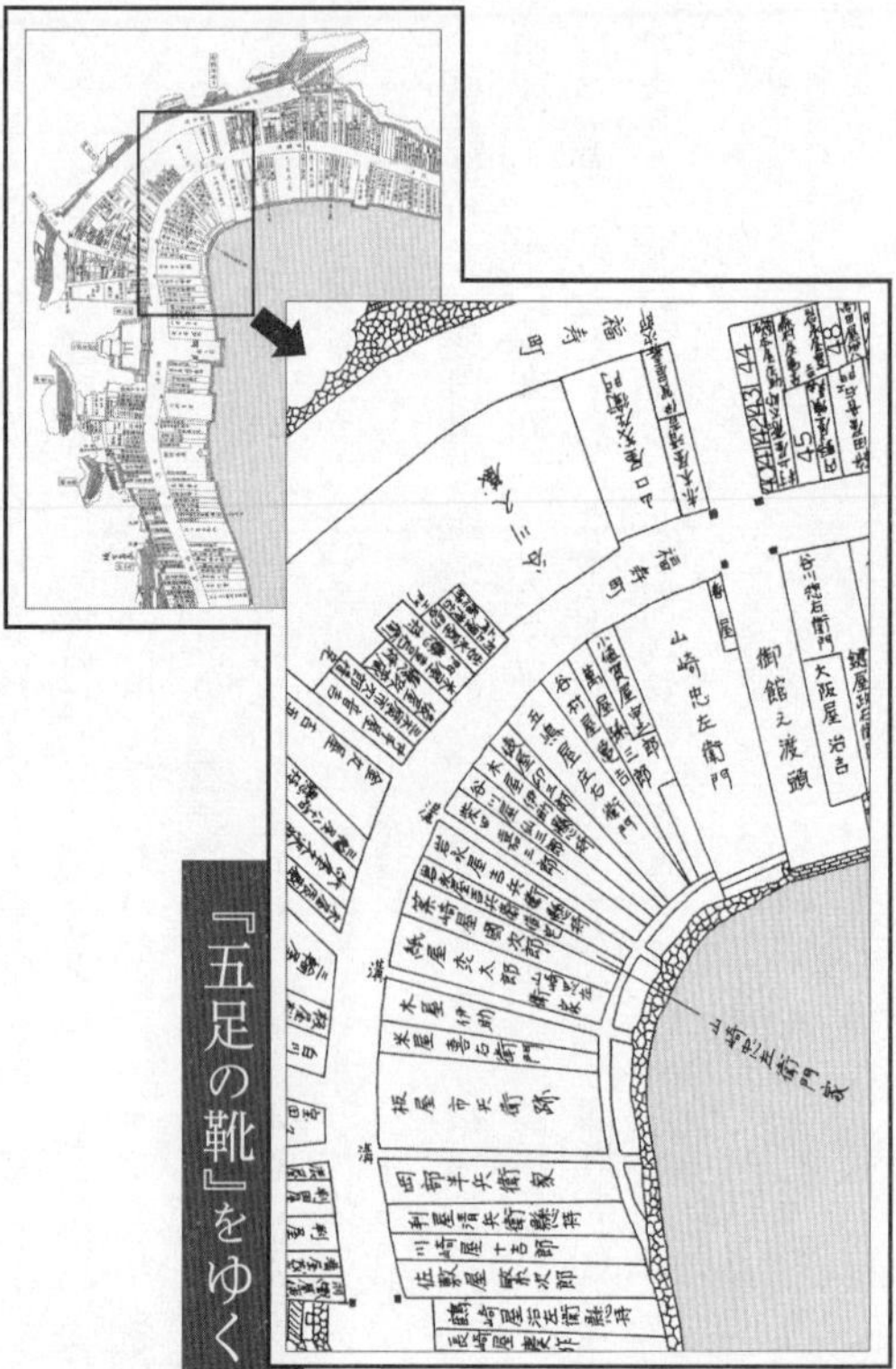

十九世紀中頃の平戸（平戸市文化協会「平戸城下町」付録より）

十五、呼子、名護屋城

ここからは余談というか寄り道になる。山田由香里さんと平戸から唐津に車で戻ったのは、建築史家の西和夫先生が、前述した唐津の大島邸の保存のため、来られているからであった。西先生と私は八年間ほど文化庁の文化財保護の委員会で毎月ご一緒した。

要約すれば、肥前唐津は豊後小笠原家の支藩で六万石、幕末の藩主は長国といった。藩主より年長の嗣子長行《ながみち》はたいへん優秀で老中をつとめた。彼があくまで佐幕で箱館戦争まで参加したため、朝敵となった唐津藩は維新後、大変な目にあった。

しかしこの土地からは明治以降、なかなかの人物が出ている。その中で能舞台を持つ高取伊好の邸は国の重要文化財に指定されているが、もう一つ唐津の鉄道王、電力王でもあった大島小太郎邸が学校の改築のため壊されそうだ、という相談を私が受けたのはこの少し前のことである。気にはしていたが役にも立てず、近代和風建築の研究では第一人者の西和夫先生が、神奈川大学を退職されてから足しげく大島邸にかよい、ついに移築ではあるが保存が決まった。この時はその解体中で、現場に急行すると、いつも冷静な西先生がかなり興奮していらっしゃるようであった。

というのは墨書《ぼくしょ》が縁側の庇《ひさし》から発見され、大島邸を作った棟梁は明治三十八年（一九〇五）の高取邸を作った人と同じ吉田吉次郎であること、しかも大島邸の方が高取邸より年代が早く明治二十六年ころであることがわかったのである。またいままで茶室の意匠が斬新で価値が高いとされていたが、解体の結果、茶室や台所はあとから増築したもので、部材も粗悪、むしろ、もとからあった建物が部材も、のみの切れもいいということもわかったそうだ。

私たちは前日、唐津の商人宿に泊まり、翌日朝に現場を見せていただいた。

西先生は一本一本に番付がしてある材を見ながら「解体修理というものはフィルムの逆まわしに似ていますよ。最後に乗せた瓦を最初にほどくんですからね」と笑っていた。これは蒔絵《まきえ》の硯箱《すずりばこ》にせよ、屏風《びょうぶ》にせよ、文化財を修復する人は皆そういうだろう。

その後、西先生と山田さんとその足で呼子に向かった。というのは「五足の靴」の面々は呼子を訪ねていたかもしれなかったからである。呼子という地名も慕わしいし、町並みもすばらしい。

北原白秋は伝習館中学時代の友人が、鯨の軟骨を漬けた松浦漬けの製造元であるところから、この旅ののちも生涯、何度か呼子を訪ね、その別荘に滞在した。「唐津小唄」

の作詞もしている。

ここにも生月島や的山大島のように、捕鯨を業とする鯨組がいた。組主の中尾家の見事な瓦屋根の家は、県の重要文化財に指定されている。

しかし結論として、時間的にみると五人の日程では唐津から呼子、さらに名護屋城までを見て、その日のうちに佐世保に着くのは無理のようだ。

呼子の楽しみはイカ。日本中のご当地名産で一番おいしいものといえば、この「呼子のイカ」だと私は思う。生簀《いけす》から上がったばかりの透明なイカは、切られてなお、青白い神経が身に透けてぴかぴかと瞬いて美しく、口に入れるとなんとも歯ごたえがよかった。

食べきれないイカは天ぷらにしてもらい、これがまたおいしいこと。「河太郎」という その店は場所を変えて新築されていた。呼子の人は、「新鮮なイカさえあれば、どの店で食べてもかわりませんよ」と言っていたが。

そこから車で名護屋城へ。ここは豊臣秀吉の朝鮮侵略という野望の根拠地であった。訪ねるのは初めてだ。城と言っても門や天守閣があるわけではない。十七万平方メートルにおよぶ平山城《ひらやまじろ》である。大正十五年（一九二六）に史跡、昭和三十年（一九五五）に特別史跡に指定されている。

歴史の時間に文禄《ぶんろく》・慶長《けいちょう》の役と習ったが、韓国に行った時には現地では「壬申《じんしん》・丁酉《ていゆう》倭乱《わらん》」と呼んでいた。「この年に悪い日本人が来て起こした無体な戦争」ということだ。「豊臣秀吉は織田信長を暗殺した明智光秀を討ち、天下を平定したが、部下にだす恩賞がすでにないため、新たな領土の獲得をもくろんだ」と当時の宣教師は書いている。そして朝鮮半島に出兵するにあたり、半島までの距離が一番短い名護屋に天正十九年（一五九一）、わずか数カ月で築城したと伝えられる。

規模は大坂城にも引けを取らない。海側に天守台などをもうけたのは中国や韓国に対する示威行為だったかもしれない。本丸から始まる諸郭は堅固な石垣の上に築かれた。秀吉は側室をともなって、ここで茶会を催した。そして大名らも百数十の陣を築き、その位置関係で大名と秀吉の関係や大名相互の関係もしのばれるという。そしてここから諸侯の船は出て行き、兵士たちは戦場の骸《むくろ》となって戻らなかった。

「大正十五年に調査がされて史跡となり、昭和三十年からは特別史跡として残されています。しかし日本人にとっては侵略の負の遺跡であり、長いこと石柱のみ残っていました。昭和五十一年から整備事業を行い、平成五年に博物館を開館しました。この時期だけではなく日本と朝鮮半島との長い交流に焦点を当てています。なかなか難しいのですが、韓国からのお客さまも増え、これからの草の根交流に役立つものになってほしいのです」と記念館の人はいった。

「明智、柴田を破って主導権を握り、徳川を服属させ、北条を攻め、天下統一を果たした秀吉にとっては、もう国内に逆らうものはいない。あとは朝鮮、中国、インドへ侵略し領土を拡大する野望を抱いたのだと思います。うまくいったら徳川家をインドの王様にするつもりだった。子どもを失った悲しみを征服欲で紛らわせた。それは単に思い上がりだったのですが。

そこで朝鮮へ向かう足がかりとして、名護屋城は西国総普請で建てました。全国の諸大名がここに集結して陣屋をこしらえるという特異な遺跡です。百六十の意匠を凝らした陣屋に十五万人ほどが暮らしていた七年間の幻の都です。権力者の意には逆らえず、鍋島藩が一万二千人、徳川家康が一万五千人の軍を置いた。堺や京都からは商人も来ました。肥前名護屋城図屏風には講和交渉に訪れた明の使節団も描かれています。文禄二年（一五九三）ころのものと思われますが、この絵図で、小さな寒村に過ぎなかった名護屋が、諸大名の集結によって大変繁栄していることがわかります。

ここからが釜山まで一番近い。百九十キロでしょうか。それで出港したのです。対馬《つしま》の宗氏は小早川氏の親戚で、戦争が起きないように間に立って何度も交渉しました。しかし秀吉に逆らうとつぶされるというので、明とやりとりするにも偽書をこしらえて、両方にいいことを言わざるをえなかった。

秀吉はここに現地採用の側室広沢局を連れ、鯱鉾池《しゃちほこいけ》に船を浮かべたり、茶会をやったりと優雅なものです。

文禄の役では朝鮮軍に対して数の上では圧倒的に優位でした。その後も、堺の商人で国際情勢に通じていた小西行長《こにしゆきなが》は和平を望んでいろいろ工作したのですが、講和条件をめぐって交渉は決裂、やがて慶長の役へ突入し、朝鮮半島南部を攻めて苦戦した。兵站《へいたん》が悪かったので、補給ができなくて日本軍は孤立しました。

とくに蔚山《ウルサン》城などでは、水も食べ物もなくなり、馬を殺して食べた。これについては韓国の晋州《チンジュ》に国立の博物館があります。ここに籠城したのは加藤清正です。とにかく日本軍はひどいことをしました。秀吉が戦果を知りたいというので、首は重いから耳をそいで持ち帰る、そのうち耳は二つあるので鼻を削いで持ち帰った。いまも京都に耳塚がありますね。韓国の人たちには悪く思われるはずですよね。そして海戦では李舜臣《イスンシン》の亀甲船が活躍して日本軍を苦しめた。この戦争は朝鮮を荒廃させ、豊臣政権を弱体化し、明の崩壊も早めました。東北アジアの三国ともに大きな影響を与えた戦争だったといえます。

もうひとつは朝鮮から陶工などの職人を大量に連れ帰った。これが唐津焼や伊万里焼の原型となりました。

名護屋城は攻める城で守る城ではない、なおかつ見せる城でもあったのです。

慶長の役に失敗して引き上げるとき、すっかり壊していったんです。無事帰った兵が五万、行方不明が五万。続く徳川政権はこの侵略の敗北に学び、善隣友好外交をつらぬき、朝鮮通信使は十二回来ています。そのうち名護屋に六回寄港しています。辺境ですが、海の中の地図としては要衝の地にあります。江戸時代、呼子の中尾家は捕鯨で栄えました」

大変分かりやすい説明をしていただいた。いま目の前に名護屋城址を見ると、飽くなき権勢欲を持て余した小柄な老人の姿が浮かんできた。

十六、外海、原城

この章も『五足の靴』本文からは少し外れる。それより以前、長崎の文化財所有者の会によんでいただき、そのあと西和夫先生と長崎外海《そとめ》のド・ロ神父の遺跡や遠藤周作文学館を訪ねたことがあった。このあたりを訪ねるのも前からの念願であった。

昭和四十一年（一九六六）の遠藤周作『沈黙』こそは、私が日本のキリシタンや南蛮文化に興味を持ったきっかけである。キリシタン弾圧の始まったあと、イエズス会の神学者フェレイラ・クリストヴァンが棄教したとの報がローマに入り、セバスチァン・ロドリゴとフランシス・ガルペはマカオからひそかに日本に潜入する。捕まれば死罪という危険を冒しての密入国である。フランシス・ガルペはキリシタンとともに命を落とし、ロドリゴは教えを棄てて江戸に送られた……。

このロゴリゴのモデルとなったイタリア人神父ジュゼッペ・キャラは小石川のキリシタン屋敷、通称山屋敷に幽閉されたまま、岡本三右衛門《おかもとさんえもん》の名で八十三歳まで生きる。このキリシタン屋敷は文京区茗荷谷《みょうがだに》にあり、私の中学・高校時代の散歩道で、幽閉された青い目の神父を想像したりした。篠田正浩《しのだまさひろ》監督の映画『沈黙　SILENCE』（一九七一年）を公開時に見たあとも、そこへ行ってみたりした。

外海の遠藤周作文学館は小ぶりで美しい建物であった。クリスチャンであった遠藤周作は、大浦天主堂下の南山手十六番館で見た踏み絵が『沈黙』を書くきっかけになったという。その踏み絵には踏んだ人間の心苦しさを表わすかのように足の脂が黒々と残っていたという。

ド・ロ神父のことを知ったのはずっとあとで、文化財の登録案件の中に、神父が明治時代に創設したマカロニ工場があった。へえ、こんな人がいたんだな、とびっくりしていつかは訪ねてみたいと思っていたのである。

ド・ロ様、と地元でいまも尊敬を集める神父は一八四〇年、フランスのノルマンディに貴族の子として生まれ、一八六八年、まさに明治維新の年にプティジャン神父と一緒にイエズス会のパリ・ミッション（パリ外国宣教会）から派遣されて来日した。二十八歳だった。

といってもまだこの頃は禁教は解かれていないのである。はじめ長崎の大浦天主堂において、その脇の羅典《ラテン》神学校を建設した。いまは重要文化財になっている。そのころの宣教の人たちは、なんでも自分でできるユニバーサルマンであった。一八七九年に隠れキリシタンの多かった外海に向かい、一八八二年出津《しっ》教会堂を建設、布教をしながら、出津救助院をつくり、社会福祉活動のセンターとした。

自立自存の村とするため、鰯網《いわしあみ》工場、そうめん工場を建て、貧しい人や海難事故で夫を失った漁師の妻たちに、西洋式機織《はたおり》やマカロニづくり、そうめんの作り方を教えた。共同墓地などに私財を投じて、土地の人に慕われた。

鰯網工場がいまド・ロ神父記念館になっており、これも国の重要文化財である。

かわいらしい建物にはいっていくとシスターが迎えてくださり、ハルモニウムというオルガンを弾きながら賛美歌を澄んだ声でうたってくださった。なんともいえない温かい感じだった。

祭礼道具や聖画など宗教的なもののほかに、ミシン、大工道具、農機具、薬箱、メリヤス編み機などがおかれ、土木、農業、福祉、教育など広い分野で活動したことがわかる。黒いざっくりした手織りの洋服などは今着ても心地よさそうだった。こうしたことを書き留めておきたいのは、維新後、ミッションで日本に来て骨を埋めた宣教者は、のちに『五足の靴』で五人が訪ねた天草のガルニエ神父だけではないからである。

その晩は雲仙観光ホテルに泊まった。クラシックホテルとして国の登録有形文化財となっている。ちょうど修復が終わったばかりで、昭和初期にタイムスリップしたような食堂でフランス料理をいただいた。創建当時は上海などからの避暑の客が多かったという。

翌日、雨をおかして「島原・天草の乱」の舞台、原城跡《はらじょう》へ向かう。天草四郎以下三万七千の老若男女が立てこもり、内通者をのぞき、ほとんどが幕府によって処刑された。ここは十五世紀の終わりに日野江城《ひのえじょう》の支城として有馬貴純《ありまたかずみ》によって築かれた。しかし領主が有馬から松倉重政に替わった頃、島原城の新しい建設によって日野江城とともに放棄された。石垣や建物も島原城に転用されたといわれる。

そして落城後は城は徹底的に破壊された。いまはしずかな城跡、おやみない雨の中で四百年近く前、ここで死んだ人々のことを思う。これもキリシタンの足跡であるし、宗教反乱というよりは、苛斂《かれん》誅求に耐えかねた農民一揆とみることもできる。城主松倉重政はその責を問われて幕府によって斬首となった。今みたいにかばいあってうやむやにされる時代とは違い、なんと過酷な責任の取らせ方であろう。

明治の旅人、とくに事前勉強に熱心だった木下杢太郎の頭の中には、こうした切支丹の布教と迫害の歴史が走馬灯のようにめぐっていたに違いない。

車で行けばそう遠いことではない。原城から長崎へ向かう。長崎での定宿にしているホテルモントレに着いたのは夕方であった。

十七、大村の切支丹と戊辰戦争

二〇一一年二月、ふたたび長崎の地を踏むことができた。長崎に行く前のことを少し書いておく。

今回は、嬉野市塩田町の塩田津が国の重要伝統的建造物群保存地区に選定されたことのお祝いに招かれた。嬉野の文化財課の小野将史さんは福岡空港から来るといい、と言ったが、地図で見ると長崎の空港のある大村市からの方が近い。大村には興味がある。私は上野彰義隊を調べてきたが、「官軍」の先鋒《せんぽう》として活躍したのが大村藩の渡辺清左衛門たちであるから、大村に行きたい。

長崎空港には市役所の植松さんが迎えに来てくれた。空港から箕島《みしま》大橋を渡ったところに、まず天正遣欧少年使節顕彰之像があった。戊辰戦争遺跡より先に、私の目に入ったのはその二百六十年前のキリシタンであった。初めて南蛮文化を知るためにヨーロッパに行った少年たち。

大村はキリシタン大名大村純忠の根拠地であった。彼は有馬家から養子としてやってきて十八代領主となり、三城《さんじょう》城を築き、永禄五年（一五六二）に横瀬浦《よこせうら》を開いて南蛮貿易を始め、続いて長崎港を開港した。翌年、洗礼を受けて日本初のキリシタン大名になり、領内には全国のキリシタンの四割を占める六万人もの信徒がいた。

しかし秀吉がキリシタン弾圧に転じると、大村家自身はキリスト教をさっさと捨てることによって辛くも延命した。とくに明暦三年（一六五七）の郡《こおり》崩《くず》れといわれる、潜伏キリシタン発覚事件は、四百人以上が斬罪になるという悲劇であった。そして幕末の藩主は十二代の純熙《すみひろ》。慶応四年（一八六八）、大村藩は徳川幕府を倒すための東征軍として出陣する。

まず大村公園近くの観光協会で地図をもらい、大村藩のお船蔵跡を見た。藩の船を格納する三本の石づくりの船だまりが見事である。それから旧円融寺《えんゆうじ》庭園に向かった。円融寺は近世の成立である。四代純長は幕府の勘定奉行の四男であったが、三代将軍家光の裁可によって大村家を継ぎ、その恩義に報いるため、徳川家の位牌をまつる寺の建立を願い出た。

幅五十メートルもの斜面に四百以上の石を配した名園で国の名勝に指定されている。しかしその名園の前にずらりと墓が並んでいる。よく見ると戊辰戦争で亡くなった大村藩士の墓が三十七基である。

おそらく明治以後の廃仏毀釈の時代に、円融寺はないがしろにされ、そのすばらしい庭園は戊辰戦争の勇士を弔う護国神社にされてしまったのだ。近寄って読むと「東賊」と闘って死んだ、と刻まれている。東の賊とはまさに上野戦争の彰義隊から奥羽越列藩同盟まで含む幕府軍のことである。見ると秋田刈羽野《かりわの》での死者がほとんどで、ほかに会津若松、箱館戦争で死んだ人もいる。死者を悼むことは大事だが、これほどに顕彰され、掲示板などにも日本の夜明けにつくした人たちのように書いてあるのは、「東賊」側の末裔《まつえい》としては違和感がある。我が先祖は仙台藩の末端武士として白河などで闘った。

要するに大村藩はもとキリシタン大名だったがゆえに、徳川幕府から要注意藩としていじめられつづけた。それで幕末には倒幕の急先鋒になって勲功をたて、たった二万七千石の大村藩は三万石の加増になった。これはほかの維新の勝ち組と比べても薩摩、長州、土佐に続く大加増である。渡辺清左衛門（のちの清）は尊王攘夷の三十七士の一人、リーダー格であったという。その弟の昇も仲間で、写真で見ると二人ともなかなか凜《りん》とした風貌であった。

楠本正隆の邸もあった。この人は東京のわが家の近く、谷中墓地の霊園事務所の前に大きな墓がある。明治十年（一八七七）に東京府知事、明治二十二年に東京市会議長となった。のち衆議院議員、議長、男爵となり郷土の偉人とされている。ほかにも医師長《なが》与専斎《よせんさい》、画家荒木十畝《じっぽ》、物理学者長岡半太郎、渡辺清の娘で女性教育や日本初の障害児教育に活躍した石井筆子《ふでこ》などを輩出していて、〝偉人の街〟とうたっていたが、そのなかには戦前、聖徳太子奉賛会などをおこした歴史学者の黒板勝美までが含まれる。

大村にいられる時間はそれほどなかった。

塩田に走る。合併して大きくなった佐賀県嬉野市のうちであって、まず谷口太一郎市長と名刺交換した。元佐賀新聞の文化部長をしておられたとか。嬉野は温泉とお茶の町である。この嬉野茶は長崎から幕末の女貿易商大浦お慶《けい》が輸出して高い利益を上げていたものだ。もう一つの産品として塩田石というさざれ石もあるが、昔は塩田川を使って天草から陶石を運んできており、砕石場が川岸にあった。大村湾側と有明海側では潮位の差が八メートルもあって流れが激しく、すぐにあふれて町の人は困ったという。川沿いの登録文化財杉光《すぎみつ》陶器店、国の重文としてめでたく修復が終わった西岡家、荷揚げ場、銭湯のあとなどを一人で見て歩いた。

今日の泊まりは湯宿「清流」、小ぶりな宿で老舗大正屋の経営である。嬉野温泉には長崎医学専門学校（現・長崎大学医学部）時代の斎藤茂吉なども、結核の療養のために投宿していたようである。

翌日、大々的に西岡家の改修のお披露目が行われた。現当主の女性は教師をしていて家を不在にすることが多かったとのこと。ずっと家を気にかけてくれた隣人、杉光陶器店の和男さんに深く感謝をしていた。市が管理して公開することになっている。見識のある持ち主、行政のふんばり、研究者の努力、近隣地域住民の協力、そして工事にかかわった設計管理者や職人さんがみごとに連携した文化財保存・活用の実例であった。

その日は武雄《たけお》温泉の楼門亭に泊まることにした。武雄温泉に着いたのは夜九時。ここは朝食つきで六千円と安い。夜は町でラーメンでも食べればよい。少し寒いが六畳あって、こたつもあるし、十分だ。東京駅や日銀も設計した辰野金吾による楼門、風呂が文化財になっている。夜遅くまで町の人が風呂に入りにくる。

早速お風呂で温まる。雪が降り出した。背後の山がまるで中国の山水画のように切り立って、ライトアップされ、雪がちらちら舞ってそれは印象的な風景だった。朝も六時には湯が開く。こんな早くから町の人が詰めかける。

朝鮮出兵のとき、秀吉の将兵もこの湯につかったそうである。秀吉は将兵に対して、「市民に迷惑をかけてはいけない、木も勝手に切ってはいけない」などのおふれを出している。こういうところを見ると彼もまともな気がするが、塩田で飲んだ人たちは「朝鮮出兵のころ、もう秀吉は認知症だったんだよ」と言っていた。

朝、白く雪の積もる町を、私はリュックを背負って武雄駅まで歩いた。

十八、長崎、稲佐

明治四十年（一九〇七）八月初旬、五人づれは、平戸から船で五島灘を通り長崎へ着いた。長崎は、平戸からオランダ商館がその出島へ移された所であり、南蛮文化の中心といえる土地である。なのに『五足の靴』には長崎見聞の記述がない。平戸から茂木《もぎ》港へ一挙に飛んでいる。

このわけは、最後に近い二十七節「京の朝」に述べられている。「K生が懶《なま》けたために」、すなわち与謝野寛が「長崎」についての項を約束通り、書かなかったらしい。そしてI生こと吉井勇の詩が載っている。つまり「京の朝」は祇園を愛した吉井の筆になるものであろう。

私が長崎を初めて訪れたのはそう古いことではない。長らく、原爆の落とされた地を観光で訪れる気にどうしてもなれなかった。初訪のさいは心して、原爆資料館で半日、体験者の語りを、イヤホンで次から次へと聞いた。どうも外側に症状の出なかった方のほうが、しばらくのち発熱して亡くなる例が多いように感じた。爆心地、浦上天主堂《うらかみ》、永井隆博士が身を横たえた如己堂《にょきどう》などをめぐり、足が棒のようになった。ホテルで足のマッサージを頼んだのだが、そのとき来てくれた女性は自ら被爆二世だと名乗った。

「父は三菱の茂里《もり》工場で働いていて、原爆に遭い、その衝動でどすーんと地下に落っこった。ずいぶんたってはい出したら、同僚が皆外で亡くなってた。地下に落ちて助かったんです」

この一回目の長崎では、もちろん夜の雨のグラバー園や山手の洋館群や孔子廟なども訪ねたけれど、原爆の印象が強い。

二度目に長崎を訪れた時、それはグラビア雑誌の取材の旅だったので、私は唐人街を歩き、トルコライスや餃子《ギョーザ》を食べた。坂本屋という立派な宿に泊まり、黄檗宗《おうばく》の崇福寺《そうふくじ》や興福寺を訪ねた。夜は嘉永年間創業の「花月《かげつ》」という料亭で長崎名物卓袱《しっぽく》料理をいただいた。赤い塗りの卓に所狭しと色あざやかな料理が並ぶ。主客同じ箸でとり、上座も下座もないのだそうである。

東京者の私にはその味はやや甘かった。卵焼も、寒天も甘く、途中に汁粉が出たりした。そう言うと案内者は、

「長崎では甘い物が歓待のあかしなのです。その昔、砂糖はオランダ貿易でバタヴィア

（ジャカルタ）くらいからしか入らなかった。甘い物は贅沢《ぜいたく》、甘くないのを〝長崎が遠い〟といったそうです。長崎出身の人が大金持ちになって長崎に何かお返しをしたい、と思ったとき、水源地の池に砂糖をばらまいたとか……」

伝説なのだろう。

五人づれは稲佐《いなさ》遊郭から諏訪《すわ》神社まで人力車で来て、そこから崇福寺、眼鏡橋を経由し、上野屋旅館にて夕食をとったあと、夜、出島と新地を経由してまさにその丸山町の花月で宴会を催している。丸山遊郭の一角にあり、江戸時代は「引田屋」という遊女屋であって、明治になると「花月楼」といった。井原西鶴、大田南畝《なんぽ》、頼山陽《らいさんよう》、勝海舟、坂本龍馬、大隈重信なども上っている。遊里好きの吉井勇は、

　長崎の花月の酒の酔ひここち夢見ここちいまに忘れず

と歌っている。彼らが宴会をしたのみかどうかは定かではない。

労作『西海の南蛮文化探訪「五足の靴」幻の長崎編・要の島原編』の著者鶴田文史《つるたぶんし》氏は、花月楼は突然行って上がれる場所ではなく、彼らを手引きした人物は、与謝野鉄幹の「二六新報」時代の主筆、鈴木天眼《てんがん》だという。天眼は福島の出身だが、二六のあと長崎へ移り、当時は「東洋日の出新聞」社長で、孫文の長崎における庇護者でもあった。

福岡や柳川と同じく長崎でも、中央の著名な文人、与謝野らを囲む文学者の会が持たれたらしい。鶴田氏はその参加者の回想から、五人の宿を上野屋旅館と特定しておられる。旧支配人からの聞き取りによれば、上野屋には三人の息子がいたが、長男は東京帝大卒で第二次大戦で戦死、次男は長崎薬専卒業後まもなく病死、三男も東京帝大卒で原爆死と鶴田氏は書き止めており、あまりの悲劇に驚いた。上野屋そのものも、原爆で烏有《うゆう》に帰したようである。

三回目に私が訪ねたのは二〇〇八年の一月だった。このときはオランダとの通商の窓、出島の修復にかかわられた神奈川大学の西和夫先生に、出島の建築やカピタンの生活についていろいろ案内していただいた。また上智大学の石澤良昭先生には、重要文化財大浦天主堂を訪れた際、プティジャン神父の話、「浦上四番崩れ」の話を聞かせていただいた。

大浦大主堂は禁教時代の元治元年（一八六四）、長崎開港により居留地の外国人のために仏人ベルナール・プティジャン神父が創立した。幕府の禁令の及ばない治外法権の教会である。しかし翌年、浦上から来た日本人が、「私の胸、あなたの胸と同じ、サンタマリアのお像はどこ？」と神父にささやく。二百年以上の間、禁じられた教えを守っていた人々がいたことに神父は感動するが、幕府の警戒探索は厳しく、これら浦上の信徒たちは芋づる式に捕まり、三三八四人が配流された。

たとえば配流先の一つ、津和野（いまの島根県津和野町）では明治になって以後も、これら預かったキリシタンを拷問し、死者も出た。乙女峠にその遺跡が残っているが、これについて津和野出身の文人森鷗外は一言も触れていない。これは鷗外研究の謎である。鷗外の親戚に当たる人物が、弾圧にかかわったからではないか、ともいわれている。当然プティジャン神父はこの弾圧に抗議し、ヴァチカンまで報告に行った。

プティジャン神父らを大浦に遣わしたパリ外国宣教会のことも興味深い。なんと、のちにナチスの収容所で餓死刑に選ばれた、二児の父である囚人の身代わりになって命を落とす有名なマキシミリアン・コルベ神父も、昭和五年（一九三〇）から三年あまり、宣教師として長崎の大浦天主堂にいたそうである。

こうしてみると南蛮文化への旅といいながら、五人づれが稲佐や丸山の遊郭にばかり気をとられ、浦上の御堂や大浦天主堂、あるいはその昔、立山にあった南蛮寺（サンタマリア教会）、城山の天主教会（トードス・オス・サントス）、それに付属したコレジヨの跡を訪ねた気配もないのは残念きわまりない。

先に述べたように、他に五人の見学先としてわかっているのは東方の丘にある諏訪神社。吉井勇にも、

白秋はつぶら眼をしてゐたりけり諏訪山の上に海を見るとき

という回想歌がある。一方、与謝野寛にはずっとのちに、

長崎の円き港の青き水ナポリを見たる眼にも美《うるは》し

があるが、これは明治末年の欧州旅行のさい、ナポリに遊んだことと重ねた回想歌である。「ナポリを見てから死ね」ということわざにひっかけて、絶景ナポリを見た自分の目にも美しかった、という回想には、かっての五人づれの旅が想《おも》い起こされてはいないかもしれない。むしろ、鷗外訳『即興詩人』のナポリの海が思い出されてくる。

木下杢太郎は、旅の直後の九月十六日に随筆を書いた。

「またしてもわが羅曼底《ろまんちつく》の徒は、繁劇たる今の長崎の薄暮のうちに紅の空想国を尋《と》めていたのである。尖塔《せんとう》もはや定に分らぬようになった。柳の下に郵便局がある。旅に見る、他人の活動は浮世絵のように面白い、若き女は局の壁の大時計をながめている、これより出嶋への道は、片や溝、溝を超えて白き倉庫、さわぐ船の人、見送り見送るうちにいつか予等《ら》は支那街に達したのである。丸山にゆく人、恋の丸山にゆく人に、この細き街はみたされた、(後略)」

羅曼底をはじめ、玻璃扉、羅面紘《らべいか》、蕃茄《とまと》、泊芙藍《さふらん》などのあて字がちりばめられ、なんとも異国情緒の美文である。長崎の中国酒舗で「酒は日本酒よろしい？」と聞かれ、杢太郎は戯れに「ちんた酒」と答えた、という。

南蛮についてあれほど調べた杢太郎の興奮が伝わる。彼はもしかしたら四人と離れ、一人で長崎を歩いたのではないか。そう思いたくなる。長崎の項は彼こそ書くべきであったのに。「長崎ではアチヤ街をトマトをくい乍《なが》ら歩いて面白かった」と親友山崎春雄宛八月九日の葉書にある。肥後崎津《さきつ》局の消印である。

のちに「長崎、長崎、あの慕《なつ》かしい土地を何故《なぜ》一日で離れたろう」と白秋は言う。滞留はわずか一泊であった。そのわりに多くのものを心に刻みつけたといえなくもない。

十九、長崎再訪

何度目の長崎だろうか。凝りだすと何回でも行ってみたくなるのである。そしてその町の印象が重層的になっていき、いつも新しい発見がある。今回は長崎県庁の小島俊郎さんが勤務時間外に取材に協力してくれることになった。彼は長崎県対馬に赴任中、半井《なから》桃水《いとうすい》の生家といわれる建物の改築に関わった。桃水は樋口一葉が慕った文人である。小島さんは対馬藩の御典医の長男に生まれ、朝鮮語も話し、半島事情にも詳しかった。一葉との師弟関係をお話しに行ったとき以来の知人である。

いまは県庁に戻った小島さんと、彼の昼休みにまず『五足の靴』の碑の建つ場所に行ってみた。そこは樺島町《かばしままち》九－一九。西日本新聞長崎支局の用地であったが、新聞社は引っ越してしまったようである。実際に泊まったのは前章で述べたように、上野屋といって古くから開けた尾根道にあり、いまの家庭裁判所のあたり。嶋原町《しまばらまち》と今下町《いましたまち》にはさまれ、江戸時代は高木という町年寄が住んでいた。五人は浦上天主堂を訪ねたとのちに記録されているが、宿からはかなり遠い。当時は壮麗な鐘楼はまだなかったようである。

しかし稲佐山と丸山と浦上を一日で回れるだろうか。

遠くに住む私もよく浦上と大浦の天主堂を混同するが、もしかしたら五人づれが訪ねたのは大浦天主堂のほうであったかも知れない、と思った。

私は稲佐山を再訪した。プチャーチンが長崎に来港して以来、ロシア極東長期越冬地として、ここにはたくさんのロシア兵が上陸し、「ロシア村」と呼ばれた。ここにあった遊郭はロシア人相手のもので、当時の写真を見るとキリル文字が多く書いてある。元遊郭らしき建物をいくつか見つけた。悟真寺《ごしんじ》にはロシア人墓地もあり、日露戦争以前はいかに長崎にロシア人が多かったかを物語る。

ここにも稲佐のお栄《えい》さんという女傑の物語が残っている。万延元年（一八六〇）、天草の島に生まれ、両親を早く失ったお栄は、二十歳のころ稲佐に現れる。料亭「ボルガ」の女将諸岡まつの世話でロシア将校集会所で働きながらロシア語を覚えた。

そしてボルガに勤めて、明治二十四年（一八九一）のロシア皇太子ニコライの接待に活躍し、さらに自らホテル「ヴェスナー」（ロシア語で「春」の意）を開き、高台のその小さなホテルにはロシアの陸軍大将クロパトキンが滞在した。一時、お栄は「露探《ろたん》」（ロシアの軍事スパイ）ではないかと疑われた。そして日露戦争後、捕虜となったステッセル将軍の長崎滞在を心をこめて世話をした（木村泰子「稲佐お栄＝道永えい」『長崎の女たち　第一集』所収）。

稲佐からタクシーを飛ばして、町外れの浦上の天主堂に至る。爆心地である。この近くに永井隆博士が療養をした庵、如己堂もある。映画『長崎の鐘』などに描かれた永井博士は長崎原爆の象徴的な人物。彼はレントゲンの研究者で、レントゲン写真を撮影しつづけたことにより自らも被曝して、すでに慢性骨髄性白血病におかされていた。長崎医科大学（現・長崎大学医学部）で爆風に吹き飛ばされ、無数のガラスを浴び、妻を原爆で亡くした。幼い子ども二人を抱えながら原爆投下後の被爆者救護に働いたクリスチャンである。そして原爆の悲惨さを訴えた書物を著し、四十三歳の若さで亡くなった。

江戸幕府の終わる年の慶応四年（一八六八）、隠れキリシタンが信仰を告白し、それが浦上四番崩れといわれる弾圧に発展したことはすでに述べた。その後、明治六年、キリスト教が解禁になって信徒は浦上に戻り、十三年、小さな木造の仮教会を築いた。明治二十八年にフレノ神父が教会を設計、その後、二十年をかけて鐘楼を持つ東洋一といわれる壮大な浦上教会が建設された。

これが完成しないうちにフレノ神父は病に倒れ、大正三年（一九一四）に献堂式が行われた。だから五人が行ったとしても、建設中で、まだ有名な鐘楼はなかったのだ。それは原爆で破壊され、今は以前の面影を残しながら鉄筋コンクリートで再建されている。

そこから市内に戻る道には、長崎大学医学部もあるし、原爆にあった一本足の鳥居もある。また二十六聖人が殉教（一五九六年）した場所には今井兼次設計の記念館が建っている。そこは当時海際の断崖の上であったはずだが、現在は埋め立てで下にも町は広がっている。

夕暮れになって仕事を終えた小島さんと待ちあわせて、五人づれが訪ねた諏訪神社に上った。眼下に長崎の町並みが続いていた。長崎に滞在したフランスの作家ピエール・ロティの碑もあった。

翌日、私は一人で思案橋から崇福寺、丸山公園、料亭花月、高島秋帆《しゅうはん》の邸のあと、もと遊郭三島楼、と坂道を上りくだりして、小島養生所にいたった。長崎医大の前身で、ポンペや松本良順《りょうじゅん》がいたところである。その高台の道に沿った家のおじいさんに、日当たりがよくていいですね、と声をかけると、おじいさんは、「何の、夏は西日で暑うてなあ、それに上り下りが難儀ですわ」と手を振った。

ここから唐人屋敷へ下りてゆく。福建《ふっけん》会館、土神《どじん》堂、天后《てんこう》堂などのある道すじに、ランタンフェスティバルの時期だから提灯《ちょうちん》の飾り物がいっぱいあった。江戸時代、長崎の人口六万人のうち、一万人は中国人であったという。密貿易を防ぐため竹矢来で囲ったなかで、中国の人たちはどのような暮らしをしていたのだろうか？　長崎というとオランダ貿易ばかりが話題になるが、唐人貿易のこともっと知りたくなってくる。

二十、茂木港から──荒れの日

長崎から、茂木に行ってみた。

ここは長崎市内から八キロのところにある港である。行きはまたしても山田由香里さんをわずらわせ、新道を車で飛ばした。

茂木からはいまも天草富岡へ向かうフェリーが出ている。すでに述べたように『五足の靴』に長崎の項はなく、平戸から突然、長崎の茂木港の描写に移る。

「茂木は率土《そつと》の浜《ひん》である。干潮で水涸《か》れ涸《が》れの川が橋を境に通ず。橋の上《かみ》には鶩《あひる》が数十泳いでいる。橋の下なる海には黒い子供が数十泳いでいる、同じ様である」

『五足の靴』はそう書いている。

長崎に比べるとずいぶん淋しいひなびた港町だ。小汽船が待っている。

茂木は枇杷《びわ》で有名なところだ。枇杷は長崎の名物で、六月末まで全国の半分以上が長崎産だという。

いまの茂木港周辺は埋め立てで、昔、五人が来たころの波打ち際など教えてもらう。

なかなかのどかな風景で、こんなところに住んでおいしい魚を食べ、たまにバスに乗って人家が密集した長崎市街に行くのも悪くないな、と思う。

フェリー乗り場の近くに長崎市役所茂木支所があり、郷土史コーナーが手づくりながら充実していた。それによると先に述べた稲佐お栄（道永えい）が晩年、茂木に洋館の「ビーチホテル」を建てて外国人観光客を泊めたそうだ。ちょうど五人づれが茂木を通ったころ、ビーチホテルはあったはずだ。

支所の人は親切に、「長崎に戻るなら旧道を通って御覧なさい。明治時代の旅人たちが通ったのはそっちの道ですよ」と車での戻り方を教えてくれた。竹林に囲まれ、竹が道に木陰を作っていて、じつに気持ちよい道だった。

そうか、五人はここを来たのだな、とはじめてその風景がつかめるような気がした。

「風は朝となっていよいよ激しくなった。長崎港には灰色の波が騒いでいる。折々沛然《はいぜん》たる驟雨《しゅう》がやって来て長崎を流そうとする」

八月八日、いよいよ五人づれは長崎茂木港から天草に向かって船出をする。長崎は雨だったが日も出たからともかくも、と市内から二里の路を乗合馬車で来た。この風情はいま味わえない。

「十一時出帆、天草諸港へ行く船である。相変らず甲板を占領す。ボーイが来て下へ入れという、この暴風《しけ》では甲板は波が被《かぶ》ると脅す、沖を見るとどす黒い中に白波が見える」

船室に入らず甲板から海を見ようというのは旅の若者の考えそうな事だ。年寄りや、よく乗る地元の者は船室にごろごろ芋のように寝ている（五島列島から長崎港まで、小さな船で帰った時にそういう光景を見た）。

平野萬里だけは恐《こわ》がりなのか、船室に逃げ込み、後の四人はしぶきを浴びる。私は同じ路線をフェリーで二時間かけて行った。途中、千々石灘《ちぢわなだ》などという名称に天正の少年使節の名も思い出したが、「われてくだけてさけてちるかも」という源実朝《さねとも》の歌のようでもあり面白かった。

五人づれはそのうち、ひどい暴風に景色を見るどころではなくなった。

「頭を上げれば酔う、眼《まなこ》を開けば酔う、体を動かせば酔う。横に寝て、自分を一個の物と見做《みな》して、波のまにまに運動するに限る。酔やぁしまいかなどと思ってはならん。すうっと昇《あが》る時は体に船がどしんと中《あた》る。どうっと降る時は体がふわりと浮く、いい気持だが、またいやな気持である」

読んでいるだけで船酔いしそう。この項は誰が書いたのだろうか。生きた心地もしない。船室でまわりの者たちが吐く音を聞かぬよう、萬里は思いつくかぎりの歌を歌い、甲板では杢太郎ものべつ鼻歌を歌い、寛はころころと転んで海に落ちそうになり、勇はただ黙って眠った。ひとり白秋だけが勇を鼓して起きていた。

天草の内海に入ると波は静まった。

午後二時入港。「人はやっと蘇生した。波静かなる富岡港に上陸した」

茂木―富岡はいま、高速船であれば四十五分である。観光ガイドなどは「たった四十五分」を宣伝している。以前私は富岡から茂木へ向かう逆コースに乗ったことがある。午後三時発の高速船に乗ろうとした。しかし宿の女将は、「今日の波なら高速は出んかもしれんばい。一時のフェリーに乗られた方が安全じゃろ」と言う。半信半疑で港に駆けつけると、すでに「三時の高速は欠航」と貼紙があった。その日の夜は長崎で人と会う用があったので、胸をなでおろしたことである。

『五足の靴』をゆく

天草風景

二十一、天草上陸

いま富岡には立派な城が復元されている。慶長七年（一六〇二）に築城された富岡城である。石垣は天草石といってオレンジ色の輪模様が浮かび出た美しいもので組まれている。その見事な石垣の上から富岡港が望め、一行の船が外海から回って港に入ってきたという白い砂州が見えた。砂州は湾を抱くようである。これを巴潟《ともえがた》とも「袋の海」ともいうらしい。天気がよすぎてまぶしい。

八月八日の午後、五人づれは念願の天草の地を踏んだ。

「町長松本氏から天草の乱に関する諸々の事を聞く」

一般的には「島原の乱」とよばれる。天草四郎の名前が強く頭に刻まれ、こう書いたのであろう。天草四郎率いる島原勢に攻撃されたものの、富岡城だけは落ちなかった。そのほかはピヤアロン（ペーロン）という五月の節句にやる中国式レガッタのようなものについても聞いている。

五人はこの松本町長の家に泊めてもらったのではないか、というのは野田宇太郎と同じく戦後の早い時期から「五足の靴」に興味を持ち、『五足の靴と熊本・天草』なる本を編まれた濱名志松《はまなしまつ》氏の説である。

濱名さんは大正元年（一九一二）、天草に生まれ、天草島内の小・中学校の教諭、校長をされ、退職後、天草町教育長をつとめた。民話収集の分野でもたくさんの仕事をされたが、長いことその心をとらえて離さなかったのが「五足の靴」であった。戦時中、武昌《ぶしょう》の野戦病院に入院していたとき、同郷の従軍看護婦から見舞いにもらったのが北原白秋の『明治大正詩史概観』で、それで明治四十年（一九〇七）の五人の旅を知ったのだという。戦後、独自に調査されていたが、『九州文学散歩』の執筆のため来島した野田宇太郎と出会い、啓発されてその後も研究を続けた。二〇〇九年、九十六歳で没。

いっぽう、濱名氏に続いて「五足の靴」を調べた鶴田文史氏は、五人の乗った船は三山船所属の第二隼人丸で、富岡港内で艀《はしけ》に乗り換え、その案内で三文字屋《さんもじや》に泊まったと特定している。というのは三文字屋が回漕店《かいそうてん》でもあり、艀はそこの店のものであったからである。昔の旅とはこのような連携に導かれてするものだが、意外に便利ともいえる。

鶴田氏は原文にある町長を松本久太郎、唐津屋の主人で四十五歳とも特定している。また『天草記録』という写本を興味のある太田正雄に貸したのは唐物屋武田武助（四十六歳）だとしている（『西海の南蛮文化探訪　天草五足の靴物語――評の熊本編・雅の京都編』）。『天草記録』を読んだ、とあるからには「荒れの日」を書いたのは正雄であろう。

最初に天草で案内をしてくれたのは根っからの天草っ子の浜崎《はまざき》さん、釣りが趣味でこの辺の海に通じているが、魚を食べるのはもっぱら奥さんで、自分は肉が好きだと言う。このときは雑誌の取材で「五足の靴」のあとを追いかけたのである。

東京から行くと、この辺の島の県境がよくわからない。天草は天草五橋でつながっているもののれっきとした島で、上島、下島合わせて面積八百八十八万平方キロ、このほかに大小百数十の島があり、熊本県に属する。

しかし対岸の島原は「島」とつくのに半島で、長崎県に属する。ついでにいえば壱岐《いき》や対馬も福岡の沖合に浮かぶのに、長崎県なのである。そのうえ平成の大合併で自治体の数は少なくなり、地名も混乱している。

「島原大変、肥後迷惑というんですよ」

浜崎さんはそんなに大変そうでもなく、気楽に言った。島原の雲仙普賢岳《ふげんだけ》が噴火すると、その灰は天草の田畑に降り注ぎ、作物を枯らす。一九九二年の噴火でも、土石流に埋まった家を見たことがあった。住民や取材に行ったジャーナリストまでが巻き込まれた土石流が想像できるような荒々しさであった。

「島原の乱の時は天草の渚《なぎさ》にたくさんの殉教者の遺体が流れ着いたそうです。いまそこには千人塚が建ててあります」

これも島原で大変があると肥後に影響がある一例なのであろうか。いや、戦場は広く天草にも広がり、「乱」のシンボルは天草四郎時貞という十代の少年であった。この辺りの人は乱といわず変という。

「天草四郎はあくまでシンボルで、後ろで操った大人もいると思うんですが。弾圧されたキリシタンの反乱というよりは、徳川幕府の代官の苛斂誅求に対する農民一揆である、という見方が強くなってきています」

もともと天草はキリシタン大名小西行長の所領であって、彼のもとで半世紀にわたりキリスト教徒が増え、貧しいながらも隣人愛に満ちた生活が広がっていた。

小西行長は自由都市堺の薬屋で、漢方薬を求めて中国や朝鮮半島へ渡り、中国語もハングルも使いこなしたという。外国の事情に通じていただけに、豊臣秀吉の無謀な朝鮮侵略に最後まで反対した。その小西行長もいやいや主君の命令で唐津の西、名護屋城から半島に出兵し、一万四千の兵士の半分を失っている。

秀吉の先兵をつとめた家来、いやいやながら兵を集めた大名、いろいろだ。兵士が命をかけて闘っているというのに、ここに陣取っていただけの秀吉が側室を連れて茶会などの暇つぶしをしていたことに腹が立つのは現代的な考え方なのであろうか。まさに関白秀吉は「おおみずからはいでまさね」であるし、「一将功なって万骨枯る」なのであるが、この侵略は敗《ま》けに終わり、功績にもならなかった。小西行長はしかし、このおろかなる豊臣家に殉じて捕われ斬首された。自殺を禁じるキリシタンだった行長は切腹を拒否したのである。すでにキリシタン大名小西の所領に退却していた天草の宣教師たちにとっても絶体絶命の状況になった。

慶長八年（一六〇三）、徳川幕府が開かれ、天草は唐津藩主寺沢広高の所領となったが、彼はかつては自分もキリシタンであったのに棄教し、弾圧に転じた。しかも天草領の石高は実勢の倍ほどで、収穫はないのに年貢の取り立てが厳しかった。いっぽう有馬晴信が転封《てんぽう》になったあと、島原藩主となった松倉重政も領民に対して厳しく残酷であった。寛永十四年（一六三七）、少年天草四郎時貞（益田氏）を総大将に一揆が起こり、天草にも飛び火して富岡城を襲撃するが、落とせなかった。

天草四郎はさらに海を渡り、島原の原城に立てこもり、三カ月におよぶ籠城戦で抵抗した。幕府軍の死者は一千人、一揆側の死者は二万人を超えると言われている。天草四郎の実像はわからず、奇跡などの伝説だけが肥大し、少年であることのいじらしさもあって、たくさんの文学作品や演劇、映画、マンガが生まれた。その最初のものが木下杢太郎の戯曲「天草四郎」である。

富岡城址の小さな展示場に、「鈴木さま」という石の祠《ほこら》の写真がずらりとならべられていた。島原の乱の後、よほど力がなければ天草は治められないと代官を命ぜられたのが鈴木重成。三河からの徳川譜代の臣（七百石）で原城攻撃にも参加した。彼は四万二千石とされる天草領が実勢と懸け離れている事を幕府に訴え、百姓の年貢を減らそうとし、結果半分の二万一千石にさせた。

兄の正三は三代将軍家光の信任篤かったが、深く仏教に帰依して旗本をやめ僧侶になった。正三は弟のブレインとして天草に赴き、今でいう村おこしのような事をした。すなわち移民の奨励、いってみればIターン政策である。寺社の復活、仏教教化による人心の安定も図った。そして領民をいじめなかったので、土地の人々は寺沢時代とはこんなに違うものか、とこの兄弟に感謝して「鈴木さま」の祠を何十カ所も建てたのらしい。また、展示場には頼山陽と勝海舟と林芙美子に関する展示もあった。勝海舟は長崎にあった幕府の海軍伝習所の訓練生として、富岡の鎮道寺《ちんどうじ》に宿泊していたらしい。昭和十二年（一九三七）夏、旅好きであちこち訪れた林芙美子は、富岡でも岡野屋という宿に泊まっている。その家の前には「旅に寝てのびのびと見る枕かな」の自筆句の石碑がある。芙美子は富岡の旧家、松本という家で雲丹《うに》を買っているが、これが五人づれをもてなした松本町長の家かもしれない（『婦人公論』昭和十二年十月号）。頼山陽がここで作った漢詩には「瞥見《べっけん》す、大魚の波間に跳ねるを」とあり、これはイルカのことらしい。

私は城のある高台から波間に目をこらしたが、ついに大魚は発見できなかった。

『五足の靴』をゆく

天草の港町

二十二、蛇と蟇

「富岡より八里の道を大江へ向う。難道だと聞いた。天草島の西海岸を北より南へ、外海の波が噛《か》みつくがりがりの石多き径《こみち》に足を悩ましつつ行くのである」

さあ、いよいよ天草だ。八月九日、靴が活躍する日が来た。五人は夏の炎天下、富岡から三十二キロを歩くことになる。一時間一里としても八時間かかる。

「いまみたいないい道を考えちゃだめです。あのころはもちろん舗装されていなくて、道のないところもあって、船でつないでいたんです」と案内役の浜崎さん。観光ガイドブックは「舗装道路で快適」をうたっている。それだけに旅情はない。当時大変だったのは道だけではない。水田もできない。

「その多くは塁々として砂礫《しゃれき》尽くるなき荒磯《あらいそ》、左に聳《そばだ》つ険山の裾を伝うて行く」

「土痩せたる天草の島は稲を作るに適せぬ、山の半腹の余裕なきに余裕を求めて甘藷《かんしょ》を植える。島民は三食とも甘藷を食《くら》う」

足の速い寛と正雄は海を右手に見ながらずんずん先へ行く。

「目的はパアテルさんを訪《おとな》うにある」

パアテルとは父。英語でいえばファーザー。大江天主堂のガルニエ神父、四十代のフランス人である。足遅き白秋、勇、萬里は休み休み後から進む。二手に別れてはぐれ、先の二人はずいぶん行った所にある茶屋で待っていた。

茶屋の婆《ばばあ》に「婆《ばあ》さんの言葉はちっとも分らぬ」と言うと「ああた方のいわっしゃる事も分かいまっせん」とみごとに応酬された。「婆さん子供があるかい」「ありますとも」「幾つだい」「幾つだって大勢居るさあ」「爺《じい》さんは居るのか」「爺さん居《お》らっさんば、一寸《ちよつと》ん楽《たのし》みもなかとで御座いますたい」と、してやられた。「歯抜け婆さんの愛嬌《あいきよう》のある事よ」と感嘆する。

しばらく行くと白秋の歩が止まった。見ると大きな縞蛇《しまへび》が犬の頭ほどもある大きな蟇《がま》を呑《の》み込む所だ。両者対峙《たいじ》して引かない。勇が路傍の大石を蛇に投げつける。蛇はするすると草むらに逃げ込む。勇と萬里もあわてて逃げ出す。こういうところは子どもっぽい。

道なきところは川伝いに、磯伝いにいく。そのうち小さな炭鉱がある。「古ぼけたボイラーが破れた家根の下で燻《くすぶ》っている」、これが志岐《しき》炭鉱である。羊歯《しだ》が青々と茂る。紺碧《こんぺき》の海が見える。汗頬に伝う。喉が渇く。しかし水気を飲めば飲むほど腹はだぶつく。

「峠を越す事二つ三つにして下津深江《しもつふかえ》という湯の出る港へ着いた、午後二時」

寛と正雄は先に着いて待っていた。しかし農事講習会が開かれるので茶屋にも宿屋にも断られ、ものを売る店の二階に通された。主人、「君達は」ときた。このへんの土地の言葉はまるでわからない。妙に堅苦しい標準語でやろうとする。「いず方へ参られまするか」「道は甚だ険道でありまするとはいえども」「必ず以て参られまする、は、は」なんとも大仰で変な日本語だが、東京からの客にあらたまったのであろう。梅干と奈良漬が出されて「甘《うま》かった」。ここで一行はしばらくまどろんだ。

下津深江はいま下田温泉五足の湯と名乗る。最初に天草に行ったときに泊まった「群《ぐん》芳閣《ぽうかく》ガラシャ」は小ぶりでいい宿だった。それぞれの部屋に白秋、萬里、杢太郎などと『五足の靴』の旅仲間の名がついていた。栴檀《せんだん》は双葉より芳し、まだ仕事をなす前の若者の群れなす芳香にたとえての宿の名かと思われた。ガラシャとは、もちろん明智光秀の娘で細川忠興《ただおき》の正室となり、キリスト教に殉じた女性の名によるのだろう。そして湯船のタイルには鉄幹の「妻をめとらば才たけて」の詩が染めてあって、私はつい長風呂で吟じていい気持ちになった。

よく歩く旅の果てに、揉《も》む人を頼んだらタイ・マッサージの若い女性が来て、彼女の大学の卒論が「禁教時代の天草の切支丹」だった。揉み療治を頼むことは往々にして現地ヒアリングを兼ねている。彼女によればこの下田温泉の芸者さんは情が濃いことで有名で、客を桟橋に送る時、着物のすそをからげて紅《あか》い襦袢《じゆばん》を見せたりしたものだという。次の日私は「五足の靴文学遊歩道」を一人で、海に沿って歩いた。旧道には昔の感じが色濃く残っていた。後で調べると、群芳閣ガラシャの場所こそ、五人づれが昼飯を食べ昼寝をしたところだという。「一睡して、大江までもう四里、訳はないと、三時を過ぐる幾分に出かけた」

二十三、大失敗

なんといってもこの旅のハイライトは富岡から大江までの八里の難行苦行であったろう。

「五足の靴は驚いた。東京を出て、汽車に乗せられ、汽船に乗せられ、ただ僅《わずか》に領巾振山で土の香を嗅いだのみで、今日まで日を暮したのであった、初めて御役に立って嬉しいが、嬉しすぎて少し腹の皮を擦りむいた、いい加減に御免を蒙《こうむ》りたいという」

大変軽やかでリズムがあり、靴を擬人化してユーモアあふれる文章である。これは当時はやりの自然主義でもなく明星風の星菫《せいきん》調でもない。新たな、軽やかな文体の発見だ。

宿の予約もない。地図はあったのだろうか。風まかせの旅である。そういう旅ができることこそ若者たちの特権でもある。白秋の詩。

わかうどなれば黒髪の

香をこそ忍べ、旅にして
わが歴史家のしりうごと、
『パアテルさんは何処《どこ》に居《お》る。』

南の海に白鳥の
軀《むくろ》うかぶと港みて
舟夫《かこ》らはうたふ。さりながら、
『パアテルさんは何処に居る。』

遍路か、門《かど》に上眼《うはめ》して
もの〳〵しげにつぶやくは、
『さて村長《むらをさ》よ、』またしても
『パアテルさんは何処に居る。』

葡萄《ぶどう》の棚と無花果《いちじく》の
熱きくゆりに島少女
牛ひきかよふ窓のそと、

『パアテルさんは何処に居る。』

かくて街衢《ちまた》は紅き灯に
三昧もこそ鳴れ、さりとては
天草一揆、天主堂、
『パアテルさんは何処に居る。』

リフレインが道の遠さを物語り、悪路をどたどたと行く自分たちへの励ましの掛け声に聞こえる。ふたたび寛と正雄はあとの三人を引き離し、高浜で休む。足の速さには格段の違いがあったようだ。夏のしかも南の国のことで、六時とはいってもまだ陽が高い。「高浜の町は葡萄で掩《おお》われている、家ごとに棚がある、棚なき家は家根に匐《は》わす、それを見て南の海の島らしい感じがした」。この辺は鷗外訳『即興詩人』のナポリ辺りの風物が連想される。のちに吉井勇は、

海のかぜ葡萄のにほひ昼のおとを思えば心騒ぎぬ

と詠んでいる。

正雄と白秋は駐在所に行ったが留守、大庄屋に行って、天草の乱の考証をしはじめた。これが天草高浜焼という良質な磁器を生産している高浜の旧家、上田家である。何度目かに天草を旅した時は、天草に詳しい九州大学の藤原恵洋《ふじはらけいよう》さん夫婦と一緒だったので、上田家を見せていただくことができた。天草陶石は流紋岩などが熱水変成してできた白い緻密な岩石で、天草下島の海岸線に沿って分布する。これを天草の島人の産業にしようと企てたのが、高浜村の代々の名主であった上田家であった。

この家に残された文書によれば、享保の頃（十八世紀前半）、三年間で陶石を切り出して砥石《といし》として販売したということである。しかし重たい石を港まで運び、島外に売るのは間尺に合わない。それで六代目伝五右衛門は大村の時津から陶工を招き、高浜で焼物を焼くことを思いついてお上に願い出た。作間稼ぎ（農閑期のアルバイト）になるだろうと考えたのだが、なかなか思うようにはいかなかった。今の一村一品運動のような村おこしである。

当時、諸国を経巡っていた平賀源内はこれに目を付け、「焼物は期待できるが、職人の腕が悪いため、下品である。私が長崎からもっといい職人を派遣して、オランダや唐人好みの絵柄に工夫すれば、陶土そのものは高級品なのですばらしいものができるに違いない」と「陶器工夫書」を西国郡代に提出している。平賀源内といえば大変な知識人であり、多才な学者でもあるが、せっかく地元が苦労しているのにこの見下すような、自分の手柄にしようとする物産コンサルタントのような表現はいただけない。

六代目伝五右衛門は書や和歌に親しむ読書家であったというが、七代目上田宜珍《よしうず》もそれに輪をかけて見識の高い人物であって、焼物づくりの倫理とでもいう文書「陶山永続方定書《さだめがき》」を残している。ここでは石を掘る者、砕く者、土を濾《こ》す者、絵を付ける者、焼く者、運搬する者、売る者、すべての職人が、神仏を敬い、仕事場をきれいにし、お互い協力して、手を抜かずに精勤する様子を細かく書き記している。それでこそ山は永続するだろうと。

これに職人たちは同意の誓書を差し出した。上田宜珍はまた、大火事のあとに集落を移転、復旧させた手腕もみごとである。伊能忠敬の地図測量には接遇と協力を惜しまず、また『天草島鏡《あまくさとうかがみ》』なる地域史を書き残した事でも知られている。この上田家には昭和になって与謝野寛が妻晶子を連れて再訪、逗留《とうりゆう》している。十三仏《じゆうさんぶつ》にある歌碑。

天草の十三仏の山に見る海の入日とむらさきの波　寛
天草の西高浜のしろき磯　江蘇省より秋風ぞ吹く　晶子

明治四十年（一九〇七）八月九日に戻ろう。白秋は、面白いからここで泊まろうと提案したらしい。しかし日程を考えたあげく衆議一決、一気に大江まで歩くことにした。なんといってもパアテルさんを訪ねるのが旅の目的である。明日一番で会って、その後、二時の牛深《うしぶか》行きの船に乗らなければ、三角《みすみ》、島原の予定がすべて崩れてくる。

高浜から大江まで、あと二里。

鶴田文史氏は、太田正雄が上田家で見たのは『天草風土考』と『天草軍記』であろうとしている。またそのとき会ったのは十一代目の上田松彦で、五人に夕食を出し、宿泊をすすめたとも推定している。ここに宿泊したいと言い出したのは、白秋ではなくもう少し資料を読みたがった太田正雄だとしているが、『五足の靴』には「H生の提議」となっている。

「日は沈んだが一里だ、行ってしまえというので出かけた」

「もう少しだ、薄明のある内に早く越えてしまおうとここで五足の靴が合して、とっぷり暮れた山道を傍眼《わきめ》も振らず、労《つか》れた足を乗せて行く。微《かすか》に明るい空には夕立の雲が直《す》ぐ降るぞと表れている」

しかし五人は暗い山道で迷ってしまう。分かれ道を間違った方へ来たようだ。道はどんどん狭くなる。先達はない、電灯はない。地図もない。野宿をしようか。元へ戻って高浜に泊まろうか？　さっきの分かれ道まで戻り違う道を取ろうか？　五人の迷いが出る。

「パアテルさんの祟《たた》りである」

滑るよ、危ないよ、石だよ、急に下るよ、などと後を歩く者に言い送る。もう心細さも限界に達したとき、おおい、と叫ぶと「誰だ」と応える声があった。

「東京の学生で天草の歴史を調べに来て居るものだが」と答えると、「アアそうですか、私《わし》らは大江駐在所のものです」と心強い返事が返ってきた。

犯人捜査のために来たので同行はできかねるが、山小屋の男に案内させましょうということになった。そこで五人は松明《たいまつ》をつくり、それをかかげて大江村にたどり着いた時はすでに夜十時。

汚い木賃宿めいた宿に案内された。

泊めてくれと頼んだが満室だと断られる。

「それでも頼んで泊めてもらった」

そのとき泊まった宿というのは今も川っぷちに建つ高砂屋《たかさごや》で、開放的な建物は当時のものだという。私はここを訪ね、何度か「ごめんください」と叫んだが、ひとのいる気配がない。近くのよろずやさんで女将の小林花江さんが店番をしており「主人がおりますよ」と言うのだったが、今日はお客さんもないようだ。ようやく老人が出てみえた。

「昔の事は何も分かりゃあせんが、見たけりゃどうぞ」とおっしゃるので、玄関を入り、狭い急な階段を上がった取っ付きにある、彼らが泊まったという二階の六畳間を見せていただいた。

ここに五人で雑魚寝《ざこね》したか。天井が低い。いまのようにサッシがはめられる前を想像して立ち去りがたい。宿の前の植込みに「五足の靴の一行この地に宿る」と刻まれた小さな石碑があった。この宿に関して、次項に見る大江教会の前には吉井勇の歌の刻まれた大きな石碑も建つ。一九五二年に二度目の妻をともない、再訪した時のものだ。


白秋とともに泊りし天草の大江の宿は伴天連《ばてれん》の宿

これはこの高砂屋の当時の主人がキリスト教の信者であるということではなく、大江は全村天主教の信者であると聞いたからだという。

「私達がこの村に入ったのは、丁度夏の夕方のことで、山腹の天主堂からは鐘の音がひびき渡り、畑に働いている百姓達の中には、胸に十字架をかけているものなどもあって、不思議な異国情調が感じられた」（吉井勇「大江の宿」）

私は二度目は、その名も「石山離宮　五足のくつ」という分不相応な宿に泊まった。天草にあるグラビア雑誌の取材だからできた事である。部屋からは広い青い海が見えた。天草灘の向こうは東シナ海だ。とくに部屋についている石造りの小振りな露天風呂がよかった。食事にはイイダコの石焼、虎魚《おこぜ》のソテーなどが出たが、天草大王という地鶏の鍋がことにおいしかった。石山はもちろん天草陶石の山をさす。食事の後、暮れなずむ海を見晴らすテラスで宿の主、山﨑博文さんに聞いた。

「石山というのはもちろん陶土のことです。この土で全国の陶石の七〇パーセントをしめる。有田の柿右衛門《かきえもん》などもこれで作られているんです。小学生の頃、石山の作業終了を伝えるサイレンが鳴り響くと、働いている皆が家に帰る。同級生のお母さんたちもトロッコからおりてそのまま近所の魚屋で買い物をするんですね。『子どものためやもね。おいがんばらんば』という母ちゃんたちはみんな元気でわいわい楽しそうでしたよ。僕は下田温泉の伊賀屋の息子です。うちの母親も旅館の女将といった風情ではなくて、夜明けから夜更けまでがむしゃらに働いた。その後ろ姿を見て育ったんです」

「大学時代、世界中を巡りました。どんな宿がいいかなあ、と考えながら旅をして、自然のなかにとけ込めるような宿を作りたいと。でも二十代の終わりに土地をもとめてから二〇〇二年に宿を開くまでに十年かかっています」

草木の少なかった土地にまず木を植え、アジアの中の天草を意識した。

「なんてったって十六世紀には東シナ海を越えてきた人を受け入れて、印刷までやったコレジヨがあり、勤勉でやさしい天草の人がいた土地ですから」

大江村、八幡宮参道のスケッチ

『五足の靴』をゆく

高砂屋で寝そべって原稿を書く五人づれ

二十四、大江天主堂

五足の靴の一行は大江に泊まって翌朝、ついに天主堂に至った。

「昨日の疲労《つかれ》で、今朝は飽くまで寝て、それからこの地の天主教会を訪ねに出懸けた」

御堂は高台のやや開けたところにあり、土地の人が親しげに「パアテルさん」と呼ぶフランス人宣教師が、身の回りの世話をする茂助という飯炊き男と一緒に住んでいる。

「案内を乞うと『パアテルさん』が出て来て慇懃《いんぎん》に予らを迎えた」

その人の名はルドヴィコ・ガルニエといい、一八六〇年、明治維新の八年前にフランスのオートロワール県ルピュイ市に生まれた。パリミッションからの派遣で、明治二十五年（一八九二）、三十二歳で大江天主堂に赴任、一九四二年、八十一歳でこの地に骨を埋めた。

五人づれが来た明治四十年（一九〇七）といえば、大江に来て十五年。四十八歳の神父は天草言葉がなかなか巧《うま》い。「茂助《もおすけ》善《よ》か水を汲《く》んで来なしゃれ」と言いつけ、「上にお上りまっせ」と五人の客に丁寧に勧めた。そして昔の信徒が秘蔵した聖像を刻んだ小型のメタル（メダル）、十字架などを見せてくれた。隠れキリシタンの苦難を刻んだ本物のメタルやクルス（十字架）に若い五人は息をのんだに違いない。

パアテルさんによると、この村は天主教徒が一番多く、島原の乱の後は幕府から「二度踏」を命ぜられたところだ。すなわち踏み絵の改めを二度ずつ課された土地柄である。これでたいていの家は「転《こ》ろんで」しまって、この山上の家二、三十戸が依然、今まで「デイウス」（主なる父）の教えを守ってきた。

「これらの人は今なお十字架、聖像の類を秘蔵して容易に人に示さぬ。或《あるい》は深く柱や棟木の内に封じ込んでいるものもあるそうだ。それで信者は信者同志でなければ結婚せぬ」

これを聞き出して記しているのは、キリスト教伝来史に一番熱心だった太田正雄だろう。この種類のメタルは「上野の博物館にあったように覚えている」という一節からも。

のちに一番長生きした吉井勇は、パアテルさんの居間はせまく、五人が入ると座ることもできなかった、「わずか一時間くらいの間だったがいかにも神父らしい温かい態度で接してくれた」と回想している。

天草のどこまでも青い海にそって、複雑な海岸線を走り、はじめて遠くの丘の上にこの白い教会を見たとき、私は「はるばるも来つるものかな」という思いを強くした。そのとき、「パアテルさん」に実際に会ったことがある道田隆俊さんに巡り会うこともできた。その方は御堂の入口で待っていてくださり、「この辺はたいへん貧しい土地でねえ。私たちが子どもの頃は、給食もなく、お弁当にふかしイモを持って来られればよい方でした。米は取れず、麦飯を食べました。村には仏教徒もいましたが、喧嘩《けんか》はしないで仲良くしておりました。ガルニエ神父様は私財を投じて僕らの学用品を買って配ってくださった。お小遣いもくれました。自分はぼろぼろの服を着ていたのに。わざわざパリまで戻って、またお金を集めて孤児を集めて育てることまでしたのです。本当の聖人です」とのことだった。

どうぞお入りください、と言われ、天主堂の中に入る。「万事瀟洒としてかつ整頓している」、まさにそのとおりだった。ただし、これは当時のものではない。『五足の靴』には御堂設立以来二十七年間、とあるから五人の案内された御堂は明治十三年にできたことになる。それは今のような白亜の立派な教会でなく、木造の小さなものだったはず。

天草に最初にキリスト教を布教したのは宣教師ルイス・デ・アルメイダで、永禄九年（一五六六）である。彼は大分に日本初の病院を作ったことでも知られる。天正十九年（一五九一）には天草河浦《かわうら》にコレジヨが置かれた。慶長十九年（一六一四）の禁教令で、最終的に天草からは一人の司祭もいなくなり、信者たちのささえとなったアダム荒川はこの年、捕えられ、富岡城の近くで殉教している。それからも二百六十年近く、信者たちは隠れ部屋でオラショを唱え続けてきた。

明治六年、キリスト教の解禁後、最初に来たのが西政吉という神父で、その説教を聞いて道田嘉吉が入信した。これは私がお話を聞いた道田さんのお身内かもしれない。七年には最初の御堂がつくられた。新しく帰依した人びとが明治四十年の段階で大江村に四百五十三人、そしてパアテルさんが一週間交替で行く﨑津教会に四百五十九人いたという。ガルニエ神父（パアテルさん）は解禁以来八人目の神父だった。

現在の御堂は昭和八年（一九三三）、ガルニエ神父と土地の信者たちが心と力を合わせて完成させたものだと「カトリック大江教会」のパンフレットにいう。設計施工は鉄川与助。上五島の出身で、西九州に数々の教会を作った人だ。五島列島の野首《のくび》教会、青砂ヶ浦《あおさがうら》、堂崎、頭ヶ島《かしらがしま》、平戸の田平天主堂、紐差、長崎の浦上天主堂そのほか、たくさん私は見てきた。彼は二十代から仕事を始め、九十代まで活躍し、作品は木造、石造、煉瓦造など多彩であり、その土地の特色を生かした装飾が施されている。宣教師から教会建築を学び、これだけの建設に携わったのに鉄川本人は熱心な仏教徒であった。

大江天主堂は鉄筋コンクリート造り、ロマネスク様式のようだが、小さな尖塔をもち、中央は丸屋根でその上に十字架が載っている。ステンドグラスは方形のシンプルなものである。内部もわりとゆるやかな曲面の天井で、床は畳敷きをカーペットにしたものらしく、明るい印象だった。

御堂の左側には長崎で殉教した日本二十六聖人のうち、パウロ三木とルドビコ茨木の聖像が、右側には日本にキリスト教を伝えたフランシスコ・ザビエルの聖像があった。外に出ると蒼《あお》い空に陽射しがまぶしい。教会の前庭にガルニエ神父の銅像が建っていた。

『五足の靴』によれば、彼らは安息日を守っているが、それが日曜でなく、なぜか土曜なのだという。大江村の風土を寛は「非常に薩摩に似ている」と言った。

「とにかく辺鄙《へんぴ》な所で、三面は山、一面は海、猫額《みようがく》大の平地には甘藷が植っている。これと麦飯とがこの地の住民の常食だ」

土地の老人がいま言う通りである。

とにかく一時間あまりの会見だが、五人の若者たちには忘れられない印象を残した。とりわけリアルタイムなのは八月十日付木下杢太郎の親友山崎春雄宛の葉書である。

「昨日は荒れ路を八里歩いた。けさこの村の天主教会を訪ねたところ、牧師先生大《おお》いに心置なく待遇してくれて、壁くるすやなんかをみた。悲劇天草四郎がつくりたくなった」

吉井勇はこう書いている。

「明治四十年七月与謝野先生、北原白秋、木下杢太郎、平野萬里等と九州へ旅行をした時以来、切支丹遺跡探訪から得た異国情調に対する憧憬《しようけい》は、自由主義的外国文学の影響もあって、短歌の封建性を破ることに専念するようになった。私がこの旅行によって歌の領域を大きくひろめたことはいなめない」（「老境なるかな」）

北原白秋はこう書いている。

「北原白秋は『天草雅歌』を、邪宗の『鵠《くぐい》』を、正雄は『黒船』を、また『長崎ぶり』を、その阿蘭陀船の朱の幻想の帆と載せて、ほほういほほういと帰って来た」（『明治大正詩史概観』）

この旅の最初の収穫とされる白秋の連詩「天草雅歌」（「明星」明治四十年十月号）を紹介しよう。

　　ただ秘めよ

曰《い》ひけるは、
あな、わが少女《をとめ》、
天艸《あまくさ》の蜜の少女よ。
汝《な》が髪は烏《からす》のごとく、
汝が唇《くち》は木《こ》の実の紅《あけ》に没薬《もつやく》の汁《つゆ》滴《したた》らす。
わが鴿《はと》よ、わが友よ、いざともに擁《いだ》かまし。
薫濃《くゆりこ》き葡萄の酒は

玻璃《ぎやまん》の壺《つぼ》に盛るべく、
もたらしし麝香《じやかう》の臍《ほぞ》は
汝が肌の百合に染めてむ。
よし、さあれ、汝《な》が父に、
よし、さあれ、汝が母に、
ただ秘めよ、ただ守れ、斎《いつ》き死ぬまで、
虐《しひたげ》の罪の鞭《しもと》はさもあらばあれ、
ああただ秘めよ、御くるすの愛の徴《しるし》を。

何を言いたいのかよくわからないながら、女性との秘め事と切支丹の禁制による秘め事を重ね、強く虐げられた切支丹のタブーを命がけで興奮へと転化している。玻璃をギヤマンと読ませ、没薬や麝香でエキゾチシズムを演出し、絢爛《けんらん》豪華な色彩も感じさせる。

角《つの》を吹け

(前略)
無花果《いちじゆく》の乳《ち》をすすり、ほのぼのと

歌はまし、汝《な》が頸《くび》の角を吹け。
わが佳耦《とも》よ、鐘きこゆ、野に下りて
葡萄樹《じゆ》の汁滴《つゆした》る邑《むら》を過ぎ、
いざさらば、パアテルの黒き袈裟《けさ》
はや朝の看経《つとめ》はて、しづしづと
見えがくれ棕櫚《しゆろ》の葉に消ゆるまで、（後略）

ここでは天草探訪の風景がより具体的に思い浮かぶ。大江天主堂の鐘やガルニエ神父の黒い衣はわかるのだが、この辺に棕櫚はあったか。ここには紹介しない行を見ても、馬鈴薯は甘藷ではないか、爪哇《ジヤワ》びとというのは単にエキゾチシズムの効果を狙っただけではないか、などの疑問がわく。ほかの詩にも賛美歌、風琴《オルガン》、香炉、御堂、えめらるど、水晶、聖礫《くるす》、伴天連などの言葉がちりばめられている。同時代人はこの異国情緒に酔ったのらしい。それだけ白秋の詩想は天空を翔《か》けるようだったのである。

これが明治四十二年の『邪宗門』にいたると、美酒が発酵してえもいわれぬ芳香を放つ。というか膨らみに膨らんだ妄想とでも言おうか。「邪宗門秘曲」の初節、

われは思ふ、末世の邪宗、切支丹でうすの魔法《まはふ》。

黒船の加比丹《かびたん》を、紅毛《かうまう》の不可思議国を、
色赤きびいどろを、匂《にほひ》鋭きあんじやべいいる、
南蛮の桟留縞《さんとめじま》を、はた、阿剌吉《あらき》、珍酡《ちんた》の酒を。

白秋二十五歳、まだ若い。思いつく限りの新しい言葉を並べてみせたようでもある。このあとドミニカびとが出てきたり、アラックはイスラム世界の酒だし、チンタはポルトガル語のヴィーノ・チント、赤ワインのことだろう。アンジャベールはオランダ語でカーネーション。意味より語感を楽しんだのかもしれない。

いっぽうの太田正雄は帰京して白秋の「天草雅歌」と同じ「明星」明治四十年十月号に、木下杢太郎の名で「あこがれ」や「黒日」を乗せる。

黒日

絵蠟燭《らふそく》緑にくゆり、
沈金の台ほのあかる。

じやすぴすの壺には、君よ、
かをれるを、葡萄の酒の。
かくて、なほ君ゆきますや、
まるちりの伴天連の徒に――
この風に、この雲空に、
今日ははた黒日なるにも。

端正ではあるが、白秋のようにぽーんと跳躍した感じはない。しかし語彙は共通している。この「黒日」は杢太郎が島原城で得た天草の乱そのもののイメージらしい。やがてこれは戯曲「天草四郎」に結実する。もうひとつ、〝みやびを〟こと吉井勇に与えた、少女が出てくる歌。

あまくさ
天草高来《たかく》の民こそは

耶蘇《やそ》の外法を伝へぬれ。

港に入れる、やあら、いよ、
勇魚《いさな》追ひこしみやびをは、

さみどりの胸いとかたき
無果樹島《いちじゆくじま》の少女《をとめ》らに、

ああら切支丹伴天連の
恋の秘法ぞ伝へぬる。

これも白秋に比べ官能より清潔感が漂っている。天草の果実は二人にとっては共通に無花果であった。アラビア原産で、日本では南蛮柿とも称されていた。無花果は旧約聖書にもアダムとイヴの寓話《ぐうわ》で登場する。勇魚とは鯨のこと。

木下杢太郎は言う。「此の間に僕はひそかに皆の詩の作りざまを見習った。少し皮肉に言うと、いかに感興を誇張すべきか、いかに雅語を散布すべきかなどという技巧である」(「与謝野寛先生還暦の賀に際して」)

まさにこの通りなのであろう。詩人としては杢太郎は後発だった。南蛮やキリシタンについて勉強したのは杢太郎で、その実りを取り入れて羽ばたかせたのが白秋だった。また別のところで言う。「わたくしは寧《むし》ろ材料を集める方で、どうもうまくそれが詩に醱酵《はっこう》しませんでしたが、北原白秋君はそんな語彙を不思議な織物に織り上げました。白秋君の詩は思想的聯想《れんそう》がなく、所謂《いわゆる》言葉のサラドというもので、われわれは之を刺繡《ししゅう》の裏面の紋様にたとえました」(「明治末年の南蛮文学」)

「言葉のサラド」まさにそのとおり。この二人の競作が、「明星」の最後の花火となる。「明星」は明治四十一年十一月号に百号で終刊となった。

吉井勇もこの旅で以下のような短歌を得た。

あなにやし島の少女をよしと見ば白檀《びやくだん》もてき南蛮の船
南国の閻浮提金《えんぶだごん》の空のいろかかるゆふべに君を抱かむ
(「明星」明治四十一年一月号)

私は大江から友人の車で河浦町の﨑津教会にも行ってみた。ここは海の風景の中にあった。アルメイダが最初に天草に上陸したところである。ガルニエ神父は四十九年間のうち、三十五年間は﨑津教会の司祭もつとめていた。しかし五人が訪ねたとき、まだ現在の﨑津教会堂は建っていない。いまある建物は昭和九年、大江教会の一年あとに同じく鉄川与助の設計施工で建っている。いかに鉄川が勤勉に仕事をしたかがわかる。こちらは木造モルタルづくりで、灰色の尖塔を持つゴシックめいた建物だ。

建設時の司祭はすでにガルニエ神父ではなく、ハルブ神父といった。それにしても明治六年に禁教が解けてからまもなく、天草の大江と﨑津に木造の小さなお堂が建てられたのは驚くべきことである。天草にはほかにもたくさんのキリシタン遺跡があるのに、「五足の靴」は天草を駆け抜けた。それは残念だけれど、そのわずかの体験からあれほどのさまざまな文学作品が生まれるとは、いかにその得た感銘が大きかったかを物語る。

現在の大江教会は一九三三年に落成。ロマネスク様式の天主堂は明るい雰囲気

二十五、海の上——大江〜牛深

八月十日、ガルニエ神父との面会を果たした五人づれは天草に別れを告げ、大江から午後二時の、牛深行きの船に乗る。濱名志松氏の調査によれば、大江で沢村という人が五人をおぶって艀まで乗せた、と土地では伝わっている。さらに、沖に泊まっていた長崎—牛深航路の百トンほどの蒸気船に乗り換えた。途中で﨑津、魚貫《おにき》に寄るから、﨑津の天主堂も船中からは見たかもしれない。木下杢太郎が東京の友人山崎春雄にあてた葉書は「肥後﨑津」の消印になっている。

二時に出ると四時に牛深に着く。牛深は天草一の町である。今は四月の祭りでのハイヤ節という歌と踊りが有名だ。五人は今津屋という宿屋に泊まる。海に面した木造三階建て、牛深一の旅館である。楼上から見るとどの家も少し棟が湾曲しているのがわかる。イワシ、アジ、サバなどの大漁で賑《にぎ》わったという町をぶらぶらするが、五人は淋しい町だと見た。

「夜街を散歩して、漁人町《りようしまち》の紛々たる異臭、はた暗い海浜を通って、終《つい》に土地の遊女町に出た。ただ三軒のみで、暗き灯、疎《そ》なる垣、転《うた》た荒涼の感に堪えなかった。上の家に桔槹《はねつるべ》の音が聞えて、足下に蟋蟀《こおろぎ》が鳴くなどは真に寂しい」

今津屋は宿屋であって回漕店を兼ねる。夜中の三時に乗船というのに、ちょうど三時に起こし、追い立て、みな顔を洗う暇も、口を漱《すす》ぐ暇もない。不届な宿屋だ。昨日もらった西瓜を抱えてどやどやと際崎《きわざき》行きの汽船に乗る。

「船の灯が三つ四つ見え、ゆるやかに潮《うしお》流るる夜の港を賞したいは山々だが、如何《いか》にも眠いので下へ潜って寝てしまった。眼を覚すと夜が明けている。一同円《まろ》くなって西瓜を食った、その旨《うま》い事非常である」

目に見えるような情景だ。夏の旅、西瓜はどこにでもつきまとう。

五人は夏の旅行の水分補給に毎日二つや三つは食べたらしい。食べ過ぎて腹をこわすこともあった。西瓜は瓜科でキュウリと同じく体を冷やすからであろう。

「甲板へ出る、船は天草海峡を走っている、美しい多くの島が青い靄《もや》の羅衣《うすもの》を被《かつ》いで寝ている」。十一時間の長い船旅。広い海原の向こうに見える島影。なんと詩的な風景か。

これもまた、『即興詩人』に、アントニオが殺人を犯したと勘違いして、山賊に捕まって逃走するところで次のような表現があったのを思い出す。「山々は濡衾《ぬれぶすま》を被《かず》きたるぞ」

東西に長い天草は上島と下島からなっている。その下島の最も南西の牛深からまた乗船し、その最北端を乗り越して、肥後際崎についたのは午後二時である。ほとんど半日、船に乗っていた。

「昼飯も陸上では食わぬ、際崎の船着場に大阪流の船料理がある、そこへ上った。厳しい暑さだ、海へとび込みたくなる」

三十代の与謝野寛以外、四人の若者は海にとび込んで泳いだ。

「島原行きの船を待つ間の一興である」

五人は際崎から三角まで十町、陸伝いに歩いた。千百メートルくらいだ。船は五時に三角から出る。

三角はオランダ人のローウェンホルスト・ムルデルというお雇い外国人が、明治十年代に設計した港だ。七百三十メートルもつづく石積みの埠頭や水路は国の重要文化財に指定され、いくつもの洋館建築が残されている。旧宇土《うと》郡役所や旧三角海運倉庫、裁判所、浦島など。ここにあった洋風ホテルは明治二十年（一八八七）ころ、小山秀之進の設計。小山は長崎のグラバー邸やリンガー邸、オルト邸の設計者で、放送作家・小山薫《くん》堂《どう》氏の曽祖父にあたる。ラフカディオ・ハーンが立ち寄ったというが、明治三十八年に解体され、現在の建物は復元なので、「五足の靴」の旅のさいはなかったはずだ。三角はそのころ、熊本からの海水浴客で賑わっていたという。

「三々五々、田舎者の癖に嫌に威張って歩いている」

こういう嫌なことを書くのは、誰だろう。東京人、とくに江戸っ子といわれる人々には近年まで「田舎者」への蔑視があった。東京を知るものには、それだけ地方との隔絶感が大きかったのだろう。北原白秋はのちに「肥後の三角」（「朱欒《ザンボア》」明治四十四年十一月号）という美しい随筆を書いているが、紹介する紙幅がない。

午後五時に船は出た。三角から島原に行く船からの景色。
「紺青の温泉《うんぜん》ケ嶽が西の方行く手に聳《そび》え、日はその上にかかる、空の色、海の色の刻々に移り行くを眺めて夢のような心になる。日が沈む、海が紅《くれない》に燃えた」
島原に着いた。それにしても、明治の旅の大変さよ。

私は天草と同様、島原という響きにも長らく憧れを抱いていた。それは天草四郎の乱を「島原の乱」というからでもあり、「島原の子守唄」のものがなしい響きのせいでもある。行ってみたいが島原はあまりに遠いのであった。初めてその地を踏んだのは、島原にこんこんと湧く湧き水の保全をしているグループをお訪ねした時で、もう二十年も前になる。島原城を頂く美しく小さな城下町だった。

「真黒な眉山《まゆやま》が港を脅かしている」というのは背後に白煙を上げる雲仙普賢岳の東側前面に位置する山である。普賢岳が爆発し、一九九一年五月には水無川に土石流が発生、島原市の避難勧告によって住民には人的被害はなかった。しかしその後、溶岩ドームを正面から写せる場所にメディアが陣取り、火砕流の撮影競争のようになっていった。そして六月三日の大火砕流によって、報道関係者、火山学者、土地の消防団員など、あわせて四十三名の死者・行方不明者を出したことは記憶に残る。

その現地へも、帰りに車で連れて行っていただいた。火山灰に埋もれた民家を見て、数年前の災厄を想像することができた。浜崎さんも言っていた「島原大変、肥後迷惑」は寛政四年（一七九二）の眉山の山体崩壊によって津波が押し寄せ、肥前（長崎）で五千人、対岸の肥後（熊本）で一万人もの死者・行方不明者が出たことをさす。五人の旅人も当然、その話は聞いたであろう。

ここでは与謝野寛が島原港の色街を詩に作っている。最終節、ほんの一部を引く。

声よき艶女《やしよめ》、ちりめんの
襦袢の袖の緋《ひ》の色に
島原の夜はなまめきぬ。

異国情緒と「旅の恥は掻《か》き捨て」という男性の目線のように思えるけれど。

この詩にも無花果、西瓜が登場し、戯れ女は「胸乳《むなぢ》あらはに衣《きぬ》ぬぎて／紅木綿なるゆもじのみ」という。「九州人は原という字が下に来る地名をすべて『ばる』という。島原も『シマバル』だ。風俗の淫靡《いんび》なことは有名なものだ。良家の処女といえども他国から来た旅客が所望すれば欣々《きんきん》として枕席《ちんせき》に侍する、両親が進んでこれを奨励する。他国人と一度関係を結ばぬ女は縁附が遅いというほどだ」

と、どこまで事実かわからないことを書いている。たしかに通婚を繰り返すことによって村の血が濃くなるのを避けるため、旅人を「まれうど」として接待する「御胤《おたね》頂戴」という習俗があった。明治の若い旅人たちも、実行はいざ知らず、こうした願望を含んだ記述になったものであろう。

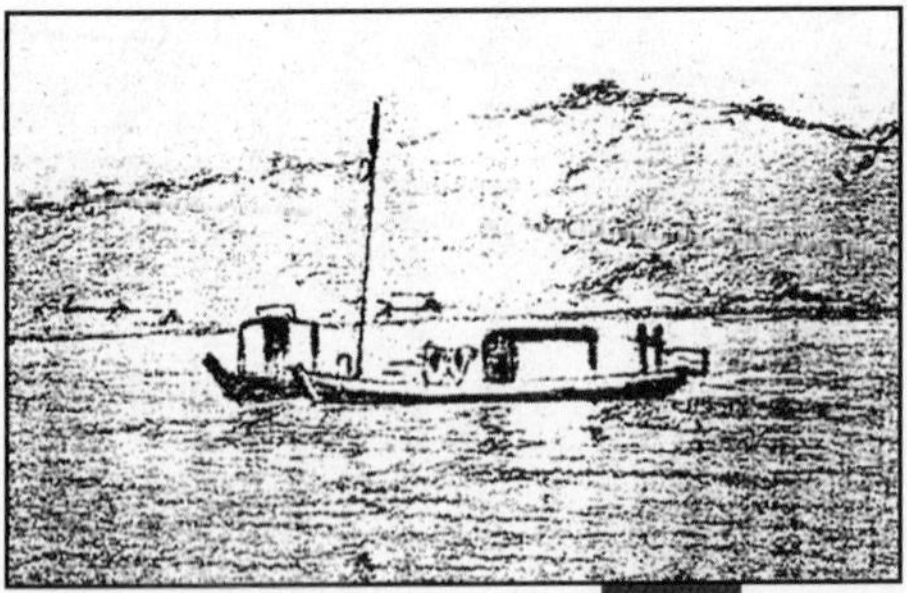

肥後際崎港スケッチ

『五足の靴』をゆく

島原港スケッチ

肥前島原の眉山（雲仙岳）スケッチ

二十六、「有馬城址」、じつは島原城

うってかわってまじめな感じである。

「翌日朝飯を終えてから有馬城の故趾《あと》を観《み》にゆく。島原の市街は存外に大きく、較《やや》都会の観を呈している。街の両側には清水が流れて川底が見え透くほど澄んでいるが、これが飲料水だと聞くと折角の快感が害《そこな》われる」

太田正雄の筆である。これも本人が大正七年（一九一八）十二月号の『アララギ』に再掲している。山の清水、湧水、川の水より、蛇口から出る水道の方が衛生的、近代的と感ずるようになっていたのであろう。

「この城を見るものは、誰でも第一に天草四郎のことを想起《おもいおこ》すに違いない。ここは彼が最後に拠《よ》って終に滅んだ所である」とつづく。

しかし彼らが見たのは有馬城ではない。港近くの島原城である。しかもここは天草四郎が滅んだ場所ではない。先の記述は大間違い。島原城は有馬氏のあとの治者松倉重政が元和四年（一六一八）に建設を始め、むしろ天草四郎らの一揆軍に攻められた城である。天守閣は焼失し、再建されたが明治維新後、廃城になり、民間に払い下げられた。すなわち五人づれが見た時には天守閣はなかった。現在見ることのできる天守閣は住民たちの悲願により、一九六四年、東京オリンピックの年に再建された鉄筋コンクリートのもの。天守閣内のキリシタン史料館は見応えがあった。

城跡はことごとく桑畑になっていると「五足の靴」は嘆く。その間に不格好な小学校、中学校、監獄分監などが混じり、濠《ほり》には蓮の花と台湾藻(ホテイアオイ)が咲いている。多くは水が枯れ、里芋畑になっている、と。それが明治四十年(一九〇七)の姿であった。

「旧記には原城、丙城《ひのえじよう》の二箇所に分れていたように書いてある」とも『五足の靴』はいうが、原城と日野江城も別々のところにある。日野江城は藤原経澄《つねずみ》が鎌倉時代に建てた平山城で、この一族はのちに有馬と名乗り、戦国時代の有馬晴信の時代、肥前に大勢力を誇った。四百年、有馬の居城であったが、彼が失脚して転封され、あとに入封した松倉重政は日野江城、原城を捨てて、あらたに島原城を築いたのである。

さらにまた三キロ離れた原城、これは海際の城で、これこそが「島原の乱」で天草四郎時貞を総大将とする一揆軍が、八十八日間も立てこもった城である。明応五年(一四九六)に有馬貴純が築城したが、松倉時代になると廃城になり、そこに一揆軍が立てこもったのである。じつにややこしい。しかも別名を有馬城というらしい。

『五足の靴』は天草四郎について、「殊にその戦歿《せんぼつ》の時が十七歳であると聞いては、何故ともなく一種悲壮の感に打たれる。この一揆の原因はとにかく、これが盟主となった少年彼の動機、その心理等に至っては、旧記の載する所甚だ尠《すくな》く、かえって後人の自由なる忖度《そんたく》の余地を残してある」と文学的見地からの想像を駆使している。天才天草四郎もわれわれのような「近世的の鬱悶《うつもん》を持っていたに違いない」と述べる。

「入船出船の阿蘭陀の都にこの世の幸を求めに行こうか。この天下の変に乗じて男一代の名を成そうか、はた荘厳なる金十字に跪《ひざまず》いて彼の世の栄光を味《あじわ》おうか、これらの諸々の妖魔《でもん》は群《つど》い来《きた》って彼の身辺を囲繞《いにょう》した」

こういう内在的な天草四郎の理解はなかなかめずらしい。

ともかく談合島で寄り合いを持ち、反乱を企て、少年を総大将にした一揆軍が、地元民を組織する。島原城、富岡城に押し寄せ、島原藩も唐津藩も手が付けられなかった。もとより九州諸藩の連合軍が巻き返し、押し寄せることを予期した一揆軍は藩の蔵から奪った武器や食糧を運び、海を渡って原城に籠城。

このところの『五足の靴』の表現も、なかなかお手際である。

「しかし彼は最後に誇らしき天命に従って天草の蒼民の心を救おうと決心した。それから富岡、本渡《ほんど》海峡の辺を転戦して、終《しんがい》にこの有馬城に拠った。寒島の一少年兵を動かすこと三万七千余人、一世の人心を震駭《しんがい》して天下ために騒然、幕府色を失う」

幕府では最初板倉重昌を上使として送ったが、三河深溝《ふこうず》藩一万五千石の小禄のため、九州雄藩軍の手綱が取れず失敗。板倉は四千人もの損害を出して自らも戦死した。そこへ幕府の第二の上使、知恵伊豆こと松平信綱が到着。原城を海上から完全封鎖し、兵糧攻めにして、寛永十五年（一六三八）二月二十七日からの総攻撃で、原城は落ちた。

現地で聞いた話では、それでもまだ城内に一万三千人の女子どもがいたという。ということは一揆軍は戦力である壮年男性だけでなく、非戦闘員にもちゃんと食糧をわけていたことになる。幕府の処断は過酷を極め、これらの老若男女の捕虜の首を三日にわたって刎《は》ねた。総数三万七千人といわれる（異説あり）。城趾からはのちのちまで長くクルスや人骨が出土した。島原半島のキリシタンは根絶やしにされ、原城は跡形なく破却された。

この背景は興味深い。たとえば、イエズス会から来た宣教師たちも単にキリスト教の布教ばかりが目的でなく、貿易が目当てで、なかには日本人を奴隷にして厦門《アモイ》辺りに売り飛ばす者すらいた。有馬晴信など、最初はキリシタンを弾圧していたのに、途中で洗礼を受け、熱心なキリスト教信者となり、南蛮貿易で莫大《ばくだい》な利益を上げた。宣教師の依頼により、領民の少年少女を集めてポルトガル領インドに奴隷として送ろうともしたという。その子直純は家康の子飼いの部下であったため、父が改易、死罪となると棄教、領内のキリシタンを迫害し、旧領地で起こった島原の乱では先遣をつとめた。

また天草四郎ら一揆軍は、ポルトガルから援軍が来るのを待ちわびていたが来ず、いっぽう幕府軍はすでに平戸にいたオランダ商人から武器を調達、カトリック対プロテスタントの対立がもろに出た形になった。

「五足の靴」は古《いにしえ》を思い城の上に時を過ごしたが、土用の太陽にさらされて渇き、もとの西瓜だらけの市街に足を運んだというので、これはやはり島原城にちがいない。そしてこの項の内容の詳細さから見て、書いたのは太田正雄と考えてよい。彼は随筆を見るかぎり生涯、島原城を有馬城として回想しつづけた。

『五足の靴』をゆく

島原半島周辺拡大図

二十七、長洲

　五人づれは八月十二日、島原の港から対岸の肥後熊本の港町まで海路を行く。理詰めの前項とうってかわってこなれた筆で、船の旅を語る。島原の宿屋の裏からすぐに船に乗った。出航は正午。小さな船で、これで有明海を渡るのかと思うと心細い。出航間際に、「源《げん》がまたもどらんぞ」と運転士が言う。源は若い水夫で、西瓜臭い町島原の浮かれ女のところからまだ帰らない。戻った源は悲しげにうなだれている。「夏の真昼時ではあるが、恋の港の船出にはさすがに悲哀の情趣がある」

　島原の港を離れ、城下町が現れる。そして温泉ケ嶽が母のように聳える。「山は避暑の西洋人で一杯だと聞いて登らなかったのが残念だ」

　その当時、上海の租界地にいた西洋人に、長崎を観光し島原や涼しい雲仙に遊ぶのが流行した。私は何度目かの旅で改装なった雲仙観光ホテルにも泊まったけれど、このホテルも昭和十年（一九三五）、そうした外国人観光客を目当てに開業したと聞いた。ハーフティンバーのいかにも高原らしいホテルは、早良《さがら》俊夫の設計、竹中工務店の施工である。

「渋茶を飲みながら不味《まず》い菓子を食っているうちに、向うの岸が漸々《だんだん》明かになって、黄《こう》色《しょく》の洲が見え出した。大牟田《おおむた》の辺から、黒い煙が盛に立騰《たちのぼ》る。炭礦《たんこう》と築港の産物であろう」

汽船が沖に停《と》まり、艀船《はしけ》に乗り換えて岸に近づくと、舟子は手の棹《さお》を捨てる。すると「岸の方から三四十台の人力車が、入乱れながら海の中をざぶざぶと進んで来る」。その間にまじって兵士かと思ったのは田舎廻《まわ》りの音楽隊、ようこそご入来という歓迎の合図である。物売りだの音楽隊だの、賑やかしが多い。そして客が人力車に飛び込むと、車夫はまた一散に海の中を走り、まるでそりが水の上を滑って行くようである。

「乗っている者の心地は世に例《ため》し なき喜ばしさである」

映像的な、気持ちよい風景だ。野趣あふれ、都会人士の五人づれを喜ばせた。

有明海は海が浅い。そもそも長洲《ながす》という地名からして長い浅い海のことである。私は大牟田に行ったことがある。そこも遠浅の海で、潮が引くと泥の海になり、そこにムツゴロウがいる。朝市で売っていた。記録映画で見ると、漁師たちは片足に木の板をあてがい、もう片方の足で泥をけって有明海の水上を滑る。大牟田の夜、居酒屋ではこうした珍しい肴《さかな》を焼いたり煮たりして出してくれた。

二十八、熊本

今は九州新幹線がピュッと通り過ぎる町になってしまったが、この辺、温泉のある玉名、西郷隆盛が激闘をくりひろげた田原坂《たばるざか》、祭りで有名で、八千代座のある山鹿《やまが》、南朝の政府が置かれたいで湯の里菊池と、心惹かれる町は多い。

われらが五人組は日程と旅程の都合か、鹿児島行きをあきらめて八月十二日、長洲植木の停車場《すてーしょん》から汽車で熊本に向かう。餅を売る声はただ単に「も」である。島原で城を見たからには、もうひとつの名城、加藤清正の熊本城を見ようというわけだろうか。

上《かみ》熊本の駅は今も残っていた。夏目漱石がその十年ほど前、第五高等学校に赴任した時に降りた駅でもある。当時は池田駅といった。天草、島原と来て、東京の新聞に飢えていたので、五足は駅で探したが見つからない。これは「東京二六新聞」の掲載紙を読もうとしたものか。

人力車に乗って、坂の上から町を展望した。「まるで森林のようである。が、巨細《こさい》に見ると、瓦が見えて来る、甍《いらか》が見えて来る。板塀が見えて来る、白壁が見えて来る。

『ああ、熊本はこの数おおい樹《き》の蔭に隠れているのだな。』と思いながら、彼方《かなた》の空を眺めると、夕暮の雲が美くしく漂っていて、いたく郷愁を誘《いざな》われる」

『五足の靴』の嬉しいところは、風景描写に富むことだ。

人力車の車夫が良い宿屋を案内するというのを真に受け、連れて行かれた宿がいや、ひどかった。髪を振り乱して出てきた女が裏に回れという。覗《のぞ》くと鼠《ねずみ》は台所に飛び込むし、客はどの部屋にも寝そべっている。「ここは止《や》めましょう」と九州に責任をもつ白秋が口を切り、「今二階を空けます」と女が言うのを尻目に、「五足の靴を踏み鳴らしながら、勢よく裏門へ通り抜ける。もしこの宿屋に口があったならば、大きく開いたまま、長く閉じる事が出来なかったであろう」という比喩も面白い。

結局、彼らが泊まった宿は船場川沿いの「研屋《とぎや》」といって、熊本一の老舗の支店であった。これは白秋の白仁勝衛あての葉書が「熊本研屋支店にて」となっていることからも明らかだ。昔は刀の研屋であって、仕上がりを待つ客を泊めたのが発祥とか。

さすがに刀は武士の命といわれた頃の話だ。

「通《とおり》に出ると柳の生えた街である、文房具屋にダンテの石膏像《せっこうぞう》があり、本屋に美くしい洋書のあるところ、やや都めいているが、なお野臭あるを免かれぬ」

私も、この辺を夜に歩いてみた。本屋とは上通《かみとおり》にいまもある長崎書店だろうと思う。

この夜は熊本に知り人のある引率者、与謝野寛がその人に会いに行ってしまい、残された学生四人はあてもなく町をさまよい歩いた。

熊本は神風連《じんぷうれん》の乱、西南の役と、士族の反乱が続いたため、早く熊本鎮台がおかれた軍都である。

「白楊《はくよう》の並木のある道を過ぎて、兵営の前に出る。殺風景な軍営、没趣味な兵舎、これがここのみでなく城の上まで占領している」

読むかぎり、熊本城を見学していない。というか当時は第六師団の軍用地なので見物はできなかったのであろう。この城は中世に鹿子木《かのこぎ》氏が建てた隈本《くまもと》城に発し、その後、菊池氏、城氏、佐々氏を経て加藤清正が築城し、今の原型を作った。

その後、細川家の居城となり、明治の初めまではほとんどの建物が残っていたというが、熊本鎮台が置かれたため、封建時代の建物は改変され、さらに西南戦争で西郷軍に攻められて焼失、明治二十二年（一八八九）の大地震で、清正の築いた石垣も壊れた。兵営は徐々に郊外に移されたが、明治四十年代でも城内には多くの軍施設が残っていた。

宇土櫓《うとやぐら》はじめ十三棟が重要文化財に指定されており、二〇〇七年の築城四百周年をめざし、復元工事が行われた。

明治といえば、封建時代の城などまったく価値を認められなかった時代だ。廃城令が出され、いま世界遺産になっている姫路城も競売にかけられてたった二十三円五十銭で商人に売られ、名古屋城の金の鯱《しゃちほこ》もすんでの所で鋳潰《いつぶ》されそうな時代であった。

新政府は熊本を軍都にすることに熱心で、その場合、城は当然にも軍略上、一番いいところにあったに違いない。というわけで、五人づれが嘆くような無粋なことになっていたのである。「喇叭の響には哀味があるが、カーキ色の服には詩趣が無い」という。「この反軍思想の持主は、果して私達の中の誰だったのであろうか」と吉井勇は書いている（「筑紫雑記」）。勇ではなく白秋でもないと思う。現在はまた、城の価値が上がり、文化財に指定され、修復や新築、復元も行われている。またかつて城跡に置かれた教育、行政、軍隊などの施設はなるべく城から外に移転するようになってきた。

石橋を渡ろうとした時に、太田正雄が「実に長崎に似ているなあ」と言った。

「長崎、長崎、あの慕かしい土地を何故一日で離れたろう。顧みていい知らず残り惜しい」

そうすると、この書き手は白秋でなく、鉄幹でなく、杢太郎でない。とすると吉井勇か平野萬里ということになるが、吉井はその前の長洲を書いている。萬里ではなかろうか。

「知らぬ街の知らぬ路に迷って、ゆくりなくも二本木という強慾の巷《ちまた》に出る」

私が三度目に熊本を訪ねたとき、それは三・一一の東北の大震災の直後であった。東京電力福島第一原発が爆発すれば東日本は人の住めない地域になる。そんな暗い予感を抱いて東京に帰るに帰れず、赤いトランク一つ持って私は熊本をうろうろしていた。
「五足の靴」について聞こうと訪ねた熊本近代文学館で、元熊本日日新聞の記者であり、熊本と文学に詳しい井上智重館長にとつぜん文学座談会に誘われた。漱石、ハーン、池辺《いけべ》義象《よしかた》、安場《やすば》保和《やすかず》、伊東静雄、池辺三山、鳥居《とりい》素川《そせん》、徳富《とくとみ》蘇峰《そほう》、徳冨蘆花《ろか》、竹崎順子《たけざきじゅんこ》、矢島《やじま》楫子《かじこ》、木下順二、ついに宮崎滔天《とうてん》や頭山《とうやま》満《みつる》まで出てくるという、たいへんな座談会であった。このとき、もう一人の「五足の靴」研究家、小野友道先生に出会った。

その夜の宿に窮していた私に、井上さんは旧熊日本社ビル跡に建つホテル日航熊本を気安く紹介してくださった。翌日も熊本市内をあれこれ訪ね、どこに泊まろうかと、フーテンの寅さんのような気持ちでさまよい歩いた。

二本木を車で案内してくれた井上館長の「こんな所に泊まるのも面白いですよ」という言葉を思い出した。もとは城の北側、京町にあったが、西南戦争で二本木に移転、西日本でも鳴らした大遊郭。もちろん兵隊相手、軍隊専門に近い。その東雲楼《しののめろう》では明治三十三年に遊女たちのストライキが起こり、これに題材を採ったといわれる「何をくよくよ川端柳、……水の流れを見て暮らす、さりとはつらいね」の「東雲節」も戦後の芸者、市丸姐《ねえ》さんがよく歌っていた。

二本木に泊まってみるか。さすがにその勇気はなかった。私はあちこち電話をして、結局、熊本駅前の小ホテルに泊まったが、前日の航空会社のホテルに比べると相当に寂れた宿だった。そのとき地震以後、避難所に暮らす人々、原発を非難する人々の気持ちが身にしみ、窓から見える熊本の町をつくづく眺めたことである。『五足の靴』にいう、「熊本は大なる村落である」という言葉が腑《ふ》に落ちた。その熊本が二〇一六年、大地震に襲われ、町のシンボル熊本城が、改修したばかりなのに大被害を受けるとは思いもよらぬことであった。

二十九、阿蘇登山

「妙な馬車へ乗る。一寸見ると普通《なみ》の乗合馬車だが、中に畳が敷きつめてある、床の下に下駄《げた》を入れる所がある、畳の上に四人坐《すわ》る、小《ちさ》い座敷が動き出すようで乗心地が妙だ」ということは、あと一人はどこに乗ったのだろうか？　あるいは一人、阿蘇に行かなかったのかもしれない。八月十三日、熊本市から立野《たての》までは馬車である。熊本から豊肥《ほうひ》本線が全面開通したのは昭和三年（一九二八）。

阿蘇は活火山、火山灰が窓から入る。手につけば黒く、黒い服につけば白くなる。道に割栗石を敷いてあるが、これが車をガタピシさせる。爪先上がりのだらだら道を八里。一里ごとに休んで茶を飲む。

大津《おおづ》という所で昼になる。これは今もある地名肥後大津。

「なるほど聞いた通り菜《さい》は馬肉だという、汚なそうだからよしにした」

熊本では馬肉をよく食べる。土地の人に聞いたら、「熊本鎮台がたくさん馬を飼っていて、廃馬にするときに成仏させるために食った」というのである。吉井勇は「途中の立場茶屋でこんにゃくの煮付で午飯《ひるめし》を食ったことなどを覚えている」(「筑紫雑記」)と回想している。

町の中には洗馬橋《せんばばし》というところもあった。

「この時濛々《もうもう》たる阿蘇の烟《けぶり》は風強ければ空の一半を掩《おお》うた」

阿蘇山は二十七万年、十四万年、十二万年、九万年前と四回の大きな噴火でできたという。特に四回目の九万年前の噴火は大規模で、中国地方の秋吉台まで火砕流のあとが認められ、北海道まで火山灰の堆積物が認められる。地中のマグマが地上に放出され、地下に大きな空洞ができ、そこに陥没が起きて、いまの広いカルデラが成った。カルデラとはスペイン語で大鍋という意味だとか。

周囲百二十キロの大きさを持つカルデラ内の阿蘇谷や南阿蘇村に、いまでは二万八千人もの人が住んでいる。阿蘇山という山はなく、根子《ねこ》岳、高岳、中岳、烏帽子《えぼし》岳、杵島《きしま》岳の外輪山も含めた五岳を合して阿蘇山という。案内者は、外輪山四山を望むと釈迦《しやか》が空に仰向けになって寝る姿に見えると私に教えてくれた。

カルデラ内に七万年前、中央火口丘(中岳)が出来た。今、そこまではロープウェイが架けられているが、気象庁の火山噴火情報で、入山規制が行われる。二〇一五年十二月二十四日現在、噴火警戒レベルは2、一キロ以内に入ることはできず、つまりロープウェイに乗って、火口を覗きに行くことはできない。

五人づれの来た明治四十年ころ、明治にはさしたる災害は起こっていないが、それにしても、活火山を観に行くとは物好きだ。本人たちも言っている。「あの灰の噴き出す穴を見に行くのかと思うと何となく恐ろしい」

外輪山の切れ目、峠を越えて中に入ると光景が一変する。

「五足の靴」の乗った馬車は外輪山の中腹をうねりながら登る。まだ日が高い。

「もう一里余行くと垂玉《たるたま》の湯がある、そこまで努力しようと嫌《いと》うべき馬車を降りた。灰降る高原を五生は登って行く、時々仰いでは群がる山の後から天へ登る灰色の烟を眺める。垂玉は未《ま》だですか。近《ち》かございます、あの山の壊《く》るた所ですと女は教えた」

指さす方へとまた登る。今度は男が現れて案内する。ついに堅固な石垣の上に大きな宿が現れた。

「後に滝の音面白き山を負い、右に切っ立ての岡を控え、左の谷川を流し、前はからりと明るく群山を見下し、遥に有明の海が水平線に光る。高く堅固な石垣の具合、黒く厳《いかめ》しい山門の様子、古めいた家の作り、辺《あたり》の要害といい如何《どう》見ても城廓《じょうかく》である、天《あめ》が下《した》を震わせた昔の豪族の本陣らしい所に一味の優しさを加えた趣がある。これが垂玉の湯である、名もいいが、実に大《おお》いに気に入った」

五人は気を良くした。鄙《ひな》にはまれな、立派な宿ではないか。今日はここに泊まろう。

いまも垂玉温泉はご盛業である。私はすぐ上の地獄温泉清風荘に何度か泊まっているが、今回は垂玉に泊まることにした。ロビーなどもきちんとして、入口に「五足の靴」の碑も建っていた。宿は広く幾棟もある。露天風呂もすばらしかった。

「湯もまた極めて大きい、三条《みすじ》の滝となって石もて畳める湯槽《ゆぶね》に落ちる、色は無いが、細《こま》く白い澱《おり》が魚の子のように全体に浮游《ふゆう》している、硫化水素の臭いが鼻を刺す」

そのときは浴客が多かったらしく、この項を書いた人は、秋などこんな所に一人で泊まったらどうだろう、と思ったらしい。硫化水素などとぱっと分かる所、これは理系の平野萬里か太田正雄の筆かもしれない。

「第二日は垂玉の温泉から噴火口を見に登った」。ここからは「噴火口」という表題である。

六蔵という案内者を立てて、千里が浜から阿蘇神社本社に出、茶店で昼飯を食べる。草千里には馬がいる。教科書で習った三好達治の「大阿蘇」という詩を思い出さないわけにはいかない。もの寂しくしとしとと降る雨を蕭々《しょうしょう》というと、この詩で私は覚えた。

　雨の中に馬がたっている
一頭二頭仔馬《こうま》をまじえた馬の群れが、雨の中にたっている

雨は蕭蕭と降っている
馬は草を食べている
尻尾も背中も鬣《たてがみ》もぐっしょりと濡れそぼって
彼らは草を食べている……

今はロープウェイがあるところを五人は足で登った。

「まだ噴火口の見えないうちから、既に褐色の煙《けぶり》は濛々と空を横ぎって、ために日の色は紫で、砂は気味悪い黄色を呈していた」

さすがに噴火口が見えるや、皆口を閉ざして、驚駭《きょうがい》の目を瞠《みは》る。

彼らはなぜそんなにしてまで阿蘇を見に行ったのか。私はここも鷗外訳『即興詩人』の影響があると思いたい。このイタリア観光案内でもある小説は、決闘で恋敵ベルナルドオを殺したと信じ込んだアントニオが、南へと逃避行を続け、ナポリにいたる。そこでの「熔巖《ラワ》は月あかりにて見るべきものぞ」という夜のヴェスヴィオ観光が大変印象的に語られているからだ。なぜ、活火山のヴェスヴィオを案内者を立てて見に行くという冒険的な観光がその頃はやったのか。いまなら行政が立入禁止にすると思うが、恐いもの見たさの観光客に、当時は自己責任で行くなら行けというぐらい大ざっぱだったのだろう。

「ヱズヰオの山の姿は譬《たとえ》ば焔《ほのお》もて画《えが》きたる松柏《しょうはく》の大木の如し。直立せる火柱はその幹、火光を反射せる殷紅《あんこう》なる雲の一羣《ひとむら》はその木の巓《いただき》、谷々を流れ下る熔巌はその闊《ひろ》く張りたる根とやいうべき」（『即興詩人』）

主人公アントニオと画家のフェデリゴは夕方に出発する。山の肩に小屋があり、そこで兵卒が聖涙酒を飲む、と作者アンデルセンは書いている。私が九〇年代にヴェスヴィオに行った頃、たしかに登山口で「ラクリマ・クリスティ（キリストの涙）」という白ワインを売っていたのには驚いた。

「忽《たちま》ちにして坑口黒煙を噴き、四辺闇夜の如く、山の核心と覚しき所に不断の雷声を聞く。地震《ふる》い足危ければ、人々相寄りて支持す。忽ち又千百の巨砲を放てる如き声あり。一道の火柱直上して天を衝《つ》き、迸《ほとばし》り出《いで》たる熱石は『ルビン』を嵌《は》めたる如き観をなせり」（同前）

これを見たかったのではあるまいか。ただし五人の見たのは昼間である。

こちらは『五足の靴』。

「底を知らぬ不可思議なる大きな壺の口からは灰色の煙がもくもくと洶《わ》き、渦《うずま》き、廻り、淀《よど》んで、空高く斜めに流れてゆく」

五人はいよいよ近く火口に歩み寄り、石を中に投じて反応を見ようとする。

さしわたし五、六寸の石を火口に放り込んでも、噴火の勢いで噴き出してしまうらしい。そこに「三人の女学生めいた蓮葉《はすは》の女たち」がいてきゃっきゃっと笑っている。五人の男は、大自然の驚異を畏れず、はしゃいでいる無邪気な女にあきれる。ここは何とも唐突な感じを受ける。

「案内者六蔵は火口を目がけて七尺ばかりの金剛杖《こんごうづえ》を投げる、と直《す》ぐ高く噴き出されて十五六間あなたへかちりと音がして落ちた」

まるで手品のようである。それを真似《まね》して三人の女は扇を投げ入れた。これはちょっと面白い。「昔の人は心から自然力に驚嘆した」。今の人間は大自然の驚異も観光にし、見世物にしてしまう。「自分は山を下りながらつくづく現代と自分とを咀《のろ》った」

この山の新噴火口は「去年六月の比《ころ》初めて生じた」という。第一火口、第二火口の二つがある。つまり新しい方は明治三十九年（一九〇六）の噴火によるものだという。

五人は六蔵を先頭に立て山を下り始めた。道で出会った夫婦も安心してついてきた。茅《かや》の中を行くこと二時間、どうも道を間違えたようである。これでは湯の谷温泉に下りられず、阿蘇村の方を指している。つまり西に戻るべき所を南に下りたのである。五人は案内の六蔵を責めた。六蔵は恐縮して兎《うさぎ》のように駆け回って道を探す。ようやく湯の谷への道を見つけたのは下り始めて三時間半後であった。

いま湯の谷はゴルフ場つきのリゾートになっており、彼らの泊まったのは橡《とち》の木《き》（栃ノ木）温泉の方である。

「予らは談笑しながら無益にも多大の期望（ママ）を抱きつつ、夕の飯に馬肉を食わせられようとは露しらずに、橡の木温泉に疲れた足を引摺《ひきず》った。湯宿は一軒切りだ、しかも入湯の客は百二十人もいる。座敷が無いので散髪宅と駄菓子屋とを兼ねた向いの家の穢《きたな》い二階に泊ることとなった」

橡の木温泉はいま小山旅館として存在する。行ってみると西郷隆盛、孫文、野口雨情、ヘレン・ケラーが来訪したことを宣伝している。二代目当主小山雄太郎は自由民権運動家で、孫文とも交友があったよし。五人が泊まらされた「向いの家」は「池田旅館」ともいったらしい。

さて、『五足の靴』に書かれなかったことがある。阿蘇登山のさい、「はからずも豪雨を伴った山荒れに会い、（中略）危く命を棄てようとしたことである」「今考えて見てもかなり苦しい山登りだった」（吉井勇「北原白秋」）。足弱の二人はそのことがお互いを思いやる絆《きずな》となった。

『五足の靴』をゆく

阿蘇山噴火口のスケッチ

三十、画津湖

栃の木温泉（なぜか『五足の靴』の表記が変わっている）に泊まった五人は八月十五日、またガタ馬車にゆられて炎天下を六時間、熊本に帰ってきた。「この馬車に乗ると大抵の人は五分《ぶ》くらい発熱するそうだ」

与謝野寛は熱を三十八度出し、早く薬を服し寝ようと思っていると、そこへ松村竜起（本名辰喜）が訪ねて来た。今では熊本随一の製靴業、松村組の主人だが、「十二三年前は予と共に（中略）京城の乙未《いつび》義塾に教鞭《きょうべん》を執《と》った人だ」という予とは、鉄幹与謝野寛にちがいない。明治二十八年（一八九五）、というから鉄幹二十代のとき、彼は短歌の師、落合直文の弟鮎貝槐園《あゆかいかいえん》とともに、朝鮮の日本人学校乙未義塾の教師をしていた。

落合直文と鮎貝槐園は仙台藩の上級家臣の家に生まれ、槐園は鉄幹より九歳年長であった。鉄幹は朝鮮時代、明治二十八年に閔妃《びんひ》暗殺に関わったのではないかという疑惑がもたれ、取り調べも受けた。周知のように、当時の王高宗の妃を駐朝鮮公使三浦梧楼、日本軍人と官憲、右翼らが王宮に押し入って虐殺した事件である。

しかし槐園と鉄幹は当日、朝鮮半島南端の港町木浦《モッポ》に釣りに出かけていて、ソウルにいなかったことがわかり、免訴となった。その詳細は不明である。三十代前半から鉄幹から寛と穏やかな本名に戻ったが、その後も血の気の多さは変わらなかった。

松村竜起は寛にとっては朝鮮時代の同僚としてなつかしい人であったろう。松村が画《え》津湖《づこ》(江津湖)に船を浮かべて寛をもてなす準備をしていると聞き、残りの四人をおいて鉄幹だけが無理をして、人力車で一里の道を走り、薄暮、水前寺にいたる。

「水前寺はもと藩主細川氏の別墅《べつしょ》であったが、今は一私人の有に帰している」。別墅とは今の言葉で別荘といった趣だが、これも『即興詩人』に「ボルゲーゼの別墅」と見られる用語である。

水前寺公園は、細川忠利が寛永年間から築いた水前寺茶屋に始まり、陶淵明《とうえんめい》の詩「帰《き》去来《きょらい》の辞」から「成趣園《じょうじゅえん》」と名づけられた。明治維新後、官有となったが、西南戦争で焼失、庭も荒れたので、これを憂えた有志、細川の家臣団松井章之《てるゆき》らが払い下げを希望し、細川家代々を祀る出水《いずみ》神社を創建して、その社地ということにした。市電を出水一丁目で降り、鳥居をくぐって商店の並ぶ参道を行くと、突然広い水辺が広がる。

『五足の靴』では、「瀟洒《しょうしゃ》幽静、一寸岡山の後楽園を小さくした趣がある」というが、私は東京の自宅近くの六義園《りくぎえん》を思い出した。水前寺公園は回遊式庭園で、東海道五十三次を回れるようになっている。いくつかの小亭が見え、その中の一つが京都から移された「古今《こきん》伝授の間」という茅葺《ぶ》きの建物（重要文化財）である。ここからは熊本近代文学館も近い。

出水というとおり、熊本には阿蘇の伏流水が湧いている。水のおいしい町だ。水前寺公園の池の水はそのまま上江津湖《かみえづこ》をうるおし、今では熊本東バイパスの下を流れて、下江津湖、加勢《かせ》川となる。松村は鉄幹を江津湖の旗亭「勢舞水楼《せんすいろう》」に案内した。

そこには九州の新聞社の記者たちが数人来ている。

九州日日新聞社社長小早川秀雄からは、所用があって久闊《きゆうかつ》を叙することができないとの手紙あり。この人は寛より三つ年上で、同じく閔妃暗殺に関わったのではないかとされる国家主義者。のち熊本県議会議員。号を鉄軒という。

旗亭で一酌ののち、庭に下り、裏の画津湖に待たせてあった船に一同乗る。

「静かだ、静かだ、そよとの音も無い。満天の星が澄徹の水にじっと動くこと無く映る。蛍がたわたわと飛ぶ。熊本の市内の暑苦しさに比べると全く別世界だ」

そこで芸妓《げいぎ》がふたり土地の民謡を歌いだす。

「おてもやん、あんた此頃嫁入したでは無いかいな。嫁入したこたしたばツてん、ごんじやどんがぐぢやツぺぢやるけん、まあだ盃《さかず》きやせんだツた……」

ごんじやどんは亭主、ぐぢやツぺはあばた。

本来は「ピーチクパーチクひばりの子」と最後についたが、ここには出てこない。

「亭主があばた面なのでまだ盃を交わしていない」「私はいま花盛り、いろんな男がお尻を引っぱるよ」というわけだ。ここに「ぼうぶらどん」（カボチャ男）が登場する。この歌は戦後、赤坂小梅姐さんの歌でヒット、三橋美智也、水前寺清子なども歌った。

「一つ山越え、も一つ山越え、あの山越えて、わたしやあんたに惚《ほれ》とるばい、惚とるばッてん言われんばい」

『五足の靴』では、村の若い衆が娘を他村の男に取られないように張り番しているので「好きだ」と言えない、となっている。もうすぐ彼岸の夜の聴聞参《ちようもんまい》りもあるから、そこでゆっくりお話ししよう、「男振には惚れんばな、煙草入の銀金具が夫《それ》が因縁たい」容貌より粋なこしらえにくらっと来た、と女は言う。

興味深い歌だ。幕末に実在のモデルがあって、明治になって踊りと三味線の師匠が作ったのだとも。いろんな解釈がある。

そんな余興のあと、いよいよ、実行犯である松村の閔妃暗殺当夜の懐旧談がはじまる。

「大院君《たいいんくん》が深夜異邦の志士に護せられ王妃を刺さんとするに……」とここでは首謀者は閔妃と権力闘争を行っていた高宗の父大院君になっている。大院君が、閔妃を襲うのに、冷水で身を拭い、静かに髪を結び、衣裳《いしよう》を整え、天地四方の神を拝し、祖宗を祀り、悠然と輿《こし》に乗るのに三時間かかり、予定に五時間おくれたため、夜はしらじらと明けてしまった……。

ロシアと結んだ閔妃と日本と結んだ大院君の代理戦争のようなものとはいえ、他国の宮廷に「異邦の志士」が入り込み、王妃を暗殺するのは国際法上も許されざることであるのに、それから十二年経《た》った時点でこのような英雄気取りで懐かしげな会話がなされているのは驚くべきである。寛は当日こそ現場にいなかったが、鮎貝槐園や堀口久万一《ほりぐちくまいち》（詩人堀口大學の父、外交官）とともに、三浦梧楼公使の着任以前から王妃襲撃の計画を練っていた。ここでは若かりし日の熱血談に花を咲かせ、反省の色もない。

それから加藤清正や西南戦争の血気盛んな話もあって尽きず、深更、一同人力車を連ねて熊本に帰る。松村辰喜はこののち熊本市議に当選、大熊本市の実現、大阿蘇国立公園の提唱などに奔走し、昭和十二年（一九三七）、七十歳で亡くなった。頰には刀傷があった。

もう一人、六、七年前俳句や歌を作った「渋川石人《せきじん》」はどうしているか、と寛が聞くと、今は「東京朝日」に玄耳《げんじ》という名で文章を書いている、との噂《うわさ》。この人は最近やや光が当たってきたが、経歴は変わっている。明治五年、佐賀の出身で、長崎商業、東京法学院（のちの中央大学）で学び、高等文官試験に合格。陸軍法務官として熊本の第六師団に勤務中、第五高等学校の英語教師だった漱石と紫溟吟社《しめいぎんしゃ》を結成、機関誌「銀杏《いちょう》」を創刊。

日露戦争に従軍法務官として出征、東京朝日新聞にルポを書くようになり、そのまま新聞社に引き抜かれる。当時の主筆、池辺三山が熊本出身ということもあったが、転身ののち、名社会部長としてならした。夏目漱石を朝日新聞に入社させる交渉を行ったことは知られている。また石川啄木を「朝日歌壇」に抜擢《ばってき》し、没後、『一握の砂』の序文を藪野椋十《やぶのむくじゅう》なる筆名で書いた。中央大学新聞研究科でも教えた。四十一で朝日をさらりとやめ、五十五歳で貧困のうちに死んだという。潔いが不思議な一生である。

三十一、三池炭鉱

大牟田のもうひとつの名物は三井三池炭鉱。八月十六日にはここを見学している。

三池では江戸時代から採鉱していたが、明治になると囚人を使役して、炭鉱は明治二十三年(一八九〇)に三井財団に払い下げられた。そのときの技師はアメリカで鉱山学、冶金学《やきんがく》を学んで帰った団琢磨《だんたくま》で、のち三井の大番頭となり、昭和に入って右翼血盟団によって暗殺されることになる。

「大牟田は平地である、表面はただの田だ、稲が青々と繁って日の光りの中に生存を嬉《たのし》んでいる、裏面は即ち炭鉱だ」。土地を擬人化していう。中側からコツコツ叩かれ、体をそがれる。人間がそれを持ちだす。

「斯《かく》の如くして地下は蜂の巣のように穴だらけになる、時々恐るべき爆発の犠牲をさえ具《そな》えた」

白仁、稲田の二人により坑内を案内される。白仁は三池郡上内村在住の友人白仁勝衛。白秋は彼に「何分三池炭坑見物の方はよろしく御周旋願上候」と熊本から葉書を出している。準備周到だ。明治三十一年に宮原《みやのはら》坑、三十五年に万田《まんだ》坑で採炭が始まり、四十一年に三池港ができるころのこと。

みな上着をぬいで雨具を着、陣笠のような帽子（ヘルメット）を被《かむ》り、手には安全灯を持つ。「ぞろぞろと家根のあるエレベーターに乗った。じゃんと知らせの鐘が鳴る、ぐいと綱を曳《ひ》く、かたんと台が下りる。もう駄目だ、死は近《ちかづ》いた、泣こうが、悶《もだ》こうが、周章《あわて》ようが、行くべき所へは行く」

エレベーターは十九世紀半ばに発明され、日本では明治二十三年、浅草の凌雲閣《りょううんかく》に日本初の直流電動式エレベーターが設置された。それより十数年あとのことであるが、これは採掘のため地底へ降りるエレベーターであろう。

最初はゆるいが、どんどん速くなる。暗いので、逆に自分が上昇しているように錯覚する。ゆっくりになるとやはり下降していたのだとわかる。こうして五人は地下一千尺（三〇〇メートル）の暗い所に到着。

「案内する人に続いて五人は地獄をめぐる、ダンテの夢は実現されて眼の前にある、真の地獄といえどあまり変りはあるまい」

つまずいたのはレールだった。道の端に裸の鬼どもがあぐらをかいて何事か談合している。坑夫たちである。『五足の靴』の筆には、地底で働く労働者への同情や共感はない。『神曲』の地獄の鬼になぞらえるばかりである。

「深く進むに従い瓦斯《ガス》の臭いがひどくなって来る。恐ろしい」

そうして五人はもとのエレベーターに乗り、地上に出、日の光を見てほっとする。

三池といえば思い出す。一九六〇年、ちょうど安保闘争の年に「三池争議」があった。折から燃料は石油の時代に入りつつあり、会社は大量解雇の方針を打ち出す。労働争議が盛んになり、「去るも地獄、残るも地獄」といわれた。

三年後の一九六三年十一月九日、三川《みかわ》鉱の炭塵《たんじん》爆発で四百五十八人死亡、一酸化炭素中毒者八百三十九人を出した。私が子どもの頃、テレビでこの事故のニュースをやっていた。坑口から運び出される遺体、それに取りすがって泣く妻。白黒テレビをなすすべもなく見て悲しかった。そして二十年後、私に赤ん坊が生まれたとき、三井三池闘争を闘った主婦会のリーダーだった引田トミヨさんが産湯《うぶゆ》を使わせにきてくれた。

「亭主は第一組合だったので首を切られ、仕方なく二人の子どもを連れて上京したの。亭主は自動車修理の仕事をした。私は朝は弁当屋、昼はお屋敷で女中、夜はそば屋の皿洗いをしたけど生活は苦しかった。そのうちに父ちゃんはがんで死んじゃって」と、トミヨおばさんはくるくると働きながらそんな話をしてくれた。

子どもも独立し、優しい個人タクシーの運転手さんと再婚、その車でドライブもし、カラオケが楽しみだが、貧乏性で働くくせが抜けない、と手伝いに来てくれたのである。

彼女に教わることは多く、私はひそかにメリー・ポピンズと名付けていたのだけど。

私も万田坑の見学に行ったが、やはり昔の大変な歴史を知っているだけに、無骨《ぶこつ》な建物や機械を楽しむことはできなかった。案内者は「埋蔵量八億トンのうち三億トンしか掘っていません」と言った。しかし素掘りならともかく出水や落盤事故の多い地底での採掘に人間が携わることはどうも納得できない。万田坑跡は国の重要文化財・史跡となり、さらに二〇一五年、明治日本の産業革命遺産の構成物件として世界遺産に登録された。

それにしてもこの旅行で、五人はどれほど多くのものを見ただろうか。

乗り物だけでも汽車、鉄道馬車、人力車、箱馬車、おもちゃのような機関車、船、そしてエレベーター。でもやはり、一番記憶に残ったのは天草の磯伝いの悪路と森の中での遭難ではなかったか。

三十二、柳河再訪、みやびを

五人の旅費は尽きた。与謝野寛はもともと薩摩、大隅半島を経巡るつもりだったが、それを断念、帰途に上る。そして行きに世話になった北原白秋の柳河の家にまた二晩世話になった。八月十七日のことである。この時白秋が作った詩。

都におきて来《こ》し人と
君寝覚にも言ふは誰《た》ぞ
われその姫に文書かむ。

白秋はこの長い詩で、五人の長旅を振り返っている。健脚の二人、寛と正雄は阿蘇の煙を見上げながら大靴を踏み鳴らし、威勢よく阿蘇山を登ったこと。あとの二人、白秋と萬里は育ちの良い吉井勇（みやびを）をいたわりながら後を追った。

又こそ書かめ。みやびをは
君知りまさじ、折々に
家《いのこ》に似たる鼾《いびき》かく。

島原の夜の街角で、吉井勇が理髪床に行ったことがあった。そこの女は椅子を「お掛けまっせ」と二人にすすめ、西瓜の甘い息を額に吹きかける。なんだか理髪店まで色気たっぷり。

くちづけの香の残るとも
もとより知らず、やわやわと
抓《つま》みゆがめて頰《ほ》をば剃《そ》る。

その妹はその間、後ろから長い柄のうちわでそよろと煽《あお》ぐ。その時だ。吉井の大いびきが聞こえたのは。

なんというのんびりした旅の風景だろう。

「柳河は水の国だ、町の中も横も裏も四方に幅四五間《けん》の川が流れて居《お》る。それに真菰《まこも》が青々と伸びている、台湾藻の花が薄紫に咲く、紅白の蓮も咲く、河骨《こうほね》も咲く、その中を船が通る、四手網《よつで》の大きなのが所々に入れられる、颯《さつ》と夕立が過ぎた後などはまるで画のようだ」

二度目の訪問で、少しは勝手が分かったと見え、くつろいだ様子。もちろん生まれ育った白秋もいることから、五人はうつくしい夕焼けの中、川端を散歩し、とある横丁の名物の鰻屋《うなぎや》で一酌した。柳川の名物は今も鰻である。といってももはや現地産ではないだろう。錦糸卵をのせたせいろ蒸しが特色だ。昔はこうした水路に簗《やな》を作って水を塞ぎ、魚を捕えた。だから簗河なのだろうという。

五人づれは旧藩主立花伯爵のご先祖を祀った立花神社の裏門から表門へ抜けた。そこに北原の一家が船で迎えに来る。橋詰に大きな三階建ての家があって、どうも遊女屋であったらしい。女たちに付いて吉井、北原、平野は買い物に行ってしまい、寛と正雄は橋のたもとに涼んでいた。喉が渇くので、今は氷店になっているその家で氷を飲もうという。玄関前の松の陰に裸の男がいて床几《しょうぎ》に腰をかけている。

「暗い、高い、みしみしと鳴る虫蝕《むしく》いの梯子段の気味の悪さ、深い暗い座敷という座敷からは、冷い黴《かび》と湿気と、埃《ほこり》の匂いの交った風が密《そっ》と吹く」

三階まで上がると光景が一変する。さっぱりと眺めがいい。少年が一人いて、注文を聞くと階下の裸の男に伝え、しばらくすると岡持《おかもち》が空中を登ってくる。中に氷のコップが入っているという。階段を上り下りしなくて良い、ロープウェイのような仕掛けか。しばらく休んでいると、川の向こう岸を仲間たちが帰ってきた。「おうい」と呼ぶとみんな上がってきた。にわかに三階が賑わう。

この辺の表現、田舎町の水のある風景が目に見えるようだ。今ここは水郷くだりの発着所になっており、松月乗船場という。

もともとは懐月楼という遊女屋で、日清日露戦争のころ殷賑《いんしん》を極めたが、明治末に廃業、その後一時病院になり、大正時代には松月という料亭に変わって一九九四年まではあったという。その周りをぶらぶらしていると、裏に大きな「五足の靴ゆかりの碑」なるものがあった。「五足の靴」の発見者、野田宇太郎の撰文《せんぶん》である。

帰りの旅でも、「H生が東京から伴《つ》れて帰った『婆やさん』」が迎えの船に乗っていたことが書かれている。ことさらに婆やさんに触れたことから、この項の著者は太田正雄に違いない。次の箇所と、正雄がのちに書いた文章があまりに似通っている。

「楼を下りると月が雲を漏れた。二人の船頭が棹をさす、船は余らを載せて真菰の中に入った。蓮の花、蓮の葉、真菰、水藻、台湾藻などがしめやかに香り合う、鈴虫が啼《な》く、どこかに水鳥の羽音と啼く声がする。『婆やさん』は用意の西瓜を切る、菓子を出す、茶を入れる、ラムネを抜く。皆は静かに語る」（『五足の靴』）

「夕方には人々が縁台を堀のすぐ傍まで持ち出して団扇《うちわ》を使って居た。その堀割を小舟で下って町外れに出ると、葦《あし》かまこもの生え繁った沼の間に自ら水路があった。突然に舟の上に橋が有り、橋の傍に灯のあかるい家があるような処を通った。どこに行く途中であったか忘れたが、そういう景色は今でも思い出す」（木下杢太郎「北原白秋のおもかげ」『改造』昭和十七年十二月号）

これは昭和十七年（一九四二）の十一月二日に亡くなった旧友白秋をしのぶ文章である。

柳河に戻ろう。白衣《びやくえ》の女づれがすげ笠をかぶり、詠歌を流しながら歩く。

「信心からでもあるが、この巡礼に出ぬ女は縁が無いというのでそのためにも必ず出る」

こんな風習も、見慣れぬものは異国情緒を感じたであろう。

「船が北原氏の土蔵の裏手に着いたのは十時であった。今夜は年に一度盆の月の観音講というので、町内の処女は皆定《さだま》った一軒の家に集って、店頭《みせさき》に壇を設け、曽《かつ》てその母なり姉なりが奉仕した如く、譲られたる古き観音像を祭って、燈明や供物や花やを捧《ささ》げて、参詣に来る老若に一々供物の菓子を頒っている。これも殊勝な風俗だ」

行きの旅では八月の初めで、お酒のことばかり書いていた。旅の帰りはちょうど八月の旧盆に当たっていたのだ。

およそ半世紀のちに吉井勇が柳河を再訪したとき、白秋生家は佃煮工場になっていたという。そのとき他の四人はすべて泉下の人となっていた。

沖端の水路（柳河）

『五足の靴』をゆく

三十三、徳山──与謝野寛のふるさと

白秋は故郷柳河に止《とど》まり、平野萬里は一足先に京都へ向かう。あとの三人、与謝野寛、太田正雄、吉井勇は、八月十八日柳河から周防《すおう》徳山に下車した。ここは寛のルーツの土地である。

「徳山はさまで賑かな街ではない、近年海岸に出来た海軍の煉炭所《れんたんじょ》が唯一の命だ」。これは明治三十八年（一九〇五）設立の「海軍煉炭製造所」のちの海軍燃料廠《ねんりょうしょう》である。しかしそのために海に沿った松原の景勝地は失われ、海水浴場も消えた。「今は煉炭場の粉炭が山の如く積まれてその上へ濛々と煤煙《ばいえん》が渦巻く」

ここは毛利家の支藩、毛利就隆を初代として三万石の領地だった。最初下松《くだまつ》藩といったが、のちに徳山藩となる。出身者としては「児玉源太郎と島田蕃根《ばんこん》と本願寺の宿老《しゅくろう》赤松連城以外に格別人物も出ていないらしい」。

ここに名の上った児玉源太郎は嘉永五年（一八五二）生まれの徳山藩士で、十代で戊辰戦争に初陣、その後、明治新政府内で順調に出世し、西南戦争では熊本城に籠城、谷干城を補佐した。明治二十八年、日清戦争の功により男爵となる。やがて台湾総督、陸軍大臣、陸軍大将、日露戦争では満州軍総参謀長などを務め、日本を勝利に導いた。五十五歳で没。

島田蕃根はまたもっと古く、文政十年（一八二七）生まれの仏教学者。明治四十年、八十一歳まで長生きした。

赤松連城はこの二人の間、天保十二年（一八四一）生まれで金沢の出身。二十八歳で徳山の浄土真宗本願寺派徳応寺の住職となる。

イギリス人女性、イザベラ・バードは明治十一年、来日して赤松に会い、「とびきり優れた知性、高い教養、不屈のエネルギー、知名度の高さを兼ね備え、自分の信仰の将来に対して遠大な志を持った僧である」（『日本奥地紀行』）と絶讃《ぜっさん》している。

帰りの旅の徳山では徳応寺の住職をしていたのは与謝野鉄幹の兄赤松照幢《しょうどう》で、連城の娘を妻として跡をついでいた。三人は歓待を受けた。

「明け放した御堂の中、如来様を正面にして経机や一切経の飾ってある前で、極めて不信心なる三人は胡坐《あぐら》をかいて般若湯《はんにゃとう》を頂戴する」

般若湯はビール。向かい合うのは住職のほか、岩城、伊藤の二人の僧侶と住職の息子智城。お寺に付属した徳山女学校の卒業生数人が配膳給仕、杯を受けるにもさすにも小笠原式の礼法でくる。

芋もキャベツもトマトも、すべて寺の農園でできたもの。東京から文学者が来たというので寺としては精一杯のもてなしよう、しかし勇と正雄があまりに窮屈そうなので、寛は気を利かせ、海岸でも散歩しようということになった。

寺側は「月が佳《よ》いし海も静かですから船を泛《うか》べましょう」という。

この旅、福岡、江津湖、柳河、どこでも舟遊びがもてなしになっている。私が小さい頃も、不忍池でボート、東京湾でハゼ釣りなど、小船で遊ぶことは多かった。いつの間に、大きな観光遊覧船くらいしかなくなったのだろう。

「月光」という項には、その舟遊びの様子が描かれる。これも鉄幹の筆らしい。

「色も無い、香も音も無い、光も無い、影も無い、固《もと》より心も情も無い、空《くう》かといえば虚《うつろ》の空で無い、空の充実した空だ、真空の世界だ。と思うと、何処からとも無くひたひたという幽《かす》かな音がする」

酔いつぶれて船に揺られて寝た寛。三時間の間に残りの若人たちは月光の海で遊泳した。彼が故郷徳山の海を眺めるのは十四、五年ぶりである。

与謝野寛は明治六年、京都の生まれ。父は与謝野礼厳《れいごん》といい、浄土真宗西本願寺派の願成寺の僧侶であった。この礼厳も赤松連城と同じく、廃仏毀釈の頃、熱心に宗門改革に関わった僧である。寛も得度は受けている。その後、明治二十二年、兄照幢が住職を務める徳山に行き、先に出た徳山女学校の教師となる。

中学も出ていない寛が女学校の教師になれたのは、そういう資格を問わない時代であり、兄が経営する学校であったからだろう。徳山に来るのは十四、五年ぶりということは、十七歳から二十歳くらいまで教師をしていたことになる。

しかし帰れないわけもあった。というのは、早熟な寛は教え子の浅田信子《さだこ》と恋愛をし、女児が生まれる。この女児は生まれて間もなく亡くなった。そのうえ寛は別の女生徒、林滝野《はやしたきの》とも恋愛して、また一人子が生まれる。

教師が生徒に手をつけたのだから、当然スキャンダルで、この頃「鉄幹」の雅号を使い始めた寛は明治二十五年に学校を辞職、十一月に上京した。その時は照幢が事態収拾に苦労したに違いなく、『五足の靴』に出てくる兄は穏やかで良い人である。

その後、落合直文の浅香《あさか》社に参加して歌人となった鉄幹は『東西南北』『天地玄黄《げんこう》』などの歌集を出す。ますらお振りの元気な歌は一定のファンを獲得した。一方、政治にも野心を持ち、血気にはやった鉄幹が朝鮮にわたり、閔妃暗殺事件に関わった疑いをもたれたがアリバイがあって放免されたことは先に述べたとおりである。

その後、東京新詩社を創立、内縁の妻林滝野と暮らす。子どもの萃《あつむ》は徳山の林家の祖父母にあずけてあった。ところが、背の高い好男子であった鉄幹には新たに鳳晶子、山川登美子、増田雅子といった女弟子が現れ、多角関係になる。鉄幹は晶子の『みだれ髪』を世に出し、「明星」は明治浪漫主義の拠点となる。しかしこうした女性関係は怪文書「文壇照魔鏡」に暴かれ、鉄幹は窮地に立つことになった。

『五足の靴』は、「明星」同人の白秋、勇、正雄、萬里ら見込みある若者たちを連れて、落ち目の寛が再起を図った旅とも言えよう。この際、寛が前夫人浅田信子、郷里に残した息子萃に会ったかどうか、興味深い。

先回りして言えば、林滝野は寛と別れた後、東京で学びなおし、詩人の正富汪洋《まさとみおうよう》夫人になって添いとげた。萃は十九歳で肺結核で亡くなっている。清潔な少年の写真が残っているが、親たちの奔放な振る舞いの中で捨てられ、早世した息子が気の毒というほかはない。

余談であるが、このとき三人と同席した伊藤という僧侶は、伊藤証信《しょうしん》である。『五足の靴』でも、「伊藤師は二三年前東京に在って、巣鴨の大日堂で『無我愛』を唱え、一部の熱心な求道者《ぐどうしゃ》を吸引した、有名な伊藤証信師その人である」と書かれている。

伊藤は明治九年桑名の生まれ。会桑二藩と言われるように、佐幕として維新では会津とともに一番割を食った藩の出身である。真宗大谷派（東本願寺）で真宗大学に学び、その移転により上京。廃仏毀釈の折、京都の僧侶は宗門改革を唱え、新首都東京への進出を検討した頃であった。清沢満之《きよざわまんし》に学び、トルストイの人道主義の影響を受けた。清沢は真宗大谷派の僧侶で、ミニマム・ポッシブルという禁欲生活を続けながら『歎異抄』を研究し、肺結核で四十すぎで亡くなった。

伊藤は明治三十八年に宗門を離脱して巣鴨で「無我愛」運動を始め、機関誌「無我の愛」を発行。根拠地大日堂が現在も巣鴨に存在する。この活動には幸徳秋水、堺利彦、川上肇《はじめ》らも関心や感激を寄せたが、伊藤はこれが教団化、権威化するのを恐れ、突然解散して徳山に赴き、徳山女学校の教師となる。鉄幹らが会ったのはこの頃であろう。「一見温厚な風骨の中にどことなく感情の激しい処が窺《うかが》われる」と描写されている。

伊藤はのちに竹内あさ子（朝子）と知り合い、明治四十二年に結婚。朝子が婦人運動家であったため、伊藤は平塚らいてうはじめ、いろんな人と交流する。朝子は山口県で十数代続いた医者の娘で、家庭の複雑な事情から、小学校に入ると髪の毛が皆抜け落ちたという。徳山で伊藤証信と出会い結婚してからは、再び無我愛運動に挺身《ていしん》する伊藤の片腕ともなるが、また「青鞜《せいとう》」の対抗誌であった「新真婦人」にも関わるなど、明治末から大正の女性運動の中で目立つ人である（永原紀子「伊藤朝子」『平塚らいてうを記念する会ニュース』一九九九年七月号）。

話が逸《そ》れたが、私は以前、岩国の錦帯橋や周防大島、柳井と回り、徳山にたどり着いたことがある。当時、与謝野晶子を追っていたために、徳応寺をお訪ねし、お寺と与謝野鉄幹との関りを伺ってみた。出てこられた寺の方は「当寺は空襲で丸焼けになり何も残っておりません。鉄幹は地元にたいへん迷惑をかけました。調べに来られる方はありますが……」と硬い表情でおっしゃり、早々に辞去したことがあった。

このときに同席した赤松智城は京都帝大に進んで宗教研究会を創設、京城帝大の教授となって朝鮮やモンゴルの宗教を研究した。その弟の赤松克麿は東京帝国大学で新人会に参加、左翼活動家として大正デモクラシーの花形となった。吉野作造の娘明子と結婚したが、のちに国家社会主義に赴き、戦後公職追放を受けている。妹の赤松常子は労働組合運動から戦後、初めての女性国会議員となった。

『五足の靴』はこの項、いささか旅情を削ぐような筆致であり、私もつい釣られて自然を語らず、人事に終始してしまった。

「月は余らを送って徳応寺の後楼の蚊帳《かちょう》の中に眠らしめた」というはなはだ美しい文で締められているけれども。

三十四、西京

「京都まで帰って来た。K生の故郷だし、他二生の曽遊《そうゆう》の地でもある、なつかしい母親の懐に入《い》る心地がする」

白秋、萬里は離脱し、寛、正雄、勇の三人、八月十九日に泊まったのは新詩社の定宿「信楽《しがらき》」。三本木にあってお愛さんという娘がやっていた。三本木は地下鉄（京阪鴨東線）神宮丸太町駅から西へ、鴨川を渡ったあたりで、上京区の御所の東。鴨川沿いだったところを見ると、南町あるいは俵屋町あたりか。ここを挟んで東三本木通と西三本木通が南北に走る。土手町通、出水町などという名がいかにも鴨川沿いの感じである。西に京都市歴史資料館、北に府立医科大がある。紫式部ゆかりの桔梗《ききょう》の美しい廬山寺《ろざんじ》があって訪ねることがある。

「三本樹《（ママ）》といえば昔も今も京都通の喜ぶ街だ、寂れているから静かだ」という。ここも花街であったのだ。祇園近くの先斗町《ぽんとちょう》も鴨川と高瀬川に挟まれた土手にある。これもポルトガル語のポンテ（橋）に由来すると穿《うが》ったことをいう人がいた。

三本木には幕末に桂小五郎（木戸孝允）が流連《いつづけ》て、吉田屋の芸者幾松《いくまつ》を正妻とした。吉田屋に新選組が手入れに来た際、幾松は長持に桂小五郎を隠し、近藤勇に開けろと言われると、「近藤さん、こんだけ迷惑をかけたからにはもし中にいなければこの場で切腹してください」と言ったと、これは小説や舞台の話。しかし桂が数々の危機を彼女の機転で乗り切ったのはたしかだ。

すでに明治四十年頃にはさびれていた。『五足の靴』にいう。

「山陽の詩などで名高い月波楼《げつぱろう》と水明楼は信楽の両隣に当って、料理屋と旅宿とを兼ねている。二楼とも大分に当世化したようだが、中に挟まれた信楽だけは依然として純京都式の旅屋《やどや》を改めない」

頼山陽は大坂の生まれで、江戸の昌平坂学問所に学び、漢詩に優れ、文化八年（一八一一）から亡くなるまで京都で暮らし、『日本外史』はじめ著作を書いたのはこの「山紫水明処」で、国指定史跡になっている。

京に来ぬ山紫水明処といへるその家の名をなつかしみつつ

という吉井勇ののちの歌は、この二十二歳の京都を思い出してのことだろう。

信楽は「七十に近い祖母《ばあ》さんと、娘の御愛さんと、女中との、小勢《こぜい》な女世帯で質素《じみ》に稼業をやって行く」。質素と書いて「じみ」と読ませている。

そんな風だから、誰でも泊めるわけではない。京都に多い「一見さんお断り」で、先代からの馴染《なじ》みか紹介で来るものばかり、ある時、某大将が突然来た時も、女中は「ただ今座敷が塞《ふさが》っております」と断った。大将は「おうい、祖母《ばあ》さんは居《お》らぬか」と呼ばわった。出てきた婆さんは「まあ、まあ、これは御珍らしい」と奥へ通した。

なんだか芥川龍之介の「お富の貞操」を思い出すようだが、この大将というのも、幕末に婆さんに世話になった長州閥のものかもしれぬ。

実はこの宿にいた長田幹彦を、明治四十五年に谷崎潤一郎が訪ねている。谷崎にとっては最初の京都訪問で、大阪毎日、東京日日に京阪訪問記を書くという旅であった。長田は「明星」の同人であったから、この宿に逗留していたのも不思議はない。「女将が与謝野晶子さんの旧友」ともある（「青春物語」）。

「余らを出迎えた御愛さんは、去年よりは大層夏痩《なつやせ》をしている」というからには、昨年も訪ねた寛の筆だろうか。さすがに女性には目が鋭い。「奥の離亭《はなれ》の簾《みす》を捲くと、下は直《す》ぐちょろちょろと加茂川の流、左には糺《ただす》の森、右には丸太橋を越えて三条の大橋、正面には如意ケ嶽、吉田山、黒谷《くろだに》の塔が見える。比叡山を初め東山《とうざん》三十六峰は一望の中に緑だ」

今はビルも多くなっているが、当時は三条から糺の森が見えたというのはすばらしい。たしかに京都は碁盤の目状の街並みの中にいくつも山がある。黒谷は真如堂や光明寺のある山、吉田山は京都大学の近くで、京大のことを「吉田山」と呼ぶこともある。このへんを自転車でたまに走るが、寺と山に阻まれて、大きく迂回しなければならないこともある。「東山三十六峰、草木も眠る丑三《うしみ》つ時」というのは嵐寛寿郎《あらしかんじゅうろう》演ずる『鞍馬天狗』を解説する活動弁士の名台詞。三方を山で囲まれた京都、夏も夜のうちに東山で冷やされた空気が町に流れ込み清々《すがすが》しい。

盆地の京都は地下水の上に浮いているというだけに、それがおいしい豆腐や湯葉、葛切りにも化けるのだが、湿気が多く、冬はじとりと寒い。関東の空っ風の身を切る寒さとは違う。

「歴史はこの古い都の上を幻の如くに過ぎてしまった。わずかに残香を留めた老いたる麗人の姿にも似ていると思いながら眺めている中に、夕闇が次第に濃くなって来て、山の姿が薄れてゆく、知恩院《ちおいん》の鐘が鳴る、橋を渡る車の響がかえって四辺の静けさを増さしめる。河原ではきれぎれな蟋蟀の声と絶間なき水の音とが妙に相和して、旧都の悲哀を歌っている」

書いたのは三人のうち誰だろうか。

けふのみぞ、けふのみぞ、
　かくわれはうつくしき。

文中に正雄がストルムの詩を口ずさんだ、とある。『みずうみ』はテオドル・シュトルムの類まれに美しい作品。この詩は「竪琴《たてごと》ひきの少女の歌」として作中に収められている。

ここでは正雄が自分で訳したものだろうか。

さだめかな、しぬべしと、
　しぬべしと――われひとり。

旅の終わりに人生の短さを、青春の移ろいやすさを、二十代前半の正雄や勇はどれほど切実に感じていただろうか。

この詩を持ち出したのも、『即興詩人』に登場するベネチアの民謡、鷗外訳「朱の唇に触れよ、誰か汝の明日猶《なお》在るを知らん。恋せよ、汝の心の猶少《わか》く、汝の血の猶熱き間に」を踏まえているように思う。

『即興詩人』に影響を受け、のちに吉井勇が作ったのが有名な「ゴンドラの唄」（大正四年)。中山晋平の作曲で芸術座『その前夜』の劇中、松井須磨子が歌い、いまも歌いつがれている。

命短し恋せよ乙女
あかき唇褪《あ》せぬ間に
熱き血潮の冷えぬ間に
明日の月日はないものを

これにもぴったり呼応する一節が『五足の靴』にある。

「我ら若き者は今日の歓楽に耽《ふけ》って明日の悲哀を思わず、一日一日を美しく過したいと望む。これがまた実に若き日の誇《ほこり》だ」

この後、三人はともしびのまたたく町を、京極から先斗町、四条大橋を渡り祇園に入る。

「黒髪の匂いが七重に自分を巻いて、美くしい幾匹の蜘蛛の少女《おとめ》がひらひらと五色の糸を散す」

この清潔な書き方からすると、途中から書き手が正雄に変わったのではないだろうか。

『五足の靴』をゆく

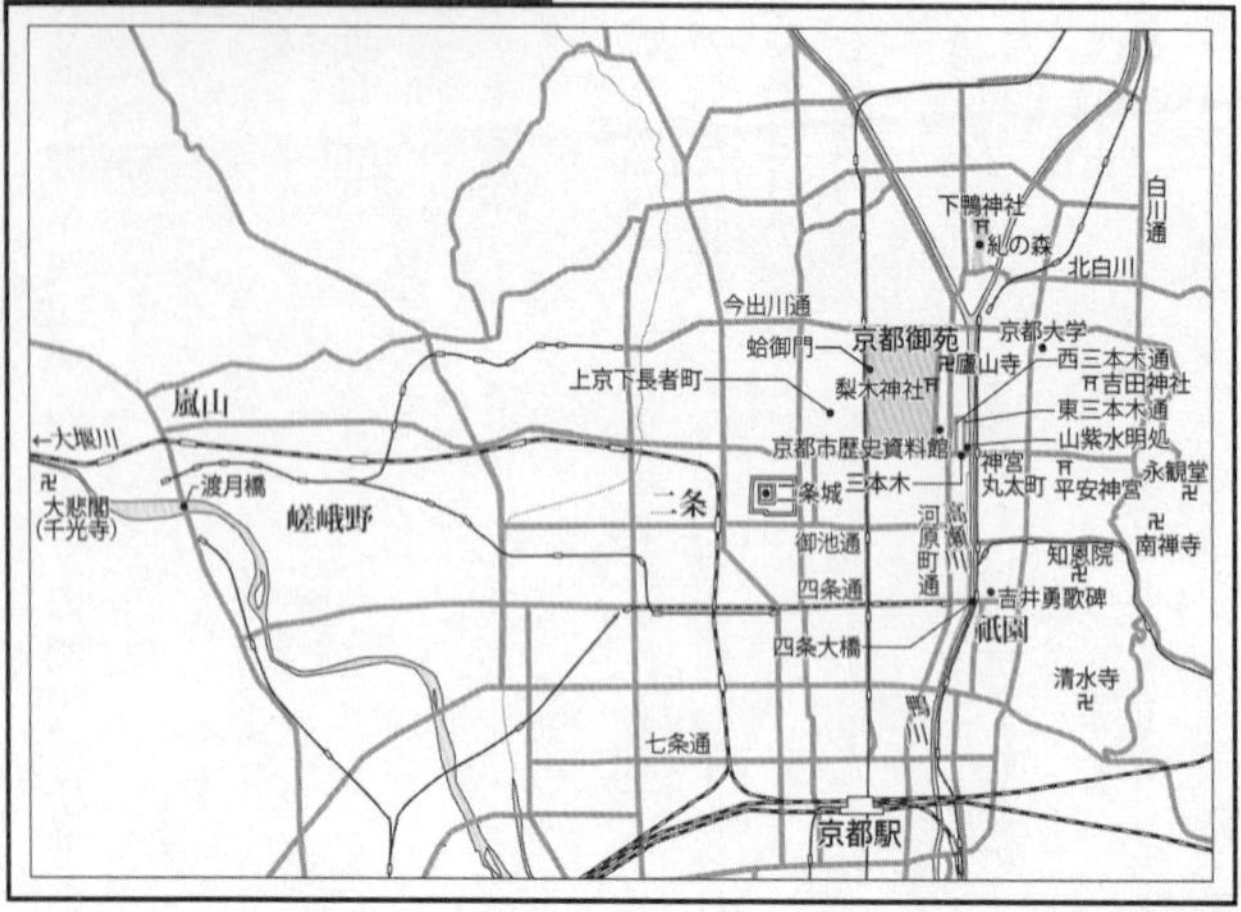

京都地図

三十五、京の朝——長崎懐古

「鐘が鳴る。K生が、あれは黒谷の鐘だ、また鳴る、今のは知恩院のだという。水に近い二階の座敷には河原《かわら》の蓬《よもぎ》の香が戸の隙から露に濡れてしっとりと匂う。千鳥が遠くまた近く啼く。川向いを通る荷車の音がころころと響く。どこかで工場の汽笛がそれさえ京化して悠長に鳴る」

これは吉井勇の筆と思われる。八月二十一日の朝である。

川向こうには大原女《おはらめ》、白河女《しらかわめ》が通るとある。私がたまに京でお借りするのは北白川の古い民家で、土地の人には、昔、この辺は農家ばかりで、花を頭に載せた白川女というものが通ったと聞いた。今出川通から自転車で白川通を北に向かうと、裏の方にはたしかに今も畑を散見する。

北白川は京都大学に近いため、いかにも知的で整った住宅街には大学関係者が多く住んでいて、学生下宿も東京の半分くらいの値段である。中には貸間で（ひと月）一万円などという張り紙を見ることもあって羨ましい。中学、高校の時分には東山のユースホステルに泊まったものだが、当時のガイドブックには大原女や白川女のことが出ていた。かなりの昔語りである。

「裏から下りて河原の流で口を漱《そそ》ぐ、体を拭く。終って離亭へ帰ると膳が並ぶ、御愛さんが給仕をしてくれた」

お愛さんとは、鉄幹の妻与謝野晶子と学生時代の友達というから、娘といっても二十代の終わりくらいである。当時としては婚期を逃しているが、野田宇太郎の『関西文学散歩　京都・近江篇』を読むと、彼女は本名を谷出あいといい、ある大物政治家の恋人であったそうな。

話はそれるが、祇園の吉井勇の碑のある処は茶屋「大友《だいとも》」の跡地だという。今の白川沿いの通りはかつてはなく、料亭が櫛比していた。その一つが、夏目漱石も親しんだお茶屋「大友」で、文学者に愛された女将磯田多佳《たか》がいた。六歳で井上八千代に入門、十代で祇園甲部の芸妓となり、二十三歳で家業を継いだ。夏目漱石のほか谷崎潤一郎、吉井勇などとも付き合いがあった。太平洋戦争の最中にはすでにお茶屋を廃業、空襲に備えて火除け地を作るため、強制疎開で茶屋も壊された。そのことを悲しんでか、多佳は終戦の年に六十七歳で亡くなっている。

勇はこの朝の心地よさに、手帳の詩を仕上げた。それは長崎の稲佐《いなさ》に行った時の詩だ。

五人づれは八月初旬、平戸から船で五島灘を通り長崎へ着いたが、寛が書くのを怠けたために『五足の靴』には大事な長崎の記述がない。長崎は平戸からオランダ商館が出島へ移された所であり、南蛮文化の中心地といえる土地である。

乾きはてたる無花果《いちじく》の
葉こそは喘《あえ》げ。暑き日の
稲佐の土は眠りたる。

さてしも、あはれ、街の角、
乾魚《ひもの》ひさぐと坐りたる
翁《おきな》も低くつぶやくよ。

その葉を分けて清げなる
少女《おとめ》いできぬ、水甕《みずがめ》も
ましろき衣《きぬ》も、ぬれ髪も、

ひとり著《しる》きは屋根の上
『夢売る家』と掲げたる
赤招牌《あかかんばん》の露西亜文字。

十一連中、四連を任意に選んでみた。

そこは「露国の水兵を専ら華客《とくい》とする遊廓であった。某国の参謀本部は少からずこれに由《よ》って敵国の軍事機密を知り得たという事だ。それが日露戦争以来露国の軍艦は一艘も来なくなったので甚《はなは》だしく寂寞《せきばく》を極めている。今は日本人のみを客にしているが、長崎の方に円山の遊廓があるからここまで足を運ぶ物好きは少ない、稲佐は益〻さびれて行く」と「京の朝」にある。

日露戦争からたった二年の話である。昼下がりのけだるい遊郭を五人は訪れ、亡《ほろ》びの美に酔った。

無花果の葉、肉桂《にっけい》の香り、黒髪の脂の匂い、かすかな水夫《かこ》の声、乾物を売る老人、くずれた石畳、燃えさしのろうそく、白楊の幹の影、蒼い蠅《はえ》、水甕をもつ白い衣の少女が現れては消えた。その少女の残像だけがフレッシュだ。まあ文人とは過去の残影に引かれ、今の民衆を見ないものだなと呆《あき》れるけれども。

いかにも勇ごのみ。彼はのちに稲佐について書き、幾首もの歌をつくった。こんな歌もある。

つれなくも稲佐少女はことさらに酸《す》き木の実をわれに与ふる

なにか私には、鷗外の「うた日記」にみられる「黄金髪ゆらぎし少女」のイメージと重なって感じられる。鷗外は日露戦争の露営中に、若きころ、ドイツ留学中に知りあった少女のことを思い起こした。五人づれものちに長崎のことをよく思い起こし、寛や勇は再びセンチメンタルジャーニーを行っている。白秋も「あの懐しい長崎」といい、あの旅では「殆《ほとん》ど毎夜のように酒にも女にも親しんで来た」と書いている。二十そこそこの青年が四人、最高齢の寛ですら三十代半ばだから、花柳の巷に足が赴くのをとがめ立てはすまい。しかし謹厳な平野萬里や太田正雄はどんな顔でつきあったのだろうか。

三十六、京の山、大原女

これは嵯峨野に行った記録である。人力車で二条の停車場へ駆けつけた。「汽車はあたかも出でんとしている。同行の武田夫人が改札口に走り寄って『汽車を出すのを待っておくれやす、今切符を買うていやはりますさかい』と声を掛ける。汽車は笛を鳴らした後だが凝《じつ》と待ってくれる。どこまでも京都は呑気だ」京都弁が正確で、「嵯峨鉄道が私線の時分には煙火《はなび》などを揚げて納涼客のために特別列車を出した」と書いていることからも京をよく知る寛の筆であろう。

嵯峨野駅から嵐山へ、「花よりだんご」の店で休憩、渡月橋を渡る。「いつ見ても嵐山の眺めはこの橋の上に限ると思う」。温泉宿の手前を左折して、さらに山に登る。一里ほど歩いたろうか、「大悲閣《だいひかく》」に辿《たど》り着く。江戸時代の豪商角倉了以《すみのくらりょうい》が大堰《おおい》川の開削工事で命を落とした人々を弔うために、嵯峨の中院にあった千光寺を移した。「大悲閣の懸崖に突き出した楼上、遥かに京の市街や東山を望んで語る。下から吹上げる川風に、浴衣の袖は羽が生えたように翻える」。寛、正雄、勇の残留三人組はここで一時間ばかり午睡をした。あまり涼しいのでくしゃみをして目が覚めた。私は嵯峨野の船着き場から小舟でさかのぼり、大悲閣までの山登りをした。
山を降り、また「花よりだんご」の店で午餐《ごさん》を済ませ、二時半の汽車で京都に帰る。そして詩人薄田泣菫《すすきだきゅうきん》を「上京《かみぎょう》の下長者町室町西へ入る」に訪ねる。京都の地名はなんとわかりやすいことだろう。そして昔と変わっていない。ここは御所の西で、蛤御門の近くである。泣菫は島崎藤村、土井晩翠の後に続く詩人だったが、大正に入ると「茶話」など随筆に転向し、新聞社に勤める。病後だと聞いたわりに元気そうで「この秋に入《い》って続々新作を出されるそうだ」。まさにその明治四十一年（一九〇八）にこんな詩がある（『泣菫詩抄』昭和三年）。

大原女

行へ語れな、大原女、
歯朶《しだ》の籠には何盛《も》れる、
京の旅人渇けるに、
木の実しあらば与へずや。

君が跡ゆく尨犬《むくいぬ》の
名は「斑《ぶち》」とかや、善き名なり、
斑も木かげの欲しと見る、
しばしやすらへ、なう少女《おとめ》。

籠を木にかけ、野に伏して
鄙歌優にうたひなば、
都女《みやこおんな》の数寄《すき》こむる
鬢の風情をかたらまし。

泣菫と話は尽きないが、三人は宿へ戻り、四条通で買い物をする。寛は東山大谷の両親の墓に詣でた。一同それに付き合い、その後清水《きよみず》へ出て、清水寺の舞台から入り日を見る。
「暮方の薄暗い中で、白い衣を着て御禱《おいのり》をしながら滝に打たれている二人の行者を見たのは何となく神々しかった」
清水坂で人形を買ったり、勇と正雄は舞妓の絵葉書を買う。宿に戻って荷物を持ち、四条川端の武田氏宅で晩餐。その足で京都駅に向かう。

四条から五条、駅は七条である。今の巨大な京都駅からは想像もつかない、小さな駅であった。停車場、すてーしょんと呼ぶ。そこには泣菫が見送りに来ていた。三人が乗ったのは夜行で、寝台はまだない。「また荷物の生活をしなければならないのか」と嘆く。人間が荷物になって運ばれるのだ。なるべく広く席を取って「寝るに限る」。しかし揺り起こすものがいて、警官だった。もう寝られない。前年に鉄道は国有化されたところである。一番速い列車も特急とはいわず最急行といい、このころ神戸〜新橋が十三時間十分と短縮された。

帰りの夜汽車からは、ほうき星が見えた。黎明《れいめい》、おそらく正雄がつくった詩。

鉄路を軋《きし》れ、食堂は
朝餉《あさげ》の用意ととのはず、
はた入りにたる少人《しようじん》の
二人に覚めず、夜の夢。

翌日八月二十二日の昼頃、三人は東京新橋に着いた。これは白秋の白仁勝衛あて書簡から明らかである（九月三日付）。最後の二十九回「彗星《すいせい》」の記事は九月十日付で掲載された。

彼らは、キリシタン、バテレンの夢の国から現実の国へ帰ってきてしまったのであった。

三十七、その後の五人、そして野田宇太郎のこと

夢の国から帰ってきた若者たち。その後どうしたか。

その年の十月、十一月の「明星」にはさっそく、杢太郎や白秋、勇らがこの旅に取材した詩が載った。杢太郎は、旅仲間が即興で詩を作るのに驚き、刺激された。

翌明治四十一年（一九〇八）の一月、北原白秋、吉井勇、太田正雄の三人を含む若手七人が新詩社を脱退した。「僕はとうから新詩社を見限ろうと思っていた」「僕はすっかり与謝野氏の人格がわかった。あの人は詩人ではない」と北原白秋は友人高田浩雲へ書いている（一月十五日付）。そのあとに、脱退組は与謝野を「ハッバス・ダアダア」と断じた、とあるのは興味深い。これは『即興詩人』に出てくる、イエズス会学校の守旧派教師の名である。ラテン語ばかりを重んじ、イタリア語で書かれたダンテの『神曲』をさげすんだ。つまりこの場の人はみなこの小説を読んでいて、共通理解があったことになる。

十一月、「明星」は百号をもって終刊。終刊号には上田敏や森鷗外、薄田泣菫らが九年間にわたる努力を労《いたわ》って原稿を寄せた。ここに寛は、

わが雛《ひな》はみな鳥となり飛び去んぬうつろの籠のさびしきかなや

と嘆きの歌を詠んだ。かわいがって育てた若者たちだったのに。明治四十三年の歌集『相聞《あいぎこえ》』には九州旅行に題材をとった歌もある。

ころべころべころべとぞ鳴る天草の古《ふ》りたる海の傷《いた》ましきかな

これなど見事な「南蛮文学」といえよう。潮騒《しおさい》が棄教を迫るように聞こえる。失意の寛を見かねて妻晶子が奔走し、明治四十四年に渡仏。ロンドン、ウィーン、ベルリンにも赴いた。寛の不振は続き、大正四年（一九一五）の総選挙に京都から出馬、落選。大正八年に森鷗外の推薦でようやく慶應大学文学部の教授に就任した。

育てた弟子の中には、閔妃暗殺計画の同志、堀口九万一の息子、のちに詩人となる堀口大學もいる。大正十年には、和歌山の山持ちで、大逆事件で刑死した大石誠之助の甥、西村伊作の依頼により、御茶ノ水に文化学院を創設、文学部長となった。翌年、鉄幹を

変わらず庇護した森鷗外が死去。そのとき団子坂上観潮楼に駆けつけている。

先生のやまひ急なり千駄木へ少年の日のごとく馳《は》せきぬ

こうしてみると、人口に膾炙《かいしゃ》する歌を多く持つ妻晶子に比べても、与謝野鉄幹の歌は公平にみて劣らない。

平野萬里は、四人の弟子の中では唯一、「明星」を脱退しなかった。この九州旅行の半年後、鷗外の観潮楼歌会の世話役をつとめた。大学卒業後は横浜硝子に勤め、満鉄中央試験所の技師に転じ、大連に赴任。それまで森鷗外の庇護のもと、勇、石川啄木らと「スバル」を編集し、大正に入るとドイツへ留学した。大正十年、第二次「明星」に関わり、鷗外亡きあと、与謝野寛、木下杢太郎とともに最初の森鷗外全集の編集にも携わった。鷗外も行けなかったイタリアを旅行した萬里にはこんな歌がある。

アルプスに大雪降る日イタリヤに今越え来つと消息を書く
夜暗く汽車の行方を記したる板にロオマとあるが悲しき
ヱスヰオの烟《けぶり》のあとを追ひながら耽ける思ひを運ぶ船かな

太田正雄は、「明星」の十、十一月号に、九州旅行に着想を得た話と、スケッチを太田正雄名で載せている。とてもいい。明治四十一年には白秋、萬里、勇らとさらに「方寸《ほうすん》」による美術系の人々、石井柏亭、山本鼎、森田恒友、倉田白羊らと「パンの会」を結成、主に、隅田川の見える下町の料亭「第一やまと」「三州屋」「永代亭」などで、耽美派、象徴派の集合を持った。パンとは牧神の吹く笛のことである。ここには袂《たもと》を分かったといえども与謝野寛、『海潮音』の訳者上田敏、欧米の旅から帰った高村光太郎、永井荷風、彫刻家荻原碌山《おぎわらろくざん》、若き谷崎潤一郎などが姿を見せた。

さらに「スバル」の編集を手伝い、また白秋や長田秀雄と「屋上庭園」を出す（二号で終わる）。上田敏の洋行壮行会で鷗外と出会い、爾後《じご》、文学と医学を極めた人として、生涯尊敬は変わらなかった。鷗外の禁欲、努力、潔癖を範とした。

太田は旅から帰って木下杢太郎の筆名で、南蛮文学の嚆矢《こうし》とされる戯曲「和泉屋染物店」「南蛮寺門前」を書きながら、医学の研究に励んだ。

北原白秋はこの九州旅行から最も大きな実りを得た詩人だろう。白秋が鷗外と会ったのは、杢太郎より早い。歌を作っていたため、観潮楼歌会に招かれた。明治四十二年に第一詩集『邪宗門』を出して、声名を確立した。その頃、「パンの会」に参加した人々は「空に真赤な雲の色、玻璃《はり》に真赤な酒の色、なんでこの身が悲しかろ」という白秋作詞の歌をみんなで歌ったという。

しかし、翌年には仲間を迎えた柳河の実家の酒屋がいよいよ破産、人妻松下俊子との姦通事件で未決監に拘置された。その後、離婚した俊子と晴れて結婚するも、家族との折り合いが悪く破綻、大正五年には第二の妻、江口章子と再婚する。

まるで杢太郎とは対照的な航跡で、二人の交際は、いったん大正の四、五年で途絶えてしまう。「屋上庭園」の後、白秋が発行した詩誌の名は「朱欒」、これで「ざんぼあ」と読ませるが、この果物の名も明治四十年の九州旅行で拾ったものだろう。さらに家業挽回のため、大正四年、弟鉄雄と設立した出版社は阿蘭陀書房という。白秋も鷗外を生涯尊敬し、千駄木の観潮楼をしばしば訪れた。白秋の、

夕近し沙羅の木かげに水うてと先生呼ばす馬を下りつつ

には、役所から帰る鷗外の様子がいきいきととらえられている。大正十一年七月、鷗外死去の報を聞くと、観潮楼に駆けつけ、通夜の寄せ書きに一書を残す。

吉井勇は早稲田を中退、「パンの会」に加わり、「スバル」の編集に携わるなど、白秋、

杢太郎と歩みを共にする。明治四十二年、戯曲「午後三時」を坪内逍遥に激賞された。ある時、本郷を歩いていた勇は後ろからポンと肩を叩かれる。振り返ると軍服姿の森鷗外だった。柳橋の会合から帰るさい、本郷三丁目で市電を待っていたのである。「やったね」という微笑を勇に向けた。脚本家として仕事をしながら、明治四十三年刊の第一歌集『酒ほがひ』によって認められた。この歌集の名に示されるように、酒と遊里の詩人として一生を生きた。

さらに長い時が経った。五人の軌跡はかなり違う方向にずれていった。

与謝野鉄幹は第二次「明星」についで「冬柏《とうはく》」を主宰した。昭和七年（一九三二）、大阪毎日と東京日日の両新聞の「爆弾三勇士の歌」の歌詞公募に応じ、一等入選を果たす。昭和十年に死去。六十三歳。これで戦時中を生き延びていたら、どれほど戦争に協力をしていたかわからない。

平野萬里は早く妻に死なれたあと、在欧時代にイギリス婦人と再婚して一児を得たが別れ、のちに再々婚してまた一児を得た。その平野千里氏によって二〇〇四年、『平野萬里全歌集』（砂子屋書房）が出された。帰国して農商務省のエンジニアを全うする傍ら、創作や翻訳に傾注した。与謝野夫妻を経済的にも支え続けて、戦後の昭和二十二年没。

木下杢太郎（太田正雄）は、皮膚科を専攻し、大正五年から南満医学堂教授となって仲間を離れたが、広く興味の赴くところ、中国時代には中国語の習得と石仏寺院などの美術史研究を行った。さらにパリやリヨンに留学、「五足の靴」時代の不学を痛感し、かの地でも南蛮文献を収集した。

その後、東北帝国大学教授に着任、昭和四年に『えすぱにや・ぽるつがる記、及び初期日本吉利支丹宗門に関する雑稾』を岩波書店から出している。大学教授としては、思想弾圧を受けた学生を「鷗外の会」でかばい続けた。大逆事件に怯《ひる》まず、「沈黙の塔」「食堂」を書いてひそかに政府批判を行い、死刑囚らの弁護人であった平出修のブレインとなった鷗外その人のあとを行ったといえる。

昭和十二年、東京帝国大学教授に着任、同じ皮膚科の医師である小野友道氏によれば、太田正雄はハンセン病の権威としては一貫して化学療法を主張して、隔離政策には反対した。また「太田母斑《ぼはん》」の発見、カビによる皮膚疾患、ダニやクモによる「動物寄生性皮膚疾患」などでも多大な業績を上げたという（小野友道『太田正雄&木下杢太郎――医学の業績、そして五足の靴』杢太郎会シリーズ第25号）。

鷗外の『青年』の体力知力ともにすぐれた医学部生、大村荘之助は太田正雄がモデルだといわれる。『雁』で妾《めかけ》奉公のお玉に思いをかけられる学生岡田のモデルにしたともいわれる。

実際には次姉の夫の前妻との娘である河合正子と結婚、五人の子の父となった。勤勉に研究を続けた父は怖い人であったと、子息はいう。「本当は文学をやりたかった」という無念は杢太郎の心に宿り続けた。

戦争末期の東京には実験用マウスの食料もなく、杢太郎も東大構内のたんぽぽやはこべを抜いて食べた。昭和二十年の一月、千駄木観潮楼焼亡の報を聞いた杢太郎は、すぐさま、本郷西片町の家から現場に急行している。しかし病魔はすでに彼を冒していた。入院の際、何の本を持っていくか、選んでいた姿を、最晩年に会った野田宇太郎は目の底に残した。昭和二十年十月十五日没、六十一歳。

北原白秋は、大正の末には自由主義の子供雑誌「赤い鳥」の童謡の選者を務め、「からたちの花」「トンボの眼玉」「ペチカ」「この道」「あわて床屋」「城ヶ島の雨」など自ら作った童謡は今も歌われている。また山田耕筰と組んで、多くの校歌や応援歌も作った。このように国民的詩人となったせいで、「皇太子さまお生れなった」の奉祝歌を委嘱されたり、「万歳ヒットラー・ユーゲント」「ハワイ大海戦」「皇軍行進曲」「海道東征」など、戦争礼賛の作詞も多く手がけた。昭和十七年に五十八歳で亡くなったため、戦争協力についてはあまり問われていない。

やさしい抒情詩《じょじょうし》をたくさん作った白秋の女性関係は複雑であった。松下俊子との姦通で捕まり、二度目の妻江口章子の姦通を疑い、三度目の佐藤菊子になってやっと家庭は収まった。それ以前、谷中や私の生まれた動坂に住んだ人であり、同じく五十三歳で目を病んだ人である。永らく白秋晩年のロイドめがねは伊達《だて》だと思ってきたが、あれは糖尿病と目の使いすぎから来る眼疾であったと知り、私は同病の憂いを白秋に感ずるようになった。

吉井勇は父の負債、妻の不倫などに悩みながら、歌行脚を続け、昭和九年からは高知県香美《かみ》町猪野《いの》々に隠棲、その家、渓鬼荘は今も残り、吉井勇記念館も建てられている。華族の柳原徳子と結婚したが、昭和初期、妻の不倫により離婚、いわゆる「不良華族事件」である。しかし勇の方も遊里に流連していたので妻のみが責められるべきではない。のち国松孝子と再婚した。のち、京都市左京区北白川の銀閣寺の近くに住み、昭和三十五年、七十五歳で亡くなった。五人の中ではもっとも長生きだった。

「五足の靴」は長らく忘れられていた。発掘したのは、文学散歩というジャンルを切り開いた野田宇太郎である。二〇一一年の旅では、小郡《おごおり》市にある野田宇太郎文学資料館を訪ね、資料を入手した。「五足の靴」発見者である彼について、書き留めておきたい。

私が彼の名前を知ったのは、地域雑誌「谷中・根津・千駄木」を始めて以来、野田宇太郎の「東京文学散歩」シリーズを読んだことが始まりだ。私の街についてすでに調べている人がいたのだ。しかも小学生の時から利用している一九六二年創立の鷗外記念本郷図書館も、宇太郎らの尽力で作られたと知った。

また、その近くにある、明治二十年代に鷗外が、三十年代に夏目漱石が住んだ通称「猫の家」が日本医科大学の拡張によって取り壊されることを憂え、愛知県犬山市の明治村への移築保存に協力した。それより前には、樋口一葉二十五歳の終焉地である本郷区丸山福山町四番地に、平塚らいてう、岡田八千代、幸田文などを煩わして「終焉の地」の碑を建てた。写真で見ると抒情詩人というよりは、もっと活動的で明るい顔をしている。

野田宇太郎は、明治四十二年、すなわち、五人の旅人が九州をのし歩いた二年後に、福岡県小郡市松崎に生まれた。両親に愛された一人っ子だったが、早く母と父を亡くし、昭和四年、上京して早稲田大学第一高等学院英文科に入学するも、病を得て帰郷している。

二十歳の頃から文芸に専心し、多くの雑誌に関わった。生活のため、書店を開いたり、久留米市役所に勤めたりしたが、昭和十五年、上京して、小山書店に勤める傍ら、詩集を出し続けた。その後は編集一筋で、第一書房、河出書房、東京出版などに勤めた。戦後の二年ほど「芸林閒歩」を出した。これは戦中、晩年の木下杢太郎に出会い、傾倒したことによる。「芸林閒歩」とは木下杢太郎の著書の名である。

昭和二十二年頃からは、建築家の谷口吉郎とともに、馬籠《まごめ》の藤村記念堂建設に携わり、木下杢太郎や北原白秋の生家の保存に尽力した。開発によって壊される建物を移築保存することを考えたのも彼であり、名古屋鉄道株式会社の資金提供で博物館明治村が創設され、初代村長は谷口吉郎がつとめた。今なら私たちは現地保存を一義とするが、それが難しい場合は緊急避難としての移築保存もやむを得ない。おかげで前述した鷗外、漱石の住んだ千駄木の家、石川啄木のいた本郷喜之床や、向島の幸田露伴の蝸牛庵なども、現在、明治村に見ることができる。

よく考えれば、この三十年以上、東京の建築物の保存・活用をしてきた私にとって、野田宇太郎は先達といえる人である。ただ、男性である宇太郎は、日本中を自由に旅して「文学散歩」なる旅人のジャンルを開発したが、女性である私は、狭い谷根千という街に定着して、子どもを育てながら聞き書きという手法で土地の歴史を掘り下げてきた。また著名人士の記念館や碑を建てるよりも、普通の人びとの生き死にを紙碑にしようとしてきた。

そうした違いはともかく、野田宇太郎のような人がいなければ、文学も作家も、また忘れられてしまうに違いない。彼は晩年になって『日本耽美派文学の誕生』で芸術選奨文部大臣賞、ほかに九州文学賞、紫綬褒章などを受け、また先述の野田宇太郎文学資料館が故郷小郡の図書館に併設された。

明治四十年の新詩社「修学旅行」はまさに、翌年に「明星」が終刊になり、文字通りの最後の修学旅行になってしまった。しかも、その頃、東京と九州の田舎(あえてこの言葉を使いたいが)には暮らしむきも含め、相当の懸隔があったのである。暮らしの貧しさ、旅館の汚さ、道の悪さ、裸の男たち、旅人を待つ娼婦《しょうふ》たち、五人づれも閉口したに違いないのだが、それこそが旅情や、異国情緒でもあったのだ。新幹線や飛行機の恩恵を受け、彼らを追う旅をしながら、私は失われたものに慕わしさがつのる自分を抑えかねた。

『五足の靴』をゆく

「明星」終刊を受けて生まれた
「スバル」（六号、昭和四十二年六月）。
表紙は和田英作

白秋の第一詩集『邪宗門』
（明治四十二年刊、写真は昭和二十三年版）

【文庫付録】

再び『五足の靴』をゆく

～世界文化遺産の地を中心に～

付録一、天草再び　二〇一九年

◆『五足の靴』に魅せられた天草の短歌大会

二〇一九年、『「五足の靴」をゆく』を上梓した翌年、天草市の主催する「五足の靴顕彰全国短歌大会」に招かれることになった。

大正元年（一九一二）生まれの高校教師、故濱名志松さんは「五足の靴」のきわめて早い研究者でもある。長年、天草で教職にあった。残念ながらこの世で会うことはかなわなかった。短歌を趣味とされる方でもあって、五人の旅人のうち与謝野鉄幹、吉井勇、平野萬里は歌人であり、詩人北原白秋にも歌集はあることから、天草で『五足の靴』を記念する短歌大会を発起したということらしい。二〇一九年で三十四回目であった。

◆下田温泉五足の靴文学遊歩道

福岡空港から飛行機で天草に入る。福岡空港は豪雨で、小さなプロペラ機みぞか号は、計器に不具合があるということで少し待たされた。飛ばなかったらどうしよう、という気持ちと、こんな天候で飛んではかえって心配だという気持ちが交錯した。結局、五十分遅れで飛行機は小さな小さな天草空港に着いた。今までに経験したことのない揺れで、窓からは雲しか見えない。まるで飛行機が地面に突っ込んでいくような着陸だった。

迎えに来てくれた短歌大会実行委員長の梅本健三《うめもとけんぞう》さんが、雷鳴の中、今夜の宿の下田温泉まで車を飛ばす。暗い空には時々ピカリと雷が光る。左側の路肩は冠水して見えない。右側は海。なのに梅本さんはのんびりと「昔、この右側の海にバスが落ちてずいぶん亡くなったとです」などというからなおさら怖い。富岡稲荷神社の宮司さんらしい。「神社は今どき暇なもんで、こんな役を仰せつかって」という。

髪がふさふさで、鼻も高い。長崎には彫りが深くて美しい人が多いですね、と水を向けると、「ああ、うちの先祖は鹿児島から来とるたい。島原の乱でこの辺、人口が減りすぎたばってん、薩摩や唐津からの移住者が多かったとです」という。へええ。たしかに三万人も殺されれば、新たに土地を耕す人が必要だ。

今は皆さん、なんで暮らしておられますか。「農業では暮らせまっせん。魚も最近はようとれん。レタスの栽培は盛んです。それとほらそこに見える火力発電所。これで熊本の電気の六、七割はまかなっとります。富岡には老人施設や病院も多いです」とのこと。そういううちに今日の宿、下田温泉「伊賀屋」に着く。ホッとした。

着物姿の仲居さんが「先にお風呂にいらっしゃい」というので、十五分ほどの烏の行水。ぬめりのある湯で少し黄色っぽい。露天風呂は雨だれで頭が濡れたが、構うことはない。

湯上り、ビールと地酒を頼む。食事は必要かつ十分な量である。イカの寿司と刺身が出た。「うちはもともとイカを扱う海鮮問屋イカ屋だったもんで」。そうか、伊賀屋でなくイカ屋か。タイやカンパチもシコシコと歯ごたえがある、レタスと豚の小鍋がおいしい。つゆが少しスモーキーに感じられる。「ダシを丁寧にとってるんですよ。この豚は天草の豚でロザリオ・ポークといいます」と仲居さんがいうので、豚がロザリオ（数珠）を首にかけ祈る姿を想像し、クスクス笑った。最後になんと伊勢海老《えび》の味噌汁《みそしる》が出る。細い足の一本一本にみっしりと身が入っている。少しも残すまじと丁寧に食べていたら、「ここまで食べられたら、海老も本望ですたい」と仲居さんが呆れた。

翌朝、六時に起きて町を散歩する。酒屋、美容院、スナック、郵便局、スーパーなど一通り暮らすのに必要な店は揃っている。下田温泉神社にはオレンジ色のきれいな天草石が敷き詰められていた。ご飯がおいしい、生卵も採り立て。朝ごはんの後、主人の山﨑博文さんが出てきた。あれ、以前お会いした「石山離宮 五足のくつ」のオーナーではないか。かつての青年実業家も十五年経って落ち着いたご主人になっていた。

「両親がやっていたのが伊賀屋で、僕は六代目ですが、自分の宿をやってみたくて石山離宮を作ったんです。五人づれが来た時、昼ごはんを食べて昼寝したというのはこの川の向こうにあった西条屋の二階ではないですかね。その頃は下津深江といい、温泉は売り物ではなかった。昔は河原に湧く村湯のようなもので、病気やできもののある人が入ったもので、一般の人は湯に入る風習などなかった。一時、旅館も増えましたが、このところ十軒で安定しています」とのこと。私は石山離宮より町中の伊賀屋旅館のほうが性に合う。最初に来た時より、町並みは整備され、足湯もできた。

そこに短歌大会参加の皆さんがバスに乗って見えた。これからバスで五人の跡を訪ねようというのだ。五人が下津深江から歩いた道筋が「五足の靴文学遊歩道」になっている。市役所の赤星さんの先導で歩く。

「昨日の豪雨の後で滑りやすくなっていますので、今日はほんのさわりだけです」。展望台まで行って、青い空とはいかないが、広い海を見渡す。「こっちの方向が上海です」と指差す。

バスには現地の実行委員も乗っていて、地元の野口真澄さん、山下多恵子さんなどが、あれこれ解説してくれる。「今、国道３８９号の工事をしていて、昔の棚田の石垣が見えて懐かしか。また壊されるとですが、耕して天に至ると言われた先人たちの汗の結晶です」「ここで取れる天草陶石は有田焼の原料ですが、遠くまで運ぶよりここで焼いたほうがいいというので、天草焼ができました」。妙見浦、鬼海ヶ浦、白鶴浜という地名も教えてもらう。「この辺では松の油をとってランプをつけていました」に続けて、「木村拓哉さんがよくサーフィンに来られてますよ」と話が突然現代に飛ぶ。

大庄屋こと上田家に着いた。七代目の上田宜珍《よしうず》は天草陶石に関する著書もある。一八〇六年、文化時代にここで「二度踏み」という厳しい宗門改があった時、潜伏キリシタンはこの辺だけで五千人もいたのに、上田家は殉教者を出さなかった。異教徒ではなく、宗門心得違い、ということで丸く収めてしまったという。「住民が五千人も減ったら大変ですもん」と地元の方の解説。そりゃそうだ。

◆「五足の靴」の宿、高砂屋から﨑津教会へ

昭和七年(一九三二)、与謝野鉄幹は晶子と末娘の藤子を伴い、天草を再訪、上田家に泊めてもらった。その時に詠んだ歌。

なつかしき天草の土に口づけて
二十五年を経てまたもきぬ　　鉄幹

西海の秋風ぞ吹く萩たれて
　わが客房の前の池にも
　　　　　　　　　　　　晶子

鉄幹は昭和十年、晶子は昭和十七年に亡くなっているから、晩年と言ってよい。

明治四十年、五人のうち、足早の鉄幹と杢太郎は先に到着、杢太郎はさっそく上田家で古い文書を借り、勉強に勤《いそ》しむ。足弱の白秋たちは後から来て「今日はここへ泊まりたい」と弱音を吐く。いや先を急ごう、と大江を目指して出立したのはよいが、山で道に迷い、心細い思いをした。挙句、犯罪者を追跡中の地元の駐在さんに出会って道を聞き、一行は無事、高砂屋に宿を求める。

入口に「五足の靴、ここに泊まる」と書いた石碑が建ち、そこをサワガニがごそごそと這《は》っていった。

バスツアーのお昼ごはんはチャンポン。大好き。キクラゲも入って大変おいしいが、何しろすごい量で、無芸大食の私でも二割ほど残した。

この集落には故濱名志松さんの家もあり、息子さんが「濱名志松五足の靴文学資料館」を守っておられるので挨拶を兼ねて訪問。濱名先生は戦争に行った時に北原白秋の『邪宗門』を携え、軍隊の殺伐を乗り切ったそうである。吉井勇からの手紙も何通かあり、司馬遼太郎さんも『街道をゆく』では郷土史家の濱名先生を頼りにされ、一緒にお風呂も入ったとうかがった。

さて、二市八町が合併して天草市になる前、天草には分校も入れて百二十もの学校があった。それが合併で六十一に減らされ、現在は三十しかないと、元教師の参加者が教えてくださった。ところどころに廃校が見えた。さらにバスは走ってカトリック﨑津教会へ。

ガルニエ神父がおられた目的の大江教会は残念ながら現在修復中で寄れず。この人は仏教徒だが、二十代から九十代まで七十年近く、昭和初期、鉄川与助の設計。この人は仏教徒だが、二十代から九十代まで七十年近く、天草、五島、長崎に石造、煉瓦造、木造のさまざまな意匠の教会堂を建てた棟梁だ。

五人づれが来たときは、まだ現在の立派な大江教会も﨑津教会もなく、もっと小さなお堂があったはずだ。はるばる東京から来て、富岡から八里、三十二キロの道を歩いて大江教会まで至ったのに、メタル（メダリオンといわれる身につける金属製の装飾品）や十字架を見せてもらい、ガルニエ神父と一時間くらい話して、大江から船で牛深《うしぶか》へと向かっているのは、いかにももったいない。大江発午後二時の船に乗らなければ、その後の予定が狂ってくるからとはいえ。途中、﨑津から木下杢太郎が葉書を出しているのは、上陸したものか、それとも船頭さんに投函を頼んだものか。

私たちは﨑津から小さな船に乗り、海上から岬の突端にあるマリア像を見学した。なんでこんなところに建ててあるのかしら。案内の船頭さんに聞くと「信者である漁師たちは、教会に通う暇がない。朝早く船を出すとき、漁をして帰るときに、この像に祈った」そうである。この船頭さんは「熊本のキリシタン関連では唯一、﨑津が世界遺産になったけれど、それは﨑津教会の建物じゃないんですよ。根引と言って、ここから見える集落に残った潜伏キリシタンの暮らしという無形文化が選定されているんです」とまことに正確な解説をしてくださった。

◆天正遣欧少年使節団が持ち帰ったグーテンベルクの印刷機

徳川二百六十年の禁教時代、神道や仏教も信じながら、同時に潜伏して密《ひそ》かに納戸などを祈りの場に改造したキリシタンの人々は、明治六年（一八七三）の解禁後、来日した神父を軸にカトリックに帰依する。帰依しなかったものを「離れ」と呼び、教会に結集せず、禁教時代の独特な祈りと儀礼を守り続けたものを「隠れ」と呼ぶ。大江に来られたガルニエ神父もパリ外国宣教会から派遣されたカトリックの神父だが、最初﨑津と兼務し、両方の教会を行き来するのでここを「神父道」と呼んだそうだ。

世界遺産になって整備が進み、﨑津には「﨑津資料館みなと屋」という観光施設ができていた。白蝶貝《しろちょうがい》でできたメダイ（メタル）や、柱の中に隠されたマリア観音などの展示があった。その近くには昔は紋付屋という旅館があり、林芙美子や司馬遼太郎も泊まったそうだが、いまは廃業して芝生広場になっている。林芙美子は﨑津を「天草で一番好きな港」といい、「ここの神父さんは仏蘭西《フランス》人で、もう五十年近くも日本にいるのだという」（「天草まで」「婦人公論」昭和十二年十月号）。林芙美子が訪ねたのは昭和十二年、これはガルニエ神父のことにちがいない。まあ、土曜日にしてはそう観光客は多くない。ちょうどいい感じ。

本渡に向けてさらにバスは走る。土地の人の解説が入る。「ここにナザレというチャンポン屋さんがありますよ」「ここは大分に病院を開いたルイス・デ・アルメイダが上陸した土地です」。天草ロザリオ館には寄る暇がなかったが、敷地内に建つ平野萬里と木下杢太郎の詩碑を見ることができた。天草コレジヨ館では、ボランティアの方がハープシコードで「千々の悲しみ」という美しいバロックの曲を弾いてくれた。楽器の蓋の裏には﨑津の景色が書かれていた。館長が、ここにあるグーテンベルクの印刷機、それで刷られた天草版の『イソップ物語』のことを説明してくれた。

「天正の遣欧少年使節、八年五カ月かけたこの旅は、日本にあってイエズス会が資金難に苦しんでいたので、資金調達の旅でした。有馬のセミナリヨで学んだ容姿端麗で言葉もできる四人の少年は、スペインのフェリペ二世やローマ教皇に謁見し、その礼儀正しさや真面目さ、気品のある様子から熱烈な歓迎を受けました」

そして持ち帰った最大のものがこの印刷機、さぞ重かったろう（現在陳列されているのは複製）。これで『イソップ物語』など天草版の書物が印刷された。また見慣れぬ楽器などである。しかし、帰国した時はすでに禁教時代に入っており、四人のうち、早くに亡くなった伊東マンショ、追放先のマカオで没した原マルティノ、のちに棄教した千々石《ちぢわ》ミゲル、長崎で殉教した中浦ジュリアンと運命は分かれた。

コレジヨ（大学）があったのはどこなのでしょうか、と質問した。「場所は確定しがたいのですが、天草の領主の城とも宣教師は行き来していたことから、現在の安養寺のあたりというのと、川の堤のあたりという二説あり、堤にコレジヨの碑が立っています」とのことだった。

盛りだくさんな駆け足バスツアーが終わり、地元の方たちからたくさんの新しい知識を得た。その日は「新和荘　海心《かいしん》」という宿に投宿、旧知の丸尾焼の窯元へ行く。ここの陶器は手頃な値段でセンスがよく、訪れるたびにいくつか買って毎日愛用している。最近、若い人が家によくご飯を食べに来るので、皿と茶碗《ちゃわん》を買い足した。

丸尾焼の金沢夫妻と蛇の目寿し（私の知るかぎり最高の寿司屋の一つ）で旧交を温める。主人の金沢一弘さんは牛深のハイヤ節の継承に熱心だ。

「うちは比較的豊かな農家で、丸尾焼は私で五代目です。代々、実作というよりは監督みたいな役で、祖父はエンジニア、父は軍医でシベリア抑留に遭いました。戦争に翻弄された人生といっていいでしょう。戦地でのことは生涯口にしませんでしたね。私が本渡の小学校時代の校長が、濱田志松先生でしたよ」。へええ、どんな方でしたか。「実に温厚な紳士でした。そのころ視聴覚教育で全国で一等賞になり、市の教育長だった父と二人で東京まで行って表彰式に出席したそうです」

翌日の短歌大会は無事に終わり、今度は快晴の空をみぞか号で福岡に帰ってきた。小さなプロペラ機のみぞか号は欠航率は高いものの、天草と福岡、天草と熊本を一日五往復もしている働き者である。

「五足の靴」の旅の文学的達成は北原白秋の『邪宗門』「天草雅歌」であるのは確かだ。しかし、帰ってすぐの「明星」に与謝野鉄幹が載せた短歌を忘れたくない。

ころべころべころべとぞ鳴る天草の
古りたる海の傷ましきかな

隠れても信仰を捨てなかった人々のことを思う時、とても大事な歌に思える。

天草の教主《バアテル》さんの本堂に
わかき茂助が鐘を撞《つ》く時

という歌も詠んでいる。『五足の靴』にはガルニエ神父が従者茂助に客人のために水を汲めと命ずるところがある。茂助は年取ったじいやかと思っていたが、なんと、若者だったのだ。

『五足の靴』をゆく

五人が泊まった天草の高砂屋
（著者撮影、以下付録の写真は全て同）

高砂屋入り口の石碑

﨑津教会

付録二、世界遺産と春日集落　二〇一九年

二〇一八年、長崎と天草のキリシタン遺産が世界遺産に登録された。構成資産では長崎の大浦天主堂、五島列島は野崎島の旧野首教会や黒島の黒島天主堂、熊本は天草の﨑津集落などほとんどを見学したが、平戸市にある春日集落へは行ったことがなかった。長崎総合科学大学の山田由香里さんと佐世保で待ち合わせた。海側は再開発されてショッピングアーケードになっている。山側には古い商店街が残り、キムチや牛・豚の内臓などを売る店が多い。「この一角も前年、火事でやられてね」と町の人はいう。

佐世保は明治二十二年（一八八九）に鎮守府ができた。それ以降、海軍の本拠地だったが、敗戦後、米軍基地に置き換わって、町には米兵が出歩いている。彼らをもてなすバーもあり、佐世保バーガー、レモンステーキなどのおいしい味もあるが、今回は断念。

◆夕焼けの田平天主堂と根獅子の宿

久しぶりに会った山田さんはすっかりたくましいお母さんになっていた。前回、お会

いしたのち、結婚し、一級建築士の資格を取り、二人の男の子を育てているというから頼もしい。さっきまで大学で授業をしていたはずだが、ビュンビュン車を飛ばす。

夕暮れの田平天主堂に着く。鉄川与助が設計・施工した最後の煉瓦造りの教会。そろそろ夕日の時刻で、もう中には入れない。禁教がようやく解けた頃の小さな古いお墓がある。かと思うと、最近のものは立派な墓石で名前が金文字で刻まれている。教会に近いところに、大工の棟梁であった川原家の名がたくさん見える。うちの息子も川原という姓で大工なので、なんだか心惹かれた。お墓には造花が飾られ賑やかだ。

平戸藩六万四千石の領主は松浦家、昔は瀬戸内海を荒らしまわる松浦党という海賊だった。九代目には松浦静山という『甲子夜話《かっしやわ》』を書いた大変な文人政治家が出た。娘の愛子は中山家に嫁ぎ、その娘の慶子《よしこ》が明治天皇を産んだ。現在の内親王が愛子と名付けられた時はこの辺でも話題になったという。

夕日と競争で走る。閉まりかけの道の駅で魚や天ぷらを調達する。今日の宿、根獅子《ねしこ》町《ちょう》の古民家ゲストハウス「山彦舎」へ行く急な坂道を、女主人吉田綾子さんが誘導してくれた。宿についてホッとする。

どうしてここに移住してお宿をなさっているんですか。

「私は横須賀生まれで、夫は宮城の大河原《おおがわら》なんですが、京都の大学で知り合い、ここに移住しました。その前は京都の美山町《みやまちょう》に六年半いて気に入っていたのですが、ある時、無性に新鮮な魚が食べたくなりまして。夫が先に来て、平戸に住むぞ、というので後からついて来ました。夫は季節によって森の仕事、猟師の仕事、シーカヤックのインストラクターをしています」

今日泊まる離れは、とてもかわいらしい。

「ここは隠居所なんです。この辺の風習で、家督を譲ったら母屋でご飯を食べて、ここで寝る。寝るだけなので本当に狭いです。入口に小さな台所、あとは三畳三つ、全部自分たちで修復しました。トイレと風呂は後でつけました。コンセントも足りないので増設しました。基礎からやったので、こんなに費用も時間もかかるとは思わなかった。でも海の景色が素敵でしょ」

と綾子さんは家の使い方を教えて帰っていく。

山田さんは根獅子という集落に何度も来ました？

「ええ、最初がもう二十年も前。初めて来た時はよそ者に向ける目が厳しく、車も入れない、とても調査なんかできない感じでしたよ。今はそれほどでもないのは、逆に地域の結束が弱まったのかもしれません」

◆見合いの釣書と登録文化財の所見

さあ、女子会の始まりだ。さっき買ってきた刺身や天ぷらなど、いろいろちゃぶ台に並べる。前にお世話になった平戸の登録文化財大曲《おおまがり》家の所有者、大曲敦《あつし》さん、淳子さんご夫妻がお酒を冷蔵庫に差し入れてくださった。山田由香里さんの来し方を聞く。

「私は横浜育ちなんですが、神奈川大学の建築史の西和夫先生に師事しました。先生は長崎の出島や平戸の商館、生月島のクジラ漁の調査をしておられた。私は博士課程を出て、平戸市に専門職員で勤務しました。両親には驚かれましたが、一人で赴任して、フェリー乗り場の二階を、修復代は出すからその分の家賃をタダにしてもらう約束でお借りしました」

今回、平戸島まで来ながら、平戸オランダ商館、オランダ井戸やウィリアム・アダムスの墓などに行けないのは残念です。

「そうですね。その頃は島って狭い世界でね、男女が立ち話しているだけでも噂になる。噂になりたくないのか、私が声をかけたら後ろ向きに走って逃げた人もいました（笑）。佐世保に映画を観に行かないかと誘われて、一緒にレモンステーキを食べたら、しっかり誰かに見られていて評判になったこともありました。

一軒一軒まわって平戸で二十棟くらい文化財登録をしたんです。ある時、一人で夕飯を食べるのが侘《わび》しいな、と思ったら、友達が見合いを勧めてくれました。『釣書《つりがき》を書いて送ってね』といわれ、釣書って言葉さえ知らなかったんですが、考えてみれば、これって登録文化財の所見と同じだな、と。両親（家主）が娘（建物）の魅力や価値を再発見して、こんなすばらしいんですよ、と愛情を込めて褒めるところが似ている」

　なるほど、登録文化財の所見はお見合いの釣書ですかー。

「はい。愛情込めて所見という釣書を書き、それで国の登録文化財になるなんて嬉しいことです。渋い緑色の登録プレートはすごくいいデザインで気に入っているんですが、それが桐箱に入って届く。それで家の外の目立つところに設置する、ということになっているのに、家によっては大事に神棚にお供えしたり、床の間に置いたりしています。国の登録文化財から市区町村の指定文化財になるのは格上げなんですが、あのプレートを返したくないという所有者が多くて、現在では指定と登録の両方かけられるようになりました」

　あのプレートにある番号はなんですか。

「最初の二桁が県番号、北海道が01で、長崎は42です。そのあとは登録順の番号ですね」

　一度西和夫先生と、長崎の登録文化財所有者の会に呼んでいただきました。

「そうでしたね。おかげでたくさんの方が来てくださいました。私は平戸に育ててもらったと思っています。

登録の意義って、私、調査されることだと思うんですよ。ここにこんな建物があるということが、ちゃんと地域住民や行政、専門家に知られることです。そして地震や火事があれば文化財ドクターなりヘリテージマネージャーなりが駆けつけてくれる。それが持ち主が一人で守っていかなくてもいい、孤独じゃないという安心感につながります。なんてよくできた制度だろうと思いますね」

◆春日集落へ行く／「潜伏」と「隠れ」の違い

前に来た時に聞いた。平戸は一五四九年、鹿児島に上陸したフランシスコ・ザビエルが翌年、目指した土地である。この年、平戸には初めてポルトガル船が入港した。五年のうちに信徒は六百人を超え、特に松浦の一族である籠手田安経《こてだやすつね》、その弟の一部勘解由《いちぶかげゆ》らのザビエルへの信頼は篤かった。根獅子は一部家の領地である。これらの領地では住民の一斉改宗も行われた。

一五八六年、領主の松浦久信に嫁いできたのは大村純忠の娘のメンシア、これまた大変深い信仰を持つ女性であった。しかし翌年、豊臣秀吉がバテレン追放令を出し、禁教の時代に入っていく。守護者籠手田一族の長崎追放の後、平戸藩も弾圧に転じ、メンシアの子で領主の松浦隆信は幕命で長崎の教会堂を焼き、キリシタンを捕らえた。一六三五年、根獅子のキリシタンも多数処刑された。この根獅子の浜で斬首された者も多い。

海は血で赤く染まったと伝えられる。当地の人はだから今もこの美しい海では泳がないという。

夜十一時近くまでおしゃべりしていたので、翌朝、起きたのは七時過ぎ。家主のお子さんたちが「行ってきま〜す」と私たちに挨拶をして学校へ行く。朝食を残り物で済ませ、車で世界遺産の春日集落へ。ここは世界遺産で「長崎と天草地方の潜伏キリシタン関連遺産」の構成資産の一つだが、教会があるわけでもなく、一面に美しい棚田が広がっている。平戸市文化観光商工部の植野健治さんの話を聞く。

「私は二〇〇七年から世界遺産の登録を進める担当になりました。最初は『長崎の教会群とキリスト教関連遺産』というテーマでやっていたんです。ところが、パリのユネスコから派遣されてくる委員たちは教会の建物には関心を示さなかった」

日本では珍しいものですが、ヨーロッパに行くともっとすごい教会建築がいくらでもありますものね。ドイツのケルンやフランスのシャルトルの大聖堂は世界遺産になっています。

「そうなんです。むしろ彼らが関心を持ったのは、一五八七年の秀吉のバテレン追放令以降、徳川時代に入ってからも過酷な弾圧があったのですが、それでも信者たちは、仏教、神道の儀式も行いながら、納戸を祭壇にし、独自の神具を用い、オラショを唱え続けて信仰を守った。そのことが実にユニークだというわけです。それで『潜伏キリシタン』がテーマになりました」

以前は「隠れキリシタン」と言っていた気がします。どうして「潜伏」になったんですか。潜伏というと悪い奴《やつ》が身をひそめる、逃亡、あるいは伝染病の潜伏期間とかという印象があります。

「潜伏という言葉は先行の研究で一九五〇年代から使われており、降って湧いた新しい言葉ではありません。潜伏していたキリシタンの多くは、一八七三年のキリスト教解禁以降、カトリックに合流して教会を建てていくのです。しかし、それとは別にここ、平戸の元の籠手田領では一斉改宗があり、キリシタンが多かった春日集落や生月島には、潜伏時代の信仰のあり方を守り続ける人々がいました。これを『隠れキリシタン』と呼んで区別しています」

なるほど、仏教や神道をも信仰するのは、キリシタンであることを隠すためだったんですか。

「いいえ、仏教も信仰し、神社も信仰し、さらにキリスト教も信仰するという形態です。また日本古来の自然信仰も伝わり、海、山、島、川を神として祀るアニミズムも入っていると思います。中江ノ島や安満岳《やすまんだけ》なども信仰の対象になっています」

オラショというのはどんなものですか。

「ポルトガル語からきた、オラトリオ、朗唱ですね。旧約聖書などをもとに教義や祈りが日本語になっています」

あ、オーラルヒストリーと語源は同じ。口承の歴史みたいなものですね。それにしても世界遺産登録まで十一年かかったのですね。お疲れさまです。

「先に構成資産を一つずつ、文化財に指定して環境を整えなければなりません。そのくらいはかかるだろうと最初から言われていました。世界遺産を見ても、ヨーロッパが半数近くで、シャルトルやケルンの大聖堂をはじめ、キリスト教に関する世界遺産はすでに多いのです。今回もオーストラリアやフィリピンからカトリックの委員が調査に来ました。そういう西洋的な眼差《まなざ》しにフィットしないと、なかなか登録は難しかった。正直な感想です」

◆四百五十年続いた、独特の信仰の姿を伝える人たち

世界遺産になってどっと人が来るということはないですか。

「それ以前、春日地区を訪れる人は年間千五百人くらい、それが登録以降、年間二万人くらいになっています。それでも一日に百人も来ないので、暮らしを乱すことはありません。来ても知識がないと『棚田がきれいだな』で終わりそうなので、まずこの春日集落拠点施設『かたりな』に来てもらい、短いビデオを三つくらい見てから集落を回って

いただきます。そうしたら、ただの丘に見えるところが、昔のキリシタンの墓地の跡であり、安満岳を遥拝する聖なる場所だということもわかっていただけます」

　そんな説明を受けてから、その山々に囲まれた丸尾さまと崇められる聖なる山に登った。山頂には祠があり、真正面に安満岳が見えた。

　案内所「かたりな」の情報コーナーにある土産店でかんころ餅とあご（飛魚）の出汁を買った。隣の休憩所には年配の女性が二人いて、お茶をいれてくれた。何種類もの手作りの漬物がおいしい。

「役所内では世界遺産で物を売っちゃいけないんでは、という意見があります。県庁にもある。でもそれはいわれなき自主規制で、文化庁やユネスコはどんどんやってくださいという。たくさんの人が来てくれることで、ここの集落に少しでもお金が落ちるのはいいことだと思います。そして、接待の高齢者たちは旅人と触れ合うことを楽しみにして、生き生きしています」

　その話を聞いてホッとした。

　もう時間がない。生月島にある「平戸市生月町博物館・島の館」の「かくれキリシタン」の展示を、学芸員の中園成生《なかぞのしげお》さんの説明を聞きながら見せてもらった。

根獅子や生月では、御神体である「お掛け絵」を祀り、ロザリオを死者の顔にかざしたりし、復活祭を「上がりさま」、クリスマスを「お誕生」などとして祝い、またなりわいの中で「田祈禱《たきとう》」「雨乞い」「野祓《のばら》い」などの農耕行事も継承している。こうした信仰具が展示され、映像で行事を見ることができる。禁教時代がおよそ三百年、解禁以来百五十年、四百五十年もこうした独特の信仰の姿を連綿と伝えた力はなんだったのか、私は驚くしかないのであった。

追記

二〇二一年七月、私はまた、佐世保から平戸を訪ねることになった。コロナ流行の中での旅で、あちこちの教会はだいたい扉を閉め、拝観禁止となっていたが、二年ぶりに訪ねることができ嬉しかった。「神父様も高齢化していますしね、万が一のことがあっては」という。日本よりずっと信者の多い韓国では教会でクラスターが発生したこともあり、皆、気をつけているようだった。長崎県は感染者は少なく、その分、県外者に対しては厳しい目が向けられる。

田平天主堂の受付の方に聞いた。「ここは五島の黒島から来た三家族と出津から来た四家族の七家族で二十九年かけて準備し、黒島天主堂に負けないものを作ろうと、建てられたのです。世界遺産にならなかったのは、明治以降に建てたもので、江戸時代の潜伏の歴史がないからだと聞いています。鉄川与助のお孫さんが、いまもここの維持修復に関わってくださっています」とのことだった。

キリシタンたちは迫害を逃れて五島に来たと思っていたが、そこでも安住できず、再度、移住するケースも多かったらしい。佐世保側の九十九島の民宿「海の幸」に泊まって散歩をしたら、背後の山にキリスト教の墓地があった。神崎《こうざき》教会というところにも、赤ちゃんを抱いた妻を乗せ、夫が船を漕ぐ銅像があった。これも天草から渡ってきた人ということだった。このように、必ずしも、信者は天草や五島に安住の地を見つけたのではなく、そこからさらに、平戸や島原に渡った例もあるようだ。

春日集落をもう一度訪ねた。散策の基地となっている「かたりな」にも見学客はいなくて、増田貞子《ますださだこ》さんが一人でお留守番されていた。

「週に一度の当番なの。前にも来なさったか。あの頃は大混雑でね。外で立っている人にお茶を出せてないな、入れなくって外で立ってるな、漬物は渡ったか、と気が気でなくて、ゆっくりお話もできずにごめんなさいね」とサツマイモのお菓子とゆでたての小さなトウモロコシを出してくれた。

「私は昭和十一年生まれ、すぐ隣に嫁いできたの。うちは父が次男であまり土地を分けてもらえなくてものすごく貧乏だった。四人子どもがいて少ないほうだけど、母が四人目の時にお産で体を弱めて、ほとんど農作業ができなかった。苗さまをポンと父に渡す役目は小学校の三年から。丸尾さまは、この先にある小高い丘で、父はそこまで牛を連れて田んぼを耕しに行ったが、昔はすごくきれいな十字架が立っていたと。昔は一年に何回も、お祭りをやってたが今はそんなことはしない」

貞子さんは「わたくしは」と丁寧な話しぶりで、何にでも「さま」をつけた。

「父の生涯を考える時、生まれてきて何が良かったんだかな、辛い人生だったなと思う。いいことなんかなかったんじゃないか。この辺、空襲はなかったですが、一人息子を兵隊に取られたおばあちゃんが、飛行機が軍艦を急襲するのを見て、大声あげて泣いていたのを覚えている。

私はこの近くから嫁いできて、今は夫婦で隠居部屋にいます。ここみたいに四畳半に三畳なんて狭いところはない。だいたい六畳が二つある。だけど今の嫁さんたちはみんな勤めていて六時にならないと帰んないから、隠居どころか、いまだに私がご飯を作ってる。嫁さんは自分の稼いだものは自分で使う。いい時代になったな、私たちの頃はそうはいかなかった。でも嫁が来てくれるだけありがたい」

前はおにぎりを出していたが、コロナなのでそれはやめようということになったそうだ。春日集落は二十五軒、前より少し戸数は減り、八十代の五人だけ、洗礼を受けた人がお住まいだという。

そこから「ガスパル様」のお墓に行く。ここで殉教した神父で、彼の世話をした人たちも中江ノ島で処刑された。だから中江ノ島はこの辺の人にとって聖地となり、渡ることは許されていない。

翌日は十五年ぶりくらいに、宝亀教会、紐差教会を訪ねる。宝亀教会だけはなぜか扉が開いていた。印象的な建物だ。黒島で洗礼を受けた宇久島の宮大工が一八九八年に建てたものという。さらに根獅子の切支丹資料館と、六人が処刑されたウシワキの森にお参り。この伝説は興味深い。隠れキリシタンであった一族のところに奉公に来た少年がいた。よく働くし、気立ても良いので、長年使って娘の婿にした。もう身内だから、実はと信仰のことを打ち明けると、その婿が早速、役人に通報、娘のお腹の子どもも含めて六人が処刑された。婿はその後姿が見えず。その現場は「おろくにんさま」という聖地になり、昨今まで靴を履いて入ることさえ、禁じられていた。

平戸島にはそういうところがほかにもある。私は美しい根獅子の浜を眺めた。海水浴場になって、泳いでいる人がいる。私は海に服を着たまま足を踏み入れていった。それは今まで私が泳いだどの浜にもまして、悲しいほどに美しいエメラルドブルーの色をしていた。

『五足の靴』をゆく

丸尾さまから安満岳を望む。棚田が広がる春日集落の風景

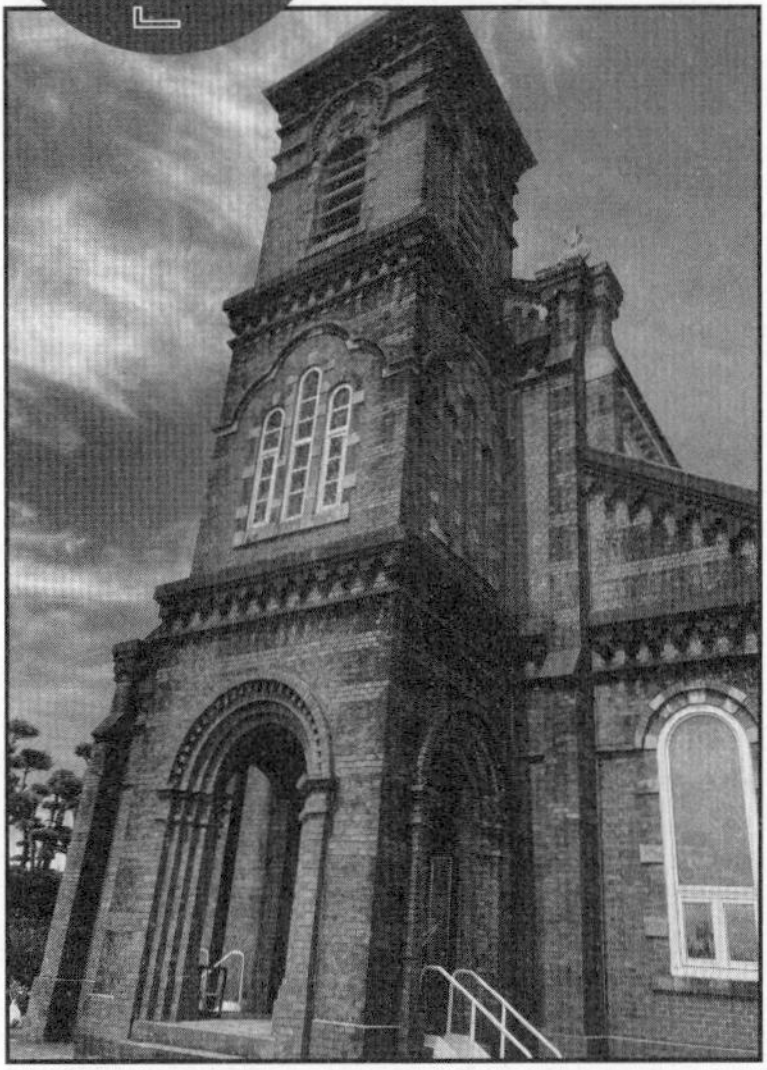
田平天主堂

付録三、外海に息づくド・ロ神父の村づくり

二〇一九年、平戸島の春日集落を訪ねた私は長崎に向かい、「JR九州ホテル長崎」に投宿した。駅前広場には世界遺産のブースも出ていた。近代化遺産と潜伏キリシタンの遺産、二つの世界遺産をPRする長崎県のパンフレットを外国人観光客が集めていた。

◆今も崇敬されるフランス人宣教師

平戸に続き、長崎総合科学大学の山田由香里さんが車を出してくれた。かつて山田さんの運転で、神奈川大学の西和夫先生と島原や天草四郎の乱の原城跡を訪ね、登録有形文化財の雲仙観光ホテルに泊まった楽しい思い出がある。建築については門前の小僧で覚えたことが多い。

今日は、外海に行く。ここには世界文化遺産「長崎と天草地方の潜伏キリシタン関連遺産」に登録された十二の構成資産のうち二つがある。出津集落と大野集落。海恋の私

には好きなところだ。

文化庁の文化財登録の会議で、私は初めて、ド・ロ神父という人のことを知った。明治・大正期に外海で活動し、没後百年経っても地元でド・ロ様と崇敬されている。彼については一九七七年に出版された片岡弥吉《かたおかやきち》『ある明治の福祉像　ド・ロ神父の生涯』がある。キリシタンの迫害の歴史に胸塞がれた後、明治以降にこられた神父の活躍を思うと少し心が晴れる。崎津教会と大江教会を兼務したガルニエ神父も、フランスの人で天草に骨を埋めた人であるが、ド・ロ神父はここ外海に骨を埋めた。

マルコ・マリー・ド・ロ神父は、パリから西に行ったノルマンディ地方のヴォスロールという村の貴族の次男として一八四〇年に生まれた。子どもの頃は勉強もできないし、とてもいたずらっ子だったという。「学校でもらった賞品は運動会のときのだけだよ」と、老いたド・ロ神父が若い神父に語ったというエピソードが残っている。

しかし父親は、勉強よりも生きる力、生活力が大事だという考えの人だった。聖十字架学院で学んだド・ロ神父は、パリ外国宣教会の印刷技術を持った宣教師の募集に応じて、全財産を持って来日。ド・ロ神父が長崎に上陸したのは一八六八年（慶応四）六月、戊辰戦争の年だった。

◆明治政府によるキリスト教弾圧

幕末の徳川幕府による弾圧と、それを引き継いだ明治政府のキリスト教徒弾圧について少し触れねばならない。

日本は幕末の一八五八年に米・英・蘭・露・仏と修好通商条約を結び、鎖国をやめて五港を開いた。長崎はその一つで、たくさんの外国人が居留地に住み始める。居留地では信教の自由が認められ、一八六四年に居留地内の大浦に天主堂が完成した。

道すがら、山田由香里さんと話す。

――一八六五年の三月に浦上の農民十五人ほどが大浦天主堂にやってきて、プティジャン神父に「私の胸、あなたの胸と同じ」、すなわち、私たちも同じ信仰を持つものです、と告白したのが「信徒発見」といわれています。神父は日本人の信者が来るのを待っていたんですね。

「居留地に天主堂ができると浦上の信者たちに伝わっていたのでしょう。浦上から船で来たようです。居留地は当時、日本人は立ち入り禁止ですから、お堂に近づくのも、相当勇気がいったと思いますね」

――それもあって、浦上村に潜伏していた信者の存在が幕府に知られ、百十四人が捕えられ流罪となり、一八六八年に各藩に送られました。これが一村総流罪の「浦上四番崩れ」ですね。その後一八七〇年までに三千三百九十四人が捕らえられて二十の藩に流罪。流刑地での待遇はひどく、拷問などで六百十三人の死者が出たといいます。

「藩閥政府の実力者、井上馨《かおる》や木戸孝允は維新後も、キリスト教は邪教で徹底的に掃討しなければならない、と思い込んでいたんですね」

――浦上四番崩れの流刑地は萩、津和野、福山などで、特に津和野藩での弾圧は有名です。当時、八歳だった森鷗外は知っていたはず。キリスト教に関心が高かったのに、このことを一言も書き残していない。それは津和野藩典医の家柄だった鷗外にとって生涯のトラウマだったのではないでしょうか。

「明治に入ってからもこうした弾圧が行われたために、各国の公使は明治政府に抗議し、明治四年（一八七一）の岩倉使節団も、各地で謁見した元首に糾弾されるんです。このままでは日本が近代国家として認められない、条約改正もできない、ということで、明治六年、政府はキリスト教解禁に踏み切りました」

生き残って浦上に帰った人々は、流罪を「旅」と呼び信仰の礎とした。

ド・ロ神父の来日は、ちょうど、浦上一村総流罪の太政官達が出た一八六八年六月七日だった。長崎でさっそく期待された印刷事業に取り掛かり、その後、横浜へ転属。そして一八七三年、浦上の信徒らが流刑から放免されたのを機にに長崎に戻り、大浦天主堂の右手にある木骨煉瓦造の旧羅典神学校（国指定重要文化財）の設計・施工に関わった。ここは一八七五年に竣工し、一九二六年に浦上神学校ができるまで、神学校の校舎兼宿舎となった。

一八七九年、ド・ロ神父は外海の司祭を命ぜられた。極貧の地であったが、信仰が強かったのは、十七世紀のバスチャンという日本人伝道師の力が大きいとされる。彼について確かなことはわかっていない。バスチャンは外海のキリシタンを励ましながら自ら森の中に隠れ住んでいたが、ついに長崎で拷問を受け、斬罪となった。今、外海にはバスチャン屋敷跡、バスチャン川、バスチャン暦などの伝承が残っている。

ド・ロ神父が赴任した外海はそうした土地柄であった。当時この地区には潜伏からカトリックになった人が三千人、ならずに同じ組織の中で信仰を生きた人が五千人いたという。これを「隠れキリシタン」または「昔キリシタン」とも言ったという。生活は貧しく、サツマイモが主食、「この人たちを救いたい」と三十九歳の神父は強く思ったに違いない。

◆外海での村づくりが始まる

十年ほど前に尋ねた時、ド・ロ神父が授産のために建てた旧出津救助院で、修道女の方がリードオルガンを弾きながら賛美歌を歌ってくださったのが心に残った。ここはド・ロ神父が、村の若い娘や海難事故で夫を亡くした妻たちを集めて、さまざまな技術を教えたところである。見学の帰りに外海の道の駅で、ド・ロさまそうめんや長崎スパゲッチーを買って帰ったのだが、すばらしくおいしかった。あの村は世界遺産となり、どうなったのか。

杞憂《きゆう》だった。旧出津救助院で伺うと、かつてのシスターはすでに百歳。引退された模様である。代わりに赤窄《あかさこ》須美子シスターがオルガンを弾いてくださった。シスターのお話。

「外海は海が荒くて漁業には向かず、土地は急傾斜で田んぼも作れません。ド・ロ神父は若い青年たちを指揮して、十七年かけて開墾し畑を作り、道路を作り、波止場を築きました。洪水の原因になった川の中の大石を撤去し、教会や救助院など建物も次々に建てました」

この救助院は一八八三年に建てられ、一階では、製粉、パン焼き、搾油、醤油《しょうゆ》製造が行われ、二階では読み書きや算術の授業、キリスト教教育もあった。若い女性たちはここで寝泊まりし、染色、機織り、裁縫に勤しんだ。濃紺の布で洋式の作業着も作ったが、それはシンプルで、今でも着たくなるようなデザインである。ここで作られたシーツ、パン、マカロニなどは、長崎の居留地に運ばれ、人気があった。

ド・ロ神父はここを「聖ヨセフの仕事場」と呼んだ。ヨセフはキリストの母、マリアの配偶者である。さらにド・ロ神父は一八八五年、鰯網工場を建て、その仕事が中止になると、建物を保育園に使った。現在の「ド・ロ神父記念館」である。ほかにも村の人々と協力して孤児院、診療所、共同墓地も作った。

フランスからやってきた若い神父はすぐに溶け込めたのでしょうか。

「それはもう、三百年近く待ちに待った神父様がおいでになったのですから。かなり厳しいことを言われても、みんな真剣に聞き、応えようとしました。

それにとってもユーモアのある面白い方だったようですよ」

それでこの地域の潜伏キリシタンは徐々にカトリックに復帰・合流していくのですね。

ド・ロ神父にここの風土は合ったのでしょうか。病気をしたりしませんでしたか。

「もともとそんなに体が強い方ではなく、特に長崎の羅典神学校を建設した時に、重い角材を運んでヘルニアを発症し、長年苦しむことになります。そして生涯独身で、七十四歳まで長生きなさいました。ここに、神父の記録簿『日日《にちにち》の帳』があります」

几帳面な美しいアルファベットで、コメ、ヤサイ、ミソなどと書いてある。購入したもの、消費したもの、支払ったお金、クチとあるのはその日、何人の人がそれを食べたかということだ。展示されている記録簿はレプリカだが、虫食いの跡まで再現されていた。女性たちはカンコロ（干したサツマイモ）を常食とし、嫁ぎ先では神父に教わったことが役立ったという。

そこへ外国の方が二人見えた。聖職者らしい。フィリピンと香港から来たという二人に、シスターは英語でゆっくりと説明する。その一人が、オルガンに近づき、賛美歌を弾いた。百年以上前のオルガンはそれに応えてよく鳴った。

私は十字軍などキリスト教の名において行われた蛮行も知っている。でもド・ロ神父の事績は土地の人にとってはまさに本当の村づくりであり、たつきの道を教え、健康の増進に役立った。その人徳が広く伝わり、アジアの都市から、決して交通の便がよいとはいえない海沿いのこの町まで人々を誘うのであろう。

五島出身という赤窄シスターは次々に来る客に説明を続ける。

「五月の連休以来バタバタ走り回って、もう少し自分を高めるために祈りと勉強の時間が欲しいですね。それでもド・ロ様を通じて神様のことをお伝えできるのは嬉しいです。長崎の方でも、ド・ロ様といっても、ああ、学校給食で出るそうめんの人か、くらいしか知りません」

ド・ロ神父は一九一四年、鉄川与助とともに設計・施工を行った大浦天主堂の司教館建築現場で足場から足をすべらせ転落、それがもとで持病のヘルニアが悪化し、翌日、亡くなった。この建物も長崎県の文化財となっている。ド・ロ神父の墓は出津の小高い丘の上にある。宗教者であると同時に、教育、建築、出版、農業、土木、医療、福祉、地域振興にその手腕は冴《さ》え渡っていた。

◆ド・ロ様を忘れない／自立する地域の人々

ド・ロ神父記念館近くのカフェ「ヴォスロール」の日宇《ひう》スギノさんの話。

「私は外海の生まれで、ここの保育園に三歳から通いましたよ。おやつにミルクとパンが出ました。役場に入った昭和四十年より前に、黒崎村と神浦《こうのうら》村が合併し、外海村になりました。現在は町ですが。カトリック信者の町長さんが、ド・ロ様の築いた文化を検証しようと、夫も同じ役場で、いろんなことを起案していったのです。

この辺の人はド・ロ様のことをよおく覚えていて、ド・ロ様があんなんしよった、こんなんしよった、と長いこと口伝えしたですからね。今では全国からカトリック系の学校が修学旅行に来ます。一番聞かれるのは『大村純忠はなんでキシリタンになったんですか』『どんな気持ちだったんですか』と。まあ、本人に聞いてくださいというほかないですが（笑）。

ド・ロ様の気持ちはわかりますね。天国に行くのはラクダが針の穴を通るより難しい、お金は自分のためには使わない、貴族という恵まれた家に生まれたらなおさら、天国で永遠の命を得られるように、この世で人々のために何かしらの使命を果たさなければいけない。そう思って来てくださったのだと思います」

私たちは崩れかけた開墾農園の作業場の跡を見たあと、大野集落へ向かった。ここは旧大村藩領である。一八九三年にド・ロ神父が設計した大野教会堂は、石の文化財というよりない。赤土を水に溶かして石灰と砂を捏《こ》ね合わせ、それを目地にして自然石を積み重ねている。これを「ド・ロ壁」という。ここで土地の素材と西洋の技術が結合した。煉瓦は佐賀の筑後川流域で焼かれていたものを調達した。柱や梁はボルトとナットで留めてある。大野教会堂は頻度は少なくなったとはいえ、今も信者の祈りの場として生きており、内部は公開されていない。この石積みの景観は国選定重要文化的景観にもなっている。

◆歴史の積み重ねが物語となって迫ってくる

帰りの車の中で、山田由香里さんと話を続けた。

――ほんと、大村純忠はなんでキリシタンになったんでしょうね。

「たしかに貿易の利益を考えて改宗したのかもしれません。しかしその後は正妻だけで、側室を遠ざけています。一方、領民にもキリスト教を強制し、一斉改宗させ、逆に僧侶や神官を弾圧しています」

――宗教はそういう過酷なところがありますね。そういえば長崎の大浦天主堂は二〇一八年四月に、入場料が六百円から千円になっていました。しかも中国からの団体客も多く、ものすごい混雑です。入場料収入を何に使うのかしら。

「世界遺産になったための整備も必要でしょうし。でも、離島にはそれこそ集落の十軒くらいで守ってきた小さな教会もあります。そういうところにお金が回るといいですね」

――大浦天主堂では、信徒発見についてはアナウンスがありましたが、浦上四番崩れには何も触れていませんでした。

「あのアナウンス、何十年と変わっていないみたいですね」と山田さんはくすりと笑った。

鰯網工場を改装したド・ロ神父記念館

『五足の靴』をゆく

大野教会堂

付録四、平戸・長崎 二〇二一年夏

仕事で佐世保まで行ったので、足を延ばし大好きな平戸へ向かう。

佐世保から車で北上し、たびら平戸口駅に着く。ここは松浦鉄道の終着点、日本で一番西の駅舎で、鉄道ファンの聖地でもある。そこから真っ赤な平戸大橋を渡る。「サンフランシスコの金門橋、ゴールデンゲートブリッジみたいだね」とアメリカ通の佐伯さんが運転しながら言う。私の最上の旅仲間だ。鉄道にも道路にも詳しく、寛容で行動の自由を保障してくれる。

今度は生月大橋だ。こちらは清楚《せいそ》な空色の橋。前回も訪ねた「島の館」で中園成生さんと再会。キリシタン迫害史の研究書を出している学芸員だ。「あれからマーティン・スコセッシ監督の『沈黙―サイレンス―』を観ましたか?」と聞くと、「遠藤周作の『沈黙』に忠実にできていましたね。もっとも最後に騎兵隊が助けに来ないからアメリカでは不評だったみたいだけど」とにやりとした。後で、佐伯さんが「粋なこと言うね。『騎兵隊が助けに来る』って西部劇の好きなアメリカ人がよく言うセリフだよ」とささやく。確かにハッピーエンドでは終わらない救いのない話だった。

生月島をぐるりと回って見た。大正元年（一九一二）建築の山田教会がある。設計はこれも鉄川与助。ガスパル様という宣教師の大きな墓がある。その人を助けた人々が平戸藩によって処刑された聖なる中江ノ島が見える。ここは隠れキリシタンが聖水を採る島でもあった。生月島は断崖、柱状節理が続き、北アイルランドの世界遺産「コーズウエイ」を思い出した。

鯨組の家「益富家《ますとみ》」の前を通る。志々伎《しじき》では「じゃがたらお春」というじゃがいも焼酎と、日本酒を両方作っている福田酒造に寄ってみた。じゃがたらお春は、ポルトガル船の航海士と長崎の貿易商の女性の間に生まれ、寛永十六年（一六三九）の第五次鎖国令でバタヴィアに追放された。蔵元の人がみんな親切で、ついたくさん買ってしまった。「かぴたん」という名前の、樫《かし》の木の樽で熟成させたまるでシングルモルトみたいな焼酎もあった。釣り人たちと話をして温泉ホテル「蘭風」へ向かう。夏休みで親子連れが多く騒がしかったが、部屋からの海の景色は良い。お風呂はトロンとしたいい湯だった。

平戸では丘の上にあるザビエル記念教会も訪ねた。下にお寺があり、寺と教会がいっぺんに見えるというので、観光客に人気のスポットである。もう一つ、三浦按針のお墓を訪ねた。オランダから極東をさして出航した船団五隻のうちリーフデ号一隻だけが豊後国の臼杵《うすき》に漂着した。命が助かった航海長のイギリス人ウィリアム・アダムスは江戸で徳川家康に謁見して、三浦按針という名を与えられ、二百五十石の旗本に取り立てられた。日本橋や神奈川に住んだのに、最後はこの平戸で没する。五十五歳。墓には妻の名もあったが、妻はここに来たことがないだろう。

丘を下ると、オランダ商館の石造り倉庫。最初に来た時は西和夫先生たちが発掘調査中だった。ここが、長崎の出島に移るまでの短い期間ではあるが日蘭貿易の舞台であり、多くの商人が行き交う世界的な交易地であった。オランダ灯台、オランダ井戸、オランダ塀などもあるが、酷暑のため町歩きができず、車を飛ばして平戸大橋を渡り、市場へ向かった。港の食堂の二階で、イカとタコの天ぷら丼のミニサイズを頼むが、味噌汁もついていたし、魚、人参、玉ねぎ、ナス、カボチャなどの天ぷらもあっておいしい。佐伯さんは車の中で市場で買ったヤリイカをかじっていた。この辺では集落のことを免《めん》と呼ぶらしい。

その先も、サムソンホテルの近くに焼罪《やいざ》史跡公園がある。ここでもイタリア人神父が一六二二年に連座の日本人とともに処刑された。至る所、殉教。かまぼこ屋がたくさんある。老夫婦がやっている小さな店で買いたいな、と佐伯さん。

◆初めて九十九島へ

田平天主堂。ここもコロナで閉じている。入口の女性の話。

「私ももう一年半はおミサに与《あずか》ってないんですよ。どこの教会も司祭様たちが高齢化しておられ、万が一、コロナに感染したら困るので」

九十九島を通って、民宿「海の幸」に到着。海風でベタベタの服を洗濯し、かんかん照りの窓の手すりに干す。眠たくなってくる。西向きの部屋なので暑い。ようやく三十分くらいで冷房が利きだした。海の風景はすばらしい。

夕暮れ、集落のキリスト教墓地に行った。「海の幸」は前のオーナーから若い夫婦が受け継いだものだそうだ。「自分はここから十五分くらいのところに住んでいて仏教徒です。この辺はみんなキリスト教の方ばかりです」

キビナゴ、ブリ、イカ、アジ、サザエ、えび、タイなどの刺身に、カレイの煮付けなど。ビール一本とお酒一合で八時半にお開き。

翌朝、今日も暑くなりそう。朝食はウィンナーとスクランブルエッグに、サバの塩焼き。ご飯がすすむ。

九時前に出発。この辺の教会を二つ三つ見る。褥崎《しとねざき》教会、神崎教会。ここは神父様が、「どうぞ一番左のドアが開いていますよ」とおっしゃってくださり中に入る。とてもきれいなモダンな教会で、崖沿いにたくさんの十字架のお墓があった。「キリがない、もう寄りませんよ」と佐伯さんが言い、十時頃、九十九島がよく見える展望台から海を見る。晴れて海はくっきりと盛り上がっていた。十一時に佐世保に戻る。

そこで佐伯さんと別れ、私は小浜《おばま》温泉へ。ここの泉質はすばらしい。今回は「蒸気家」という宿に泊まり、夜はスーパーで買ったジャガイモやトウモロコシを蒸気で蒸して食べたりした。翌日、町を散歩しているとき、首洗いの井戸を見た。なんと捕まったキリシタンたちは、ここまで歩かされ、そこの湧水で最後に手足を洗い、雲仙普賢岳を登らされ、雲仙地獄の熱い泥湯を柄杓でかけられたり、熱湯に突き落とされたりした。私は小浜からバスで長崎に出、さらに「五足の靴」で彼らが天草に渡った茂木へ向かい、「月と海」という新しいホテルを目指した。バス停からホテルまで海沿いに延々と歩いた。ここもよく見れば、暮らしやすそうな集落である。

夏なのでまだ日は高く、すっかり暗くなるまで、大きな窓から橘湾《たちばなわん》の向こうに雲仙普賢岳のシルエットを眺めることができた。対岸のあそこでたくさんのキリシタンが命を失ったのだ。

近代になると、雲仙は日本国内の宣教師や上海在住の欧米人の格好の避暑地になった。上海から船で一晩寝れば長崎に着いたのだという。

宿の主人はもともとは口之津《くちのつ》の出身だという。口之津、そこも全村キリシタンで、手ひどい弾圧が行われた地である。なんでもキリシタンと結びつけて考えてしまう。

やっと長崎に着いた。

長崎には帽子の似合う女性が多い。日傘が涼しげな人もいる。市電がひっきりなしに来るが、その割に乗客も多い。駅の名前が十年前の地図とは違っていて慌てる。「五足の靴」が訪ねた諏訪神社を再訪。炎天下なので、この石段を登るのか、とめまいがした。この上には幼稚園もあり、お迎えのお母さんたちは若いからすいすいと登っていく。鬱蒼とした森、ここは長崎くんちのお社なので市民に崇敬されている。

高台からは与謝野鉄幹が見たような海の景色は見えなかった。

タクシーに乗って、西坂《にしざか》の日本二十六聖人記念館へ。長崎で一番心落ち着く場所で、信仰は持たないが、自分の生き方を考え直すよすがとなる。ここは慶長二年（一五九七）、豊臣秀吉の命令で、二十六人ものキリシタンが処刑された場所である。秀吉は天正十五年（一五八七）に「バテレン追放令」を出したが、これは新しい布教を禁止し、宣教師を海外に追放しただけだった。しかしその後、キリシタン大名の強い連帯に危険を感じ、その領地で僧侶や神官が弾圧されていること、彼らの中には領民を奴隷として海外に売り飛ばしている者がいることを知った。また長崎は町ごとイエズス会に寄進されていた。サン＝フェリペ号事件で、スペイン船が漂着した際、なぜ、スペインはメキシコ、ペルー、フィリピンなどの植民地を持っているのか、という問いに、乗組員が「それはまず宣教師によって、キリスト教に改宗せしめ、しかるのちに軍事的に征服したのだ」と答えたのに、秀吉は恐怖した。自分自身も、朝鮮半島、そしてその背後にある明を征服しようとしていたのであるが。

バテレン追放令から十年後、大阪と京都でイエズス会、フランシスコ会の会士や宣教師や信者二十四名が捕縛され、長崎で処刑される。途中で加わった者も含め日本人二十人、外国人六人。

この記念館は今井兼次の設計ので、隣には今井氏設計の教会もある。最初に訪ねたときにはかなり古びて荒れていたが、世界遺産になったためか、すっかり改修され、展示も充実した。

館の方と話した。なぜ京都で殺さずに千キロもの道を歩かせたのでしょう。「それは見せしめで、道中、キリシタンになるとこうなる、と思わせるためです。京都で片耳をそがれました。館の外のモザイク画はその厳しい道中を描いています」

三十日で千キロでは毎日三十キロ以上歩かされたのですね。「そうです、春先の寒い時で凍えましたが、亡くなる者はいませんでした。最後に下関で、私たちも加えてくれという者が二人出て二十六人になりました」。これは秀吉による処刑で、その後もここでかなりの処刑が行われているのですね。「はい、元和年間にも五十五人、また別の時ですが、少年遣欧使節の中浦ジュリアン神父もここで命を落とされています」。

なぜ殉教者はそんなに迷いもなく喜んで殺されたのでしょう。「信仰の力もありますが、当時の農民の生活は厳しく、この世の暮らしそのものが涙の谷であり、早く天国に行きたいと思ったということもあるのでしょうね」

館内には十二歳の最年少で殺されたルドビコ茨木の絵もあった。長崎の責任者、寺沢《てらさわ》半三郎《はんざぶろう》が「棄教をすれば命は助けてやる」と言ったのに、ルドビコは「この世のつかの間の命と天国の永遠の命を取り替えるわけにはいかない」と拒否したという。彼らは海に面した西坂の丘の上で十字架にかけられ、両脇を貫かれた。

処刑には四千人の群衆が集まり、パウロ三木は最期まで信仰について語り続け、遺体は切り刻まれて皆が持ち去ったという。このことはフロイスなどの著作にも書かれ、外国でも報道され、聖遺物は世界各国に送られ、崇敬された。二十六人はバチカンによって列福され、聖人となった。館内にはフィリピンで保存され、箱に入れて持ち帰られた聖遺物の腕なども陳列されていた。

西坂公園はすでに海を望む崖の上にはない。その後の都市開発で、海岸線は遠くなってしまった。私はここそ、世界遺産にふさわしいと思うが、遺跡から何も出土しない、ということで、見送られたという。すぐ下にＮＨＫの電波塔も見える。創価学会の建物もある。

それでも二十六聖人の公園は舟越保武《ふなこしやすたけ》によるすばらしい記念碑「昇天のいのり」によって、夏の炎天下でも背筋の伸びる静寂な空間となっている。私は一行の世話をするうちに、道中で捕縛されたフランシスコ吉《きち》という人に惹かれる。この人は私の息子と同じ大工だった。同じくペドロ助四郎もいる。これらの像は一人一人の特徴をどれほど捉えていることだろう。

観音に似せて彫った聖母子像などは信仰を続けるうえでどんな支えになったのか。また明治以後に来た天草のガルニエ神父はかつての神父たちの殉教、キリシタンの迫害についてどんな風に思っていたのか。私は誰もいない、真夏のまばゆい丘の上の公園で一人考え続けた。

『五足の靴』をゆく

キリシタンの聖地であった中江ノ島

三浦按針の墓

二十六聖人殉教者像。一九六二年、舟越保武 作

付録五、大分のキリシタン遺跡　二〇二一年七月

天文一八年（一五四九）、鹿児島の坊津に上陸したイエズス会のフランシスコ・ザビエルは、鹿児島で領主の島津貴久に謁見、京都や山口を経巡った後、豊後の大分に向かった。守護大名の大友義鎮《よししげ》（宗麟）はキリスト教に興味を持って天文二十年、府内（今の大分市）での布教を許した。それなのに、二〇一八年に世界遺産として登録された「長崎と天草地方の潜伏キリシタン関連遺産」は多くが長崎に点在し、熊本は天草の﨑津集落、大分はかすめもしていない。

ザビエルはスペインのナバラ王国の貴族の家に生まれ、パリ大学で哲学を学び、イエズス会の創立に加わり、世界に宣教することをもくろんでインドのゴアに向かう。そしてやじろうという日本人の助けを借りて来日、翌年には平戸で布教している。大分で布教した後、ザビエルは中国でも布教を企てたがその途上、上海近くの上川島で四十六歳で没した。

大分県庁職員だった齋藤行雄さんは四十年来の町並み保存運動の仲間で、こういうと

きに助けてくれる人である。

二〇二一年七月、用があって大分市に赴いたので、久しぶりに臼杵に寄ってみた。

齋藤さんは言う。「当時は戦国時代で、その後、薩摩の島津に攻められたからではないでしょうか。この前の戦争でも空襲を受け、大分市には本当に古いものが残っていないんです」

大友宗麟は一五五七年頃、府内から、臼杵の丹生島《にうじま》城に本拠地を移している。

「今は埋め立てて地続きですが、当時は海に囲まれた島で、それだけに難攻不落でした。宗麟は天正六年（一五七八）にフランシスコ・カブラルから洗礼を受けて、ドン・フランシスコを名乗り、キリスト教を保護しました。天正十年には伊東マンショを自らの代理として少年使節団を派遣しています。それは海外への関心もあり、大砲や鉄砲などの武器の輸入や宣教師の支援に興味を持ったこともありましょう」

大友宗麟ってどんな人なのでしょう？

「家督争いに勝ち、カンボジアなどと海外貿易を熱心に行い、複雑な性格だけど見識はありますね。しかし、殿様が切支丹になり、家臣たちは戸惑って、離反するものも出ました。そもそも大きな神社の娘が奥方で、この人はキリスト教を排斥したので、イザベルという悪いあだ名がつけられている。これはイスラエルの王女でキリスト教を裏切った人の名前です。大友宗麟はこの人にお城をあげちゃって、自分は四十代の二人も子供のいる女性ジュリアと別のところで暮らしていた。島津に攻められて城に戻りましたが。うちの齋藤家もその家来若林家の末裔です」

臼杵にもキリシタンを意識した建物がありますね。

「ここにも、宣教師を育てる上級のノビシャド（修練院）があった。まだまだあります よ。この先の佐志生《さしう》の沖にある黒島はリーフデ号の漂着記念碑があるところですから、行ってみますか」

もう夕方近い。佐志生からの渡し船が片道二百五十円。いまは海水浴場になっていて浮き輪を抱えて帰ってくる子供連れの方が多い。本当に美しい海だ。以前は旅館も二つあったらしい。キャンプ場管理人の中野さんは「これから大学のゼミとかがキャンプで来てバーベキューして騒ぐから、厳重にコロナ対策をしなければいけない」と厳しい顔で言いつつ、かき氷をごちそうしてくれた。島にはリーフデ号の小さな資料館がある。

「来たのが一六〇〇年の四月十九日だったのか、本当に黒島に上陸したのかもわからない。五隻のうち、一隻だけ助かって、それも乗ってた百人のうち、助かったのは二十四人、それが島についてすぐ三人死んで、その後また三人死んで、残り十八人の名前ははっきりしているが、その後どうなったか資料がない。対岸の佐志生で出てきた大きな謎の人骨はその最初に死んだ三人ではないかと思われています。

助かったヤン・ヨーステンはオランダ人。彼と同じ船に乗っていたイギリス人のウィリアム・アダムスは日本語をよく覚えて、家康に旗本に取り立てられ、横須賀あたりに住んでいた。本国にも妻がいたが、日本の女性と結婚して子供もいるはずです。平戸で死去したときは五十代でしょう」と解説してくれた。

この島は藩主が参勤交代に行く前夜、渡ってきて過ごし、お供の家来は近くの下ノ江湊で無礼講で遊んだという。齋藤さんは最後に、「柳田國男の『海南小記』はここ臼杵から書き始めている。柳田や壺井栄が泊まった魚亀旅館の建物も残っています」と教えてくれた。

ほかにも、イスパニア王の命令でフィリピンを出航したサンタアナ号が臼杵沖で座礁し、乗組員を多数、地元の人が助けて丁重にメキシコのアカプルコに送り出した話もある。その碑を立てたのは臼杵のフンドーキン醤油の副会長、野上弥生子の甥御さんだ。陰徳の人らしく、台座のどこにも名前はなかった。年号から見ると、房総の御宿《おんじゅく》についた船と同じ船団であるらしい。御宿ではこれをもとにメキシコとの友好事業をしているが、臼杵ではスペインと友好事業を行っている。「このほか、イギリスやオランダとも友好事業をしていますので、忙しいです」

夜は町なかのお好み焼き屋で、太刀魚のフライなど食べながら、いろんな話を聞いた。臼杵は今、城に客を泊める城泊《しろはく》に名乗りを上げている。またご当地料理の復元などもして齋藤さんが自ら調理に当たっている。

「南蛮煮というのがありますが、これは豚ひき肉と唐辛子を油で炒《いた》めて、にんじんやグリーンピースを散らし、揚げたジャガイモを入れて、醬油と砂糖で味を調える。チーズと刻んだタマネギが隠し味、南蛮というのは唐辛子のことですね」という。

ほかにも、臼杵にはキリシタン墓地もあり、前に見に行ったことがある。

さて、臼杵からいつもの長湯温泉を目指す。ここは竹田《たけた》市、岡城のある城下町で、城の近くには阿南惟幾《あなみこれちか》の銅像が建ち、階段を上がると広瀬武夫《ひろせたけお》の記念館がある。広瀬武夫は日露戦争時、沈みゆく船の船長として乗務員を退避させ、杉野兵曹長を探すうち、砲火を受けて戦死した。

この竹田市内にも、キリシタン関係の遺跡が残る。大きな一つは「サンチャゴの鐘」と言われるもので、現在は竹田市の由学館《ゆうがくかん》に陳列されている。高さが八十センチ、口径は六十六センチ、重さが百八キロほどある。竹田藩主中川家をまつる中川神社に伝わるもので、一九五〇年、「銅鐘」として重要文化財に指定された。私が最初に見たときは、竹田駅前のキリシタン館にあって、「HOSPITAL SANTIAGO 1612」と銘文が読めた。海外から運ばれたものではなく、一六一二年に制作された、長崎の「ミゼリコルディア」（慈善院）付属のサンチャゴ病院の鐘だとされる。

これは当時の豊後府内城城主で、長崎奉行であった竹中重義が府内城に運び、その後密貿易などの嫌疑で幕府に切腹を申しつけられたあと、府内城の城番を務めた中川久盛が自ら二代目藩主を務める岡城に持ち込んだものではないかという。なんともややこしい歴史だ。

岡城初代城主は大友氏重臣の志賀貞朝《しがさだとも》。大友氏が文禄の役で秀吉に失態をとがめられて失脚すると志賀氏も岡城を去り、二代目に播磨の三木から中川秀成《ひでしげ》が入った。竹田には但馬屋というおいしいお菓子屋さんがあるが、この店も中川氏に従って竹田に来たようだ。

とにかく、岡城が明治維新後の廃城令で壊される際、この鐘があった城内の神社が、中川神社として移築されて、城は現在のように石垣のみが残った。これは滝廉太郎の「荒城の月」の作曲のインスピレーションのもととされる。なまじ、コンクリートのフェイクの復元などより、石垣だけの城はかつてをしのぶにあまりある。

下手するとサンチャゴの鐘が戦時中の銅の供出などにかかっていた可能性もあり、よくぞ残ったもの、戦後五年目に国から重要文化財に指定された。

また、竹田の城下町では、秀吉のバテレン追放令以降も宣教が続けられたという。

竹田キリシタン研究所・資料館の所長で、市役所職員の後藤篤美さんは、「竹田で布教したのは長崎や天草などより十五年も早かった。一六一二年に徳川幕府が禁教令を出して以降、文献は危険で残せなかったのですが、口伝えに伝わっていることはたくさんありります。岡藩は表向きは幕府に背かずに踏み絵なども行ったようですが、その実、かなり寛容で、寺も商家もみんなでキリシタンをかくまっていたのではないか、と言われています。隠れキリシタンでなく、隠しキリシタンといわれるゆえんです」

崖を利用した礼拝所も残されている。「これは凝灰岩を人工的にくりぬいて作ったものと思われます。柔らかい石なのでできたことですが、それだけにもろい。熊本の大地震の後も心配でまっさきに駆けつけました。地震のたびにヒヤヒヤします。かといって補強などもできませんし」

竹田市に属する長湯温泉へは、ラムネ温泉と呼ばれる炭酸泉に魅了され、私はこのところ通っているが、ここの「コロナダ」という飲泉場の近くに石碑がある。INRIとラテン語が刻まれており、これは「ユダヤ人の王、ナザレのイエス」の頭文字とされる。そんな風に、竹田を歩いていると見つかるものがある。竹田市はいま、市を挙げてキリシタン伝説の検証にとりくんでいる。

その隣の由布院温泉にもキリシタン伝説は残っている。ここも友人が多い町で、年に一、二度は必ず訪ねるが、その中でも尊敬するまちづくりの先輩、中谷健太郎さんは、さいしょにお会いしたときから由布院盆地のキリシタンに言及していた。

「昔、由布岳の頂上に十字架がキラキラかがやいていたという話を聞いたことがある。

由布院は戦国時代に四人の豪族が支配していたというんじゃが、その一人が奴留湯左《ぬるゆさ》馬助《まのすけ》といって大友宗麟について島津軍と戦い、大負けして九死に一生を得て帰ってきた。命が助かったのはキリスト様のおかげというので、部下とともに洗礼を受け、パンタリアンという名前をもらった。そんなことがここでできたとすれば、由布院にも教会があり、宣教師が入ってきていたものだろう。ただ、この人は行き過ぎた面もあって、キリストをあがめるばかりにこの辺の神社や仏閣を壊したり焼いたりもしたと聞いています」

「湯布院町誌」によれば、天正九年の正月に由布院にレジデンシア（宣教師駐在所）がおかれ、宣教師ゴンザロ・ラペロと日本人の修道士が派遣されたという。また大友宗麟自らが由布院に来て、受洗者を祝福したので、ほかの豪族たちも洗礼を受け、天正十四年には臼杵にも勝るとも劣らない立派な教会堂（一説には聖ミゲル教会）が建てられ、信徒も千人を超えた。

しかし一年の後、島津軍が攻め寄せ、教会堂は破壊される。そして大友宗麟の死去により、跡を継いだ大友義統《よしむね》はコンスタンティノという洗礼名まで持っていたが、秀吉がバテレン追放令を出すとすぐさま棄教し、むしろ弾圧する側に回った。そこで、由布院でも殉教者がでたというのである。この大友義統は朝鮮出兵で敵前逃亡という失態を演じ、秀吉によって改易され、その後、豊後国は小藩分立状態になり、由布院も細川の飛び地のようになり、その後は天領になった。熊本の細川藩も元はといえば、細川忠興は妻のガラシャ夫人がキリシタンとなることを許していた。彼女は日本名は玉、明智光秀の娘で、婚家に迷惑がかかるのを恐れ、本能寺の変の後、自害して果てている。

江戸時代に入ると一六一一年の切支丹禁制以降、村役人が厳しい宗門改《あらため》によって切支丹を転ばせ、起請文をとっている。そして寺請制度により、村人は檀家寺に属することになった。これによって由布院のキリシタンは壊滅したかに見えたが、それでも依然として信仰を継続したものはいた。そして一六六〇年には「豊後崩れ」という潜伏キリシタン摘発が行われ、二十年にわたり千人以上のキリシタンが処刑された。

「享保年間にも隠れキリシタンの事件がおこっています。自衛隊の駐屯地のある並柳の裏の丘の方に、キリシタン墓群がありますよ。行ってみたら？」と中谷健太郎さんが言うので早速足を延ばす。それは四角い平べったい石に確かに十字が切ってあった。峯崎だけで四十八基あるという。

「一見、お寺にある宝篋印塔《ほうきょういんとう》のようだが、一本線が刻まれた土台石のうえの竿石を九十度動かすと十字の形になるものもありますよ。

だからね、盆地の人間は口が堅い。うちの先祖なんかは二代前に加賀の大聖寺から流れてきたものだから口ばっかりだが、元々地つきの人は、警戒してようしゃべらん。どんなんしても、この盆地からは出られん。そうすると、決定的に対立しないで、まあまあ、なああで、自分の意見を主張しきらんで、決定的な対立を避ける傾向は盆地のせいじゃと思うとったが、もしかするとキリシタンが多かったことと関係するのではないかな」

由布院から私は大分市へ向かった。駅前に大きく手を広げたフランシスコ・ザビエルの像があるのに初めて気づいた。ずんぐりした大友宗麟の像も。

そして先哲史料館へ行き、資料室で大分県とキリスト教の関係を示す文書を探した。たとえば、秀吉がバテレン追放令を出した天正十五年に国東半島に生まれたペトロ岐部《きべ》は、長崎の神学校で学び、慶長十九年（一六一四）マカオへ追放されたのち、ローマへの旅をくわだてる。到着に五年かかり、ローマのサン・ジョバンニ・イン・ラテラノ教会で司祭に叙せられたペトロ岐部は日本の民衆の元へ帰ろうと、寛永七年（一六三〇）にまた一年をかけて帰国。東北地方の村で密かに布教しつづけたが、寛永十六年、捕らえられ、江戸で殉教した。二〇〇七年にローマ教皇より百八十七人の殉教者とともに列福されたことはニュースになった。

ここにはほんの一部を取り上げたが、大分だけでもキリスト教史の民間研究者が多いことに驚く。中でも昭和七年（一九三二）に大分に派遣されたイタリア出身のマリオ・マレガ神父は久多羅木儀一郎《くたらぎぎいちろう》や伊藤東《いとうあずま》と連携しながら資料を集め、戦時中の昭和十七年に「豊後切支丹史料」を出した。そのガリ版刷りの分厚い資料集も先哲史料館にあって見ることができた。マレガが収集した文書がバチカン図書館で発見され、現在国際協力で研究が進められているという。まだまだ知らないことは多いようだ。

大分駅前にあるフランシスコ・ザビエル像

『五足の靴』をゆく

由布市並柳の
キリシタン墓地

あとがき

芥川龍之介「西方の人」の冒頭に「わたしは彼是《かれこれ》十年ばかり前に芸術的にクリスト教を——殊にカトリック教を愛していた。長崎の『日本の聖母の寺』は未だに私の記憶に残っている。こう云うわたしは北原白秋氏や木下杢太郎氏の播《ま》いた種をせっせと拾っていた鴉《からす》に過ぎない。それから又何年か前にはクリスト教の為に殉じたクリスト教徒たちに或興味を感じていた」とある。

芥川は東京帝国大学で英文学を学び、三十五歳で亡くなるまでに、「じゅりあの・吉《きち》助《すけ》」「きりしとほろ上人伝」「さまよへる猶太《ユダヤ》人」はじめ、キリシタンに関わる作品を残している。

夏目漱石に師事し、大正五年（一九一六）暮れ、漱石の葬式で青山斎場の天幕のもと受付をしていた。そのとき現れた紳士が自分の前に名刺を差し出した。「その人の顔の立派なる事、神彩ありとも云うべきか、滅多に世の中にある顔ならず」と驚いた。森鷗外である（「森先生」）。文科大学の学生の頃、鷗外の観潮楼を訪ねたこともあったが、すでに陸軍の現役を退いた鷗外はその時、日焼けせず、色が黒くなかったのでとっさに気づかなかったと芥川は言う。

西洋というものが日本に入ってきた時、人はその技術を学ぶのに躍起となり、それが「文明開化」であり、「殖産興業」であったのだろうけれど、知識人たちはその技術や思想の因《よ》ってきたる精神をも知ろうとして、キリスト教に関心を抱き、さらに日本にキリスト教がもたらされた十六世紀半ばに思いをいたしたのである。

九星霜を費やして雑誌に訳載されたあげく、明治三十五年（一九〇二）に刊行されたアンデルセン『即興詩人』は森鷗外によるドイツ語からの重訳であったが、そこに描かれた十九世紀のイタリア、そのカトリック世界は、文語体による洗練された文章と相まって人々を惹きつけて止まなかった。私はかつてそのあとを訪ねて『「即興詩人」のイタリア』を二〇〇三年に上梓した。

本書を書いた一の動機はまず『五足の靴』にいかに『即興詩人』の影響が大きいかを見ることである。鷗外を敬愛した与謝野鉄幹と若い仲間たちは、西洋に行くことは難《かた》けれど、せめて九州の、宣教師がやってきて布教したところ、そこで伝えられた事物、禁教をきっかけに少年を総大将に起こった島原の乱の現場、そして今も教会に西洋人の神父のいるところを訪ねてみようと思い立った。やがて鉄幹、萬里、杢太郎らは、鷗外の見たかった、見ることができなかったフランスやイタリアも旅することになる。

もういちど五人づれの旅の日程だけを記録しておく。

明治四十年七月二十八日、新橋から夜行の汽車で二泊。

七月三十日早朝四時半、広島の宮島駅着。厳島神社に参詣。下関「川卯旅館」泊。

七月三十一日、門司に渡り、汽車で博多着。福岡文学会との交流会、「川丈旅館」泊。

八月一日、千代の松原、海の中道で泳ぐ。

八月二日、柳河の北原白秋の家に泊まる。

八月三日、筑後川を船で渡り、諸富から佐賀まで一時間鉄道馬車に揺られる。当日、佐賀の文人と宴会。宿は不明。

八月四日、佐賀発六時五十四分、唐津に九時十九分着、近松寺における第五回文芸同好会に参加。太田正雄、与謝野寛など講話。午後、鏡山に登り、松浦佐用姫の伝説に心をいたす。刀町中住屋で交流会、駅前の「博多屋」に泊まる。

八月五日、西の浜に浴衣で出る。宿で記念撮影、佐世保に向かう（途中呼子、名護屋城に寄ったかは不明）、平戸への船が出てしまったため、佐世保の街を散策。宿泊は「京屋旅館」。

八月六日、佐世保を十時の船で発ち、平戸に十四時着、阿蘭陀塀、阿蘭陀井戸などを見、下島家を訪ねる。「米屋」で夕食、夜行の船で佐世保へ戻ったか。

八月七日、長崎着、稲佐遊郭、諏訪神社などに上がる（ここ、寛の怠惰により、記録なし）。「上野屋」泊。

八月八日、茂木港から天草富岡港へ。十一時発、十四時着、松本町長の家に泊まる。

八月九日、いよいよ富岡より八里の道を大江天主堂を目指す。途中午後二時、下津深江で休憩、足の速い寛と太田正雄は高浜の大庄屋、上田家で調べもの。明るいうちに大江に着くつもりが、道に迷い、大江の「高砂屋」に泊まる。

八月十日、大江天主堂のガルニエ神父を訪ねる。一時間ほど懇談。十四時、大江から牛深行きの船に乗る。十六時、牛深着。回漕店「今津屋」に泊まる。

八月十一日、朝三時に際崎行きの船に乗る。十四時着。三角まで十町歩く。十七時発の島原行きの船に乗る。島原の町を歩く。島原城を天草四郎の滅びた城と誤認して見学。島原泊。宿は不明。

八月十二日、島原から船で熊本の長洲へ。そこから熊本市に入り寛は別行動。「研屋支店」に泊まり、夜は二本木の遊郭を冷やかす。

八月十三日、阿蘇登山、垂玉温泉の「山口旅館」に宿泊。

八月十四日、中岳の火口を見学。下山して橡の木温泉に宿泊（濱名志松氏によれば「池田屋旅館」）。

八月十五日、熊本に戻り、寛は体調不良。昔の仲間、松村竜起（辰喜）が訪ねてきて、寛のみ江津湖で新聞記者らと宴会。船遊び。宿泊は「研屋支店」か。

八月十六日、旅費が底をつき、鹿児島方面に回らずに三池炭鉱を見学。柳河の北原家に再び泊まる。

八月十七日、柳河で船下り。北原家に連泊。

八月十八日、白秋は柳河にとどまり、平野萬里は先に京都に向かう。後の三人は与謝野寛の故郷、徳山に向かい、寛の兄が住職をしている徳応寺に泊まる。

八月十九日、京都に行き、「三本木信楽」に泊まる。

八月二十一日、京都を発って、二十二日に東京着。

「東京二六新聞」の連載は日程とずれて八月七日に始まり、九月十日に終わった。全二十九回、彼らは原稿を旅先の宿屋で書いてはポストに投函したのだろうか。到着が遅れたのか、締切りを守らなかったのか、ときどき休載された。校正はどうやったのか、稿料は出たのかも判然としない。その謎が『五足の靴』の魅力でもある。本書も調べが行き届かず誤りもあろうが、その場合はご教示を乞う。

　彼らはそこで得た詩想を作品として雑誌に、本にまとめ、発表した。それが芥川龍之介にも影響を与え、いや今日まで受け継がれている。西洋が東洋を見るまなざしをオリエンタリズムといい、それは時に異質性の強調や異国情緒、蔑視などを含み、植民地支配のイデオロギーになる、というサイードの主張があるが、東洋もまた、西洋を異質なものと見る好奇心のまなざしをもった。信長や秀吉、家康や権力者、貿易のためにも改宗した大名たち、信仰をもった庶民、殉教者、それに関心を寄せる明治の若者たち。それらを想像しながら私はあとを追った。最初に天草に行ったのは、二〇〇三年春、熊本新聞に依頼された仕事の帰りだった。

これに加え、私は原作にはないが、キリシタンに関係のあるところを中心に呼子、名護屋、的山大島、外海、雲仙、大村、嬉野、武雄、原城なども経巡ってみた。大分の由布院や竹田にも隠れキリシタンの残像があった。そして私は、五人の旅人の後ろに、彼らを等しく応援しながらも、子分や弟子にはしなかった森鷗外という人が涼しげに立っているのを見た。

聖地巡礼をはじめた十数年前は、こんな酔狂なことをするのは私ぐらいだろうと思っていたのだが、現地に赴いてみると、それぞれの場所で「五足の靴」に興味をもち、調べたり伝えたりしている先人が多いことに驚いた。濱名志松氏、鶴田文史氏、小野友道氏らには多くを教えられた。「五足の靴」百周年の二〇〇七年にはかなり大規模なイベントも行われたようである。

ＪＣＢカード会員情報誌「THE GOLD」、朝日新聞出版の「一冊の本」に少しずつ書いたものを、最後に平凡社の山本明子さんが、三回の「こころ」誌への短期集中連載を経て、本にまとめあげてくれた。折々に訪れた場所の風景を忘れない。

なかでも、二〇一一年三月十一日の東日本大震災の後、とりあえず九州大学に依頼された仕事に赴いたが、その帰り、原発事故の帰趨《きすう》が見えず、よるべない気持ちで熊本から水俣、天草、柳川をさまよったときのことは生涯忘れないだろう。その私のシェルターとなってくれた熊本が、天草が、二〇一六年四月に大きな地震の被害を受けるとは、思ってもみないことであった。その後もニュースに触れては、一刻も早い復旧を願っている。

この旅に興味をもって取材を手伝ってくださったり、資料を見つけてくださったりして、お世話になった方たちのお名前は、できるだけ本文中に記したが、その方々とともに、編集者の山本明子さんには、心から感謝したい。

森まゆみ

二〇一八年二月

文庫版あとがき

『五足の靴』をゆく――明治の修学旅行」は二〇一八年三月に平凡社から発刊された。同じ年の七月、「長崎と天草地方の潜伏キリシタン関連遺産」が世界文化遺産に登録された。二〇二一年初夏、集英社からこの本を文庫にしてくださるとのお知らせを受けた。文化庁の文化審議会の委員として世界遺産に少しは関わり、興味を持ちながら、単行本にはほとんど反映させられなかったため、自分でもさらなる勉強の必要を痛感した。本書には、以下の五度の旅に関する紀行文を付録としてつけた。


二〇一九年、天草の旅（﨑津集落）。

二〇一九年、平戸の聖地と集落を訪ねる旅（春日集落と安満岳）。

二〇一九年、外海のド・ロ神父の後を追う旅（出津集落と大野集落）。

二〇二一年、平戸と長崎の再訪（中江ノ島の遠望、生月島、大浦天主堂、日本二十六聖人記念館など）。

二〇二一年、最後に世界遺産の構成資産にはあげられていないが、たくさんのキリシタン遺跡を持つ大分県竹田市、由布市、大分市への旅。

原城跡、五島市、小値賀町の野崎島なども訪ねたことがあり、私が訪ねていない世界遺産の構成資産は離島である黒島のみである。

できるだけわかりやすい叙述を心がけたため、文化財保存・登録の専門的な知見からは物足りない点もあろうが、さらに関心のある方は専門書を読んでほしい。

本文については誤りの訂正にとどめた。もとより、本書は『五足の靴』という清新な文体の本を携えて、そのあとを旅することが主眼である。ただ、最初の旅から二十年がたち、各地で開発と文化財としての整備がすすみ、むしろ、かつてのような情調を味わうことが出来にくくなっているようにも感じた。

それでもまた、私は青い海と白い教会と、そこに住む人々に会いに、九州を旅することだろう。また、この『五足の靴』の後に書かれたものの中に、ことに木下杢太郎の著作には、まだまだたくさんのキリシタンやバテレンについての紀行、随筆、論考があるのだが、それも追加で紹介するには時間と紙幅が不足した。これもまた、これからの楽しみに取っておきたい。

私の関心は、子供の頃に見たNHKの紀行番組で、レースのベールをかむって祈る五島の信者さんを知ったことに始まる。中学時代に遠藤周作「沈黙」を読み、家の近くの茗荷谷のキリシタン屋敷跡地を歩き、いまなお、続いている。信者ではないが、年とともに人知を超えるもの、目に見えない大事なものの存在を感じることが多くなった。
かくも地味な本の文庫化を、今の時期に決めてくださった集英社と、鋭意編集をしてくださった半澤雅弘さん、その後の旅にも付き合ってくださり、見事な解説を書いてくださった山田由香里さん、そしてなにより、各地の教会を守っておられる方々に深く感謝する。

二〇二一年十月十三日

森まゆみ

関連略年譜

明治六年（一八七三）　与謝野寛、京都岡崎願成寺に生まれる。

明治十八年（一八八五）　北原白秋、柳河の海産物問屋・蔵元に生まれる。太田正雄（木下杢太郎）、静岡県伊東に生まれる。平野萬里、埼玉に生まれる。五歳の時に本郷森川町に越し、平野家は森鷗外の長子、於菟を預かる。

明治十九年（一八八六）　吉井勇、東京芝区高輪に生まれる。

明治二十五年（一八九二）　寛、上京、落合直文の浅香社に参加。鉄幹の号を使う。

明治二十六年（一八九三）　秋山定輔、「二六新報」を創刊。寛、落合直文の紹介で入社。

明治二十七年（一八九四）　寛、「二六新報」に「亡国の音」連載。明治書院の編集長になる。

明治三十一年（一八九八）　正雄、神田獨協中学に入学。本郷西片町の三姉斎藤たけ方に寄宿。

明治三十三年（一九〇〇）　寛、新詩社を創立。

明治三十四年（一九〇一）　寛「明星」創刊。鳳晶子、山川登美子などに会う。寛を攻撃する怪文書「文壇照魔鏡」事件起こる。平野萬里、寛を応援しようと新詩社に入る、一高に入学。晶子『みだれ髪』上梓。

明治三十六年（一九〇三）　落合直文、死去。正雄、第一高等学校第三部に入学。五月、一高生藤村操が華厳の滝に飛び込み自殺。

明治三十七年（一九〇四）　日露戦争はじまる。白秋、早稲田大学英文科予科に入学。

明治三十八年（一九〇五）　鉄幹の号をやめ、寛に戻る。勇、新詩社に入る。九月、ポーツマス条約。

明治三十九年（一九〇六）　正雄、東京帝国大学医学部に入る。このころ白山御殿町に住む。白秋、新詩社に入る。十一月、寛、白秋、勇、茅野蕭々と四人で伊勢、熊野、京都を旅する。

明治四十年（一九〇七）　正雄、新詩社に入る。南蛮渡来とキリシタンの受難に興味を持ち、調べる。経路や参加メンバーなど曲折を経たのち、夏に五人が九州を旅行する（七月二十八日〜八月二十二日）。八月六日より「東京二六新聞」に「五足の靴」を交代で連載。平野萬里、歌集『わかき日』。この年、勇、早稲田に入学か。「明星」十月号、十一月号に五人の作品と太田正雄によるスケッチが載る。

明治四十一年（一九〇八）　一月、白秋、勇、正雄ら七人が脱退。九月、正雄、鷗外に会う。十一月、「明星」百号で終刊。杢太郎、勇、白秋『方寸』の美術家たちと「パンの会」開く。江戸情緒、下町の水辺の再発見。十二月、杢太郎、『緑金暮春調』。萬里、大学工学部卒業し横浜の会社に入る。

明治四十二年（一九〇九）　一月、「スバル」創刊、石川啄木を中心に、勇、萬里、杢太郎らが協力。二月、杢太郎『南蛮寺門前』、三月、白秋『邪宗門』。勇、戯曲「午後三時」が坪内逍遥や鷗外に褒められる。毎月のように観潮楼歌会が開かれる。七月、鷗外「ヰタ・セクスアリス」を「スバル」に載せ発禁に。十月、白秋、長田秀雄、杢太郎ら「屋上庭園」を創刊。山川登美子没。伊藤博文ハルピンで暗殺される。

明治四十三年（一九一〇）　「屋上庭園」、白秋の「おかる勘平」のため二月号が発禁、終刊。与謝野寛歌集『相聞』。「白樺」創刊。大逆事件。石川啄木『一握の砂』。「パンの会」全盛。「三田文学」創刊。平野萬里、満鉄中央試験所に転じ大連に赴任。勇『酒ほがひ』。

明治四十四年（一九一一）　二月、杢太郎『和泉屋染物店』。与謝野寛、上野精養軒で渡欧送別会。鷗外も出席。九月、「青鞜」創刊。同、鷗外『雁』。十一月、白秋「朱欒」創刊。十二月、杢太郎、医学部を卒業。

明治四十五年・大正元年（一九一二）　四月、石川啄木死去。白秋、隣家の妻松下俊子との姦通で告訴され、収監。七月三十日、明治天皇没。杢太郎、皮膚科教室に入る。十月、高村光太郎らが美術家集団「ヒュウザン会」結成。年末、萬里、ドイツに留学。

大正二年（一九一三）　一月、白秋『桐の花』。俊子と再会し、三浦三崎に移る。杢太郎、評論、随筆など執筆。第一次護憲運動で桂太郎内閣総辞職。十二月、「スバル」廃刊。

大正三年（一九一四）「スバル」を支えた弁護士・歌人の平出修、死去。第一次世界大戦勃発。白秋、俊子と離婚。九月、杢太郎の「和泉屋染物店」が有楽座で、十一月、「南蛮寺門前」が市村座で上演。

大正四年（一九一五）杢太郎小説集『唐草表紙』に鷗外、漱石の序文。萬里、ドイツ留学より帰国、農商務省技師となる。寛、第十二回総選挙に京都府から立候補、九十八票で落選。勇、『祇園歌集』新潮社より発刊、遊蕩文学と批判受ける。中山晋平作曲で勇の「ゴンドラの唄」が一世を風靡する。

大正五年（一九一六）一月、吉野作造の論文「憲政の本義を説いて其有終の美を済すの途を論ず」が「中央公論」に載る。白秋、江口章子と再婚。七月、上田敏没。九月、杢太郎、南満医学堂皮膚科部長として赴任。十二月、夏目漱石没。勇『東京紅灯集』。

大正六年（一九一七）杢太郎、中国美術を研究、河合正子と結婚。十一月、ロシア十月革命。

大正七年（一九一八）シベリア出兵。杢太郎、『食後の唄』自序を東京駅内ホテルで書く。白秋、鈴木三重吉の『赤い鳥』に童謡を書く。

大正八年（一九一九）寛、慶應大学文学部教授になる（～昭和七年）。六月、ベルサイユ条約。

大正九年（一九二〇）杢太郎、南満医学堂を辞職、木村毅と朝鮮旅行、中国旅行。十二月に帰り神田区三崎町に住む。白秋、江口章子の不貞を疑い離婚。

大正十年（一九二一）五月、杢太郎、アメリカ、キューバ、イギリスと旅して、リヨン大学で研究。第二次「明星」（～昭和二年）に萬里参加。勇、柳原徳子と結婚。白秋、佐藤菊子と再々婚。

大正十一年（一九二二）七月九日、森鷗外没。寛、白秋、萬里らが駆けつける。十月、与謝野寛、『鷗外全集』の編集主任になる。萬里、杢太郎も参加。

大正十二年（一九二三）七月九日、有島武郎の告別式。九月一日、関東大震災。杢太郎の三崎町の留守宅も焼け、スケッチなど一切を失う。大杉栄と伊藤野枝夫妻が虐殺される。在外研究中の杢太郎、イタリア、エジプト、ドイツを旅行。

大正十三年（一九二四）杢太郎、スペイン、ポルトガルを旅し、南蛮関係資料を収集。帰朝して愛知医科大学教授。

大正十四年（一九二五）寛、文化学院文学部本科長になる。

大正十五・昭和元年（一九二六）杢太郎の兄で永代橋の設計者太田圓三、自死。杢太郎は東北帝国大学に転任。

昭和二年（一九二七）白秋、このころより地方民謡、校歌を多くつくる。

昭和五年（一九三〇）与謝野夫妻「冬柏」創刊。

昭和七年（一九三二）寛、「爆弾三勇士の歌」懸賞に応募し一等となる。

昭和八年（一九三三）不良華族事件で勇、妻徳子を離縁（のち昭和三十七年、国松孝子と再婚）。

昭和十年（一九三五）三月、寛、慶應大学病院で没、六十三歳。萬里が葬儀委員長を務める。

昭和十一年（一九三六）萬里、商工省を退官。

昭和十二年（一九三七）杢太郎、東京帝国大学教授となり、西片町に住む。

昭和十五年（一九四〇）十一月、白秋の「海道東征」紀元二千六百年祝典で初演。

昭和十六年（一九四一）五月、白秋、芸術院会員となる。十二月八日、太平洋戦争勃発。

昭和十七年（一九四二）十一月、白秋、糖尿病と腎臓病で死去、五十八歳。

昭和二十年（一九四五）十月、杢太郎、胃がんで没、六十一歳。

昭和二十二年（一九四七）二月、萬里没、六十三歳。

昭和三十年（一九五五）祇園に勇の「かにかくに」の碑が建つ。

昭和三十五年（一九六〇）十一月、勇没、七十五歳。

参考文献

五人づれ『五足の靴』岩波文庫 二〇〇七年
『北原白秋全集』岩波書店 一九八四～八八年
『木下杢太郎全集』岩波書店 一九八一～八三年
『吉井勇全集』日本図書センター 一九九八年
逸見久美ほか編『鉄幹晶子全集』勉誠出版 二〇〇一～二一年
昭和女子大近代文学研究室『近代文学研究叢書』六十六巻 昭和女子大学近代文学研究所 一九九二年
『平野萬里全歌集』砂子屋書房 二〇〇四年
野田宇太郎『日本耽美派文学の誕生』河出書房新社 一九七五年
野田宇太郎『文学散歩』第一巻～第二十四巻 文一総合出版 一九七七～七九年
野田宇太郎『木下杢太郎の生涯と藝術』平凡社 一九八〇年
杉山二郎『木下杢太郎 ユマニテの系譜』平凡社 一九七四年
青井史『与謝野鉄幹 鬼に喰われた男』深夜叢書社 二〇〇五年
川本三郎『白秋望景』新書館 二〇一二年
木俣修『吉井勇 人と文学』明治書院 一九六五年
岩波書店編集部編『木下杢太郎宛 知友書簡集』上下 岩波書店 一九八四年
木下杢太郎記念館編『目でみる木下杢太郎の生涯』緑星社出版部 一九八一年
濱名志松編著『五足の靴と熊本・天草』国書刊行会 一九八三年
鶴田文史編著『天草五足の靴物語』近代文芸社 二〇〇七年

鶴田文史『「五足の靴」幻の長崎編・要の島原編』長崎文献社　二〇〇六年
小野友道『五足の靴の旅ものがたり』熊日新書　二〇〇七年
小野友道責任編集『木下杢太郎と熊本』熊本日日新聞社　二〇〇三年
野田宇太郎文学資料館『五足の靴 九州旅行と南蛮文学』一九九三年
多田茂治『グラバー家の最期』葦書房　一九九一年
矢野道子『ド・ロ神父黒革の日日録』長崎文献社　二〇〇六年
中園成生『かくれキリシタンの起源 信仰と信者の実相』弦書房　二〇一八年
レイン・アーンズ著、福田多文子監訳『長崎居留地の西洋人』長崎文献社　二〇〇二年
浜崎国男『長崎異人街誌』葦書房　一九九四年
松尾卓次『新島原街道を行く』出島文庫　二〇〇四年
西和夫『長崎出島オランダ異国事情』角川書店　二〇〇四年
木方十根・山田由香里『図説 長崎の教会堂』河出書房新社　二〇一六年
司馬遼太郎『街道をゆく17 島原・天草の諸道』朝日文庫　一九八七年
司馬遼太郎『街道をゆく22・23 南蛮のみちⅠ・Ⅱ』朝日文庫　一九八八年
遠藤周作『日本紀行「埋もれた古城」と「切支丹の里」』光文社知恵の森文庫　二〇〇六年
若桑みどり『クアトロ・ラガッツィ 天正少年使節と世界帝国』集英社　二〇〇三年
星野博美『みんな彗星を見ていた 私的キリシタン探訪記』文藝春秋　二〇一五年
渡辺京二『バテレンの世紀』新潮社　二〇一七年

解説

山田由香里

二〇二〇年二月十五日、長崎市立図書館のホールで、森まゆみさんに『「五足の靴」をゆく』についてお話しいただいた。会場には長崎の歴史好き、まゆみさんのファンが参会した（尊敬を込めて、まゆみさんと呼ばせてください）。

「五足の靴」は誰なのか、なぜ旅が始まり、どこを訪ねたのか。まゆみさんは、木下杢太郎の雰囲気のあるスケッチをスクリーンに映しながら語られた。すばらしかったのは、まゆみさんが歌を諳《そら》んじるときである。「われは思ふ、末世の邪宗、切支丹でうすの魔法、黒船の加比丹《かびたん》を、紅毛の不可思議国を、色赤きびいどろを……まるで言葉のサラダです」。丸みを帯びたあたたかい声と文豪の言葉に包まれ、異国に誘われたようだった。

長崎のことが書かれていないのが残念だとしきりにおっしゃったが、次々に紹介される五人の歌に聞きほれた。参会者も同じで、最初の質問は「どうやったらこんなすてきな文章が書けるのですか」だった。まゆみさんはにこにこしながら、「最近は本を読みたい人よりも、書きたい人が多いんですよね」とさらりと言う。懇親会では、気分をよくした長崎の歴史好きたちが聞いてほしい話を語り出す。まゆみさんはメモする。忘れがたい長崎の夜だった。この翌週、まゆみさんは松山の講演で、求められた握手を返すこともできなかったと嘆いていた。未知のウィルスの感染予防のためである。一週間前の長崎でのおしゃべり、握手、抱擁が夢のようだった。

「五足の靴」が目指した天草の教会堂は、二〇一八年、「長崎と天草地方の潜伏キリシタン関連遺産」の世界遺産登録によって広く注目されるようになった。登録に向けた最初の動きは、二〇〇一年に結成された民間の有志「長崎の教会群を世界遺産にする会」(会長：林一馬長崎総合科学大学名誉教授)による活動だった。

長崎には、カトリック長崎大司教区のもと、県内に百三十棟の教会堂が所在する。国内の大司教区は他に東京と大阪だから、ひとつの県でひとつの大司教区を構成していること自体が特異である。これは、一五八〇〜八七年に長崎がイエズス会の領地となって以降、布教、禁教、潜伏、復活と三世紀に渡って信仰の舞台となった歴史の表れである。さらに、長崎の教会堂の半数が、平戸や五島の島嶼《とうしょ》にある。これも、十八世紀末に長崎本土の外海《そとめ》の人が開拓者として島に信仰の地を移した、歴史の証《あか》しである。

建築の歴史からみると、百三十棟の教会堂のうち約三十棟が建設後五十年以上経過した歴史的建造物である。大浦天主堂を除くと、大部分が辺境の地にある。二〇〇〇年頃、長崎県の人口は毎年一万人ずつ減少し、離島において顕著だった。教会群を世界遺産にすることで島を訪れる人が増え、島と教会堂の将来につながればというささやかな願いが会の始まりだった。

世界遺産に登録されるためには、自国の文化財保護法で保護される必要がある。それまで、大浦天主堂が一九三三年に、隣りの旧羅典《ラテン》神学校が一九七二年に国の重要文化財指定を受けていた（大浦天主堂は一九五三年から国宝）。加えて、一九九八年から二〇一一年までに、黒島、旧五輪《ごりん》、青砂《あおさ》ヶ浦《うら》、頭《かしら》ヶ島《しま》、田平《たびら》、旧出津《しつ》救助院三棟、大野、江《え》上《がみ》、出津の教会堂が重要文化財に加わった（指定年順）。これは世界遺産の動きと無関係ではない。まゆみさんと私の大学院恩師の西和夫先生が文化庁の文化審議会委員を務めていた頃である。外海（出津）の授産を支えたド・ロ神父、棟梁《とうりょう》・鉄川与助の名前が知られるようになった。

二〇〇七年、「長崎の教会群とキリスト教関連遺産」が文化庁からユネスコに提出する世界遺産登録の暫定リストに加わった。ここからが本腰である。世界遺産では、建造物の周辺環境も大切にする。施行されたばかりの重要文化的景観の適用を試み、教会堂を取り巻く集落の調査が始まった。私は大学に勤め始めた頃で、上五島《かみごとう》の集落景観調査を担当した。漏電で焼損し修理工事中の江袋《えぶくろ》教会堂がたたずむ段畑を歩き回ったり、石造の頭ヶ島天主堂の石切場跡を小舟で渡って確認したり、貴重な経験だった。二〇一二年までに、長崎と天草から、八ヵ所の文化的景観が選定された。準備は充分に整った。

林先生からは、大浦天主堂の信徒発見から百五十一年を迎える二〇一六年に登録されるのではないかと聞いていた。

ところが一転、復活後の教会堂ではなく、禁教と復活をつなぐ潜伏期に世界的にみても普遍的な価値があると、ユネスコの諮問機関から指摘を受けた。練り直しは諮問機関と長崎県で進められた。そして二〇一八年七月、世界遺産登録のニュースが聞こえた。名称が潜伏キリシタンになり、集落景観が主に、教会堂は副に変わっていた。各集落がどんな価値をもっているかの説明文からは、行政の担当者の大変なご苦労が想像された。

世界遺産登録のニュースの少し前に、まゆみさんの『「五足の靴」をゆく―明治の修学旅行』が届いた。まゆみさんと二〇〇八年から重ねた旅はこういうことだったのかと納得した。旅が始まった頃、私も岩波文庫の『五足の靴』を手に取った。百二十頁の薄い本だが、正直、読み取れるのは地名と暑い九州の情景ぐらいだった。それが、『鷗外の坂』『「即興詩人」のイタリア』を経た森まゆみさんが紐解《ひもと》くと、五人は森鷗外訳『即興詩人』を読み、カトリック世界に興味を持った木下杢太郎が主導し、キリシタンの世界を知りに行こうという旅に変わったと経糸《たていと》が編まれる。杢太郎のスケッチが加わり、まゆみさんが実際に現地を歩き、各地のまちづくりの最新情報が緯糸《よこいと》に編まれる。現地を二度三度と訪ねるので、見事な織模様になっていく。

それにしても、なぜ「五足の靴」は天草を目指したのだろうか。ひとつは天草四郎の名に引き寄せられた。もうひとつは、長崎港は明治三十二年（一八九九）に要塞地帯法が敷かれ、海面や山地に近寄って軍事施設や風景を撮影し、スケッチすることが許されなかった。監視もあり、五足が動けたのは長崎の町人が行ける諏訪神社や丸山、稲佐に限られただろう。

向かった天草の大江天主堂は、今のドームを戴いた姿ではなく、木造の質素な集会所のような姿だった。明治四十年の各地の教会堂は、多くが禁教令が解けた直後の建物のままで、まだひっそりと目立たない姿だった。パリ外国宣教会の神父たちは、信者が増え、手狭になった教会堂の改築を計画していた。二十八才の鉄川与助がこの年に上五島で初めて手掛けた冷水《ひやみず》教会堂も、そのひとつである。これから十五年の間に、正面に鐘塔を持つ、堂々たる洋風の教会堂に建て替わっていく。五足の旅が少し後だったら、道中の船上からあちこちに高い鐘塔が見えただろう。すると五足は、潜伏期の面影を残す集落を見て歩いたことになる。杢太郎のスケッチが、高い資料価値を持つのはこのためである。

森まゆみさんの『「五足の靴」をゆく』の講演は、調査に関わったひとりとして、世界遺産登録を長崎の人とお祝いしたくて企画した。聴いているうちに段々と心がほぐれていった。それは、世界遺産登録に向けて時間がかかり、価値の証明でがんじがらめになった各地に、再び旅する自由を与えてくれるようだった。そして二十代に初めて平戸や長崎を私が旅したことが思い出された。このときの鮮やかな印象が、平戸と長崎出島のオランダ商館復原や長崎県の文化財に携わることにつながった。木下杢太郎に羨ましいと言われそうである。気を引き締めたい。

まゆみさんとの旅はミラクルが起こる。外海の救助院でシスターの説明を聴いていたら、香港とベトナムからいらした神父様が加わり、おひとりがド・ロ神父がフランスから取り寄せたオルガンを弾き始めた。シスターは歌を合わせる。ミラクルである。まゆみさんの旅は止まらない。次はどんな旅をされるのか、ファンのひとりとして楽しみにしている。

（やまだ・ゆかり　長崎総合科学大学教授・建築史）

本文デザイン／亀谷哲也［PRESTO］

本書は、二〇一八年三月、平凡社より刊行されました。
文庫化にあたり、書き下ろしの「付録一～五」を加えました。

初出
JCBカード会員情報誌「THE GOLD」二〇〇七年八月号
「一冊の本」朝日新聞出版
二〇〇七年十二月号　五足の靴　1　平野万里
二〇〇八年一月号　五足の靴　2　木下杢太郎（太田正雄）
二〇〇八年二月号　五足の靴　3　北原白秋
二〇〇八年三月号　五足の靴　4　吉井勇
二〇〇八年四月号　五足の靴　5　与謝野鉄幹
「こころ」Vol.28　五足の靴（上）天草篇　二〇一五年十二月
「こころ」Vol.29　五足の靴（中）熊本・阿蘇篇　二〇一六年二月
「こころ」Vol.30　五足の靴（下）京都篇　二〇一六年四月

集英社文庫

『五足《ごそく》の靴《くつ》』をゆく　明治《めいじ》の修学旅行《しゅうがくりょこう》

2021年11月25日　第1刷　　定価はカバーに表示してあります。

著　者　森《もり》　まゆみ

発行者　徳永　真

発行所　株式会社　集英社
東京都千代田区一ツ橋2-5-10　〒101-8050
電話　【編集部】03-3230-6095
【読者係】03-3230-6080
【販売部】03-3230-6393（書店専用）

印　刷　大日本印刷株式会社

製　本　大日本印刷株式会社

フォーマットデザイン　アリヤマデザインストア　　マークデザイン　居山浩二

本書の一部あるいは全部を無断で複写・複製することは、法律で認められた場合を除き、著作権の侵害となります。また、業者など、読者本人以外による本書のデジタル化は、いかなる場合でも一切認められませんのでご注意下さい。

造本には十分注意しておりますが、印刷・製本など製造上の不備がありましたら、お手数ですが小社「読者係」までご連絡下さい。古書店、フリマアプリ、オークションサイト等で入手されたものは対応いたしかねますのでご了承下さい。

© Mayumi Mori 2021　Printed in Japan
ISBN978-4-08-744324-0 C0195